HEINZ VON WILK

Leberkäs-Porno

HEINZ VON WILK

Leberkäs-Porno

Kriminalroman

GMEINER SPANNUNG

Personen und Handlung sind frei erfunden.
Ähnlichkeiten mit lebenden oder toten Personen
sind rein zufällig und nicht beabsichtigt.

Immer informiert

Spannung pur – mit unserem Newsletter informieren wir Sie regelmäßig über Wissenswertes aus unserer Bücherwelt.

Gefällt mir!

Facebook: @Gmeiner.Verlag
Instagram: @gmeinerverlag
Twitter: @GmeinerVerlag

Besuchen Sie uns im Internet:
www.gmeiner-verlag.de

Im Ehnried 5, 88605 Meßkirch
Telefon 07575/2095-0
info@gmeiner-verlag.de

1. Auflage 2019

Lektorat: Claudia Senghaas
Herstellung: Julia Franze
Umschlaggestaltung: U.O.R.G. Lutz Eberle, Stuttgart
unter Verwendung eines Fotos von: © Kanea / shutterstock.com
und © rdnzl / fotolia.com
Druck: GGP Media GmbH, Pößneck
Printed in Germany
ISBN 978-3-8392-2435-9

Für Liv

VORWORT

Ich erzähl dir jetzt eine Geschichte, und die ist richtig gut. Es ist zwar eine Geschichte, die man sich hier hinter vorgehaltener Hand zuflüstert, und ob sie sich genau so zugetragen hat, weiß ich jetzt auch nicht mehr. Für besonders Prüde ist das hier aber sowieso eher nichts. Denn es geht um die Entstehung und die Folgen einer neuen Geschäftsidee. Hardcorepornos auf einer Alm, in den Bergen hinter Rosenheim. Leberkäs-Pornos.

Dieses Buch ist bevölkert von einem schillernden Figurenensemble: Kriminellen Nachtklubbesitzern, Prostituierten. Von Polizisten im und außer Dienst, Zuhältern, adligen Heiratsschwindlern und schrägen Nachtschwärmern. Sie alle trudeln durch diese Welt aus Sex und Crime im Alpenland.

ALLES AUF ANFANG

Der Auer Max war mal eine richtig fette Nummer bei der Sitte in München. KHK Auer, also, wenn der dienstlich in einem Puff aufgetaucht ist, dann ist es am Hintereingang zugegangen wie bei einem Almabtrieb. Aber wen sich der Max greifen wollte, den hat er auch erwischt. So oder so.

Gut, ab und zu hat er auch schon mal ein Glas oder mehr mit den Mädels getrunken. Und in eine rassige Ungarin war er mal richtig verliebt. Die wollte sogar weg vom Strich, wegen ihm, aber das ist eine ganz andere Geschichte.

Auf jeden Fall, am Morgen nach seinem 40sten, den er im »Red Horse« in Schwabing bis zum Abwinken gefeiert hat, ist es passiert. Der Auer, schwer verkatert, kriegt auf dem Weg nach unten aus der Küche einen Streit mit. Er setzt sich auf die Treppe und hält sich den Brummschädel.

Jetzt, laute Männerstimmen, dazwischen die Stimme einer Frau. Die schrie: »Wenn der nicht bald bezahlt, geh ich zu seinem Vater. Da muss ich nicht einmal weit gehen, weil, der ist ja auch Stammkunde bei mir und meiner Pitschko!«

Darauf ein Mann, tief und kehlig: »Anusch, Golubovi, bleib ruhig, meine Schöne. Ich mach das mit Mann. Ist guter Mann. Hat nur viel Stress in Job. Weißt ja, Politik ist böser Job.« Das Wort »Job« klang bei dem Kerl wie »Jooob«.

Eine andere, dünne und weinerliche Männerstimme: »Ich zahl ja. Gib mir nur noch eine Woche, Igor. Und du, Anusch, du kriegst was extra. Eine schöne Uhr oder einen Ring, ein Kleid, was du willst, okay?«

Der Auer Max schlurft hinter die Bartheke, schiebt ein paar Flaschen zur Seite und schaut durch die Klappe in die Küche. Da steht der Münchner Stadtrat Himmlinger in voller Pracht. Neben ihm die rote Anusch, und vor ihm der Igor, dem das »Red Horse« gehört. Igor sagt: »Kolleg, jebem ti majku, du bist bei 40.000. Für Schnee und Mädels und so. Langsam muss was wachsen rüber, verstehst?«

Der Stadtrat fährt sich durch die lichten grauen Haare, schaut sich um und sieht das verquollene Gesicht vom Auer Max in der Durchreiche. Die zwei schauen sich in die Augen. Das war's. Falsche Zeit, falscher Ort.

Einen Tag später haben sie den Spind vom Max aufgrund eines anonymen Hinweises durchsucht. Und da schau her: Sie fanden 7.000 Euro, eine Rolex und ein Plastiktütchen mit weißem Pulver drin.

Nicht dass du jetzt glaubst, die haben einen Riesenwirbel gemacht. Nein, man hat ihm den vorzeitigen Ruhestand bei halben Bezügen vorgeschlagen. Oder eben halt doch eine hochnotpeinliche Ermittlung, in Farbe und Stereo. Ganz wie du das haben willst, Auer, haben sie zu ihm gesagt.

Und so kam's, dass der Auer Max eine Woche später in Rosenheim am Küchentisch seiner Tante Friedlinde saß und einen Schweinsbraten mit Knödel nebst einem kalten Hefeweizen vor sich stehen hatte.

Jetzt muss ich das noch kurz erklären: Der Auer ist ja ein Junggeselle und hat seine kleine Dienstwohnung in München ruckzuck geräumt. Und weil sie ihm seinen dunkelblauen Audi auch gleich unter dem Hintern wegkonfisziert haben, ist er mit dem Zug nach Rosenheim zu seiner nächsten Verwandten, besagter Tante, gefahren.

Die Friedlinde, 68, groß, schlank, mit einer gewissen Resterotik, ist eine Witwe, die von ihrem Otti, der Herr hab' ihn selig, drei Wohnhäuser in der Rathausstraße geerbt hat. Sie selber wohnt in einer 184-qm-Dachterrassenwohnung in der Münchener Straße. Auch geerbt. Jetzt wirst du fragen, ja, womit hat der selige Otti denn so viel Geld verdient? Ich sag mal so: Der Bernrieder Ottfried hat zwar offiziell einen kleinen Malerbetrieb gehabt, für die Steuer und den guten Ruf. Inoffiziell war er aber ein Meister der kreativen Geldbeschaffung. An zwei Rosenheimer Spielhöllen war er beteiligt, und in Österreich drüben, gleich hinter Sachrang, da hat er Hinterzimmer-Pokerrunden organisiert. Und Schlimmeres. Warum ich das erzähle? Na ja, das gehört alles irgendwie schon zu der Geschichte. So, und jetzt pass auf, es geht los:

WER IST CHILI?

»Nimm doch noch einen Knödel, Bub. Du schaust ja schlimm aus. Hat es in ganz München nix G'scheites zum Essen gegeben? Und warum warst du nie bei deiner alten kranken Tante Friedl? Hmh? Ich hab dich so oft angerufen, dass du mich besuchen sollst. Aber der Herr hat ja nie Zeit. Sogar vor zwei Jahren, bei der Urnenfeier vom Otti, da warst du genau einundeinhalb Stunden auf dem Friedhof!«

Auer dachte sich, die ist immer noch ein Kiemenatmer. Die schnauft nicht ein einziges Mal und redet doch in einer Tour. »Du bist nicht krank, Tante, und alt auch nicht. Optisch jedenfalls nicht. Du schaust keinen Tag älter aus wie damals auf dem Friedhof. Ehrlich jetzt.«

Friedl strich dem Auer mit der Hand über das dunkelbraune, lockige Haar: »Iss trotzdem noch was, Bub. Und sag nicht immer Tante zu mir. Da komm ich mir so … mottenkugeltantig vor, verstehst? Sag bitte Friedl, ja?«

Sie ging zur Kommode, streichelte die große, in grauen Marmor gefasste Sanduhr und drehte sie um. Lautlos und langsam rieselte eine graue, körnige Staubmasse durch die Engstelle: »Mach nur langsam, Otti, es pressiert nicht. Weit kannst ja eh nicht mehr laufen, gell?«

Der Max verschluckte sich fast an seinem Knödel. Mit

der Gabel zeigte er zur Kommode: »Friedl, sag jetzt nicht, das da drin ist der Otti. Nein, oder?«

Die Friedl strich sich durch das dunkelbraun gesträhnte Haar: »Ja mei, ich kenn halt den Bestatter gut. Der Schorschi, der ist mit mir in die Königschule gegangen. Und er war mir noch einen Gefallen schuldig. Aber jetzt ruft er mich ab und zu an und will sich mit mir treffen. Aber weißt, wenn ich mir überleg, wo der seine Hände immer hat, dann weiß ich auch nicht so recht. Streng riechen tut er auch. Ich meine, ich komm ja gut damit klar, wenn mir in der Fußgängerzone der eine oder andere Rollator-Racer nachpfeift oder mich so ein alter Knabe mit seiner Krücke bei Karstadt betatschelt. Aber einen professionellen Leichenwäscher? Vergiss es. Und das mit der Sanduhr, das darfst du nicht so eng sehen. Jetzt hat er wenigstens immer ein bissel Bewegung, der selige Otti.«

Der Auer Max nickte, seufzte und griff nach dem Weißbierglas. Das Telefon läutete, und die Friedl meinte: »Wenn das jetzt schon wieder der Schorschi ist, dann gehst du ran und sagst mit brasilianischem Akzent, du bist mein neuer Lover, okay?«

Sie nahm den Hörer: »Ja? Wer? Kenn ich nicht. Da sind Sie falsch verbunden.« Friedl schaute zum Auer rüber und zuckte mit den Schultern, dann sprach sie wieder in den Hörer: »Wie? Ja, warum sagst das denn nicht gleich, du blöder Hammel. Woher soll ich wissen, dass du jetzt ›Chili‹ heißt. Das ist doch gar kein richtiger Name. Was? Ja, der ist hier. Woher weißt du das denn schon wieder? Ah da schau her, Buschtrommel, sagst du? Kenn ich die? Nein, du kannst jetzt nicht mit ihm reden. Er isst. Was? Jaja, bei dir ist es immer wichtig. Wart, ich frag ihn.«

Die Friedl legte ihre rechte Hand auf den Hörer und flüsterte: »Der Sepp Glasl, der nennt sich jetzt Chili. Willst mit ihm reden? Ist dringend, sagt er. Und frag ihn, woher er weiß, dass du hier bist.«

Auer wischte sich den Mund ab und winkte mit der Hand nach dem Telefon: »Ja? Max hier.«

»Der Auer Max, ja leck … Dich haben sie aber sauber vom Gleis genommen, mein lieber Schieber. Und jetzt? Was läuft? Brauchst einen Job?«

»Nein danke. Aber woher zum Teufel …«

Wieherndes Gelächter kam durch den Hörer: »Von einem gemeinsamen Bekannten. Erzähl ich dir gleich. Weißt du, wo ich bin?«

»Will ich das wissen?«

»Max, jetzt geh weiter, ich bin's, dein Spezl. Immerhin waren wir zusammen in der Schule in der Königstraße, und du hast mir in der Pause immer eine Breze gegeben, dass ich dem Vorstuber Lolli eine reinhaue, wenn er dich geärgert hat.«

Max stieß zischend die Luft aus: »Das ist hundert Jahre her. Und außerdem warst du zwei Klassen über mir. Und ich bin zur Polizei gegangen und du hast mit 17 das erste Mal in geschlossenen Räumen Knastpralinen (das sind Frikadellen mit hohem Bratenanteil, Anm. des Autors) gegessen. Also, was soll das?«

Der Glasl, alias Chili, stöhnte: »Hör doch auf mit dem alten Scheiß, Mann. Ich bin Geschäftsmann. Und ich hab ein Riesenproblem an der Backe. Damit kann ich nicht zur Bullerei. Und jetzt, wo ich höre, dass du wieder bei uns bist … das ist Schicksal, Max, Schicksal. Komm vorbei und lass uns reden. Bitte. Ich bezahl dich und du hilfst mir.«

»Vergiss es, Sepp. Mach's gut. Servus und Ende.«

Der Glasl rief aufgeregt: »Nicht auflegen, nicht! Gib mir die Friedl noch mal bitte, Max.«

Auer verdrehte die Augen und reichte der Tante den Hörer über den Tisch. Sie presste ihn ans Ohr: »Was willst noch? Du hast doch gehört, was er gesagt hat, oder?«

Sie lauschte, dann schlug sie eine Hand vor den Mund und stöhnte: »Nein, oder? Das ist jetzt nicht wahr. Ich hab ihm gleich gesagt, mit dem Miststück kriegt er nix wie Ärger. Und was hab ich jetzt davon? Er redet nix mehr mit mir. Was? Nicht der Otti, der ist tot, das solltest du eigentlich wissen. Wie? Willst du mich erpressen? Das wär aber sehr ungesund für dich. Warum? Ja gut, er kommt vorbei. Nein, ich regle das. In einer halben Stunde ist er bei dir. Was? Ja, ich weiß noch, wo das ist. Gut. Also dann. Und jetzt tu mir einen Gefallen: Geh spazieren und verlauf dich.«

Friedl schaute das Telefon an, unterbrach die Verbindung und stellte sich vor die Sanduhr: »Otti, du hast mir gesagt, du bist raus aus dem Mist. Und jetzt, wo ich gedacht hab, ich bin auch draußen, jetzt ziehst du mich wieder rein. Dafür drehst du jetzt eine Extrarunde. Auf geht's.«

Sie drehte mit Schwung das Gefäß um und sagte zum Max: »Frag mich jetzt nix, okay?«, dann hob sie die Hände wie zu einem Gebet: »Bitte tu deiner alten, gebrechlichen Tante einen Gefallen. Fahr raus zum Glasl und hör dir an, was er hat. Wenn du was für ihn tun kannst, dann mach es. Nicht umsonst, du kannst richtig Geld verlangen. Der Glasl steckt bis zum Hals in der Kacke, und wenn er Pech hat, muss er sich dabei auch noch hinsetzen. Also? Tust du das für mich?«

Der Auer schloss die Augen und legte seine Handflächen auf die Ohren. Jetzt muss ich sagen, nicht dass du denkst, der Auer hätte keinen Mumm oder so. Er wollte halt einfach erst mal seine Ruhe und ein bissel entspannen. Die Lage checken, ein oder zwei Mädels von früher kontaktieren, halt relaxen, chillen, wie man heutzutage sagt.

»Ich hab mir überlegt, dass du die hinteren drei Zimmer haben kannst, rechts vom Lift. Da hast du dann ein Schlafzimmer, ein Bad und ich richte dir eine Wohnküche ein. Deine eigene Dachterrasse hast du auch, und wir laufen uns nicht über den Weg. Miete zahlst du keine, ich koch für dich und mach deine Wäsche. Wie klingt das?«

»Für mich? Wie wenn du plötzlich auch ein Problem hättest, Friedl. Was hat der selige Otti mit dem hier eben zu tun?« Auer zeigte auf das Telefon.

Friedl fuhr sich wieder nervös durch die Haare: »Nix, ehrlich. Oder, anders rum, fast nix. Weil, der Otti, der ist ja tot.« Mit dem Ringfinger klopfte sie auf die Sanduhr: »Es ist nur so, dass ich nicht möchte, dass da posthum was hochkocht. Jetzt, wo er sich nicht mehr verteidigen kann, der liebe Mann. Und ich arme Frau auch nicht. Ich hab ja niemanden außer dir, mein lieber Max.«

Ihre Stimme veränderte sich leicht ins Scharfe: »Was is jetzt? Fahrst oder fahrst freiwillig? Ogottogott, hilf!«

»Der hält sich wie üblich höflich zurück, denke ich. Und außerdem: Ich hab kein Auto.«

»Haha, hast du ab jetzt schon. Geschenk des Hauses. Warte.« Friedl ging in die Diele, Max hörte eine Schublade auf- und zugehen, dann war sie wieder im Wohnzimmer und klingelte mit einem Schlüsselbund: »Da schau her. Du hast ab sofort die Rentnerschleuder vom Otti. Die mag ich eh nicht so gerne. Ich fahr immer mit dem Ghia-Cabrio. Der Benz, der ist jetzt deiner. Silbergrau, steht hinten in der Ecke. Lass dich von dem harmlosen Aussehen und dem Alter der Karre nicht täuschen. Das ist zwar ein1974er, aber der ziemlich seltene 450er. Achtzylinder, Viereinhalb-Liter-Maschine mit Spezial-Vergasern. Den hat er sich optisch auf einen harmlosen 250er-Oldtimer runtertrimmen lassen, der alte Mistkerl. Und hier sind auch alle Schlüssel: Lift, Wohnung, Piepser für die Tiefgarage, alles. Ich bin ja so froh, dass du jetzt hier bei deiner armen alten Tante wohnst, mein Bub. Komm, gib mir ein Bussi!«

Friedl scharwenzelte um den Tisch herum, gab dem Max einen Schmatzer auf die Wange und legte den Schlüsselbund neben den Teller: »Der Laden vom Glasl heißt ›Wild Wild West‹ und ist da drüben in der Klepperstraße, am McDonalds rechts, an den Autotandlern vorbei und dann, nach dem Klepperpark irgendwo links rein. Du wirst das schon finden als Ex-Polizist, nicht wahr?«

Natürlich ist es so, dass der Max weder naiv ist noch mit dem Klammerbeutel gepudert wurde. Der hat genau gewusst, dass da was nicht stimmt. Und das hat er die Friedl nach einer kurzen Pause auch gefragt.

Und sie? Fährt sich wieder fahrig durch die Haare und legt den Kopf schief. Dann klatscht sie die Hände zusammen und hebt sie wieder theatralisch zur Decke hoch und sagt mit bebender Stimme: »Lieber Herr da oben, wie kann man nur so misstrauisch sein? Gib dem Buben hier eine Erleuchtung, Herr, und sag ihm, Blut ist halt mal dicker als Wasser. Und er ist mein letzter lebender Verwandter, der Bub. Und wenn ich mal tot umfalle, was eh nicht mehr lange dauern kann, dann erbt er alles. Vielleicht, möglicherweise, unter Umständen. Schaun mer mal, dann seng mas scho', ned wahr, das hat mein seliger Otti immer gesagt. Der ist jetzt bei dir, Herr, oder? Und wenn er tatsächlich bei dir ist, dann lass dir von ihm nichts andrehen, ja, Herr?«

Und zum Auer, diesmal in einem sehr barschen Ton:

»Jetzt stell dich nicht so an. Mein Gott, der Otti hat sein Geld auf vielfältige Weise kreativ verdient, und mit dem Glasl Sepp, da hat er auch ein paar Deals am Laufen gehabt, die waren alle nicht so farbecht, was weiß ich. Steh jetzt auf und fahr da rüber, Max, und wenn du heimkommst, mach ich dir was Schönes, ja?« Sie klimperte mit den Augenlidern, der Auer seufzte wieder und stand auf.

Unten, in der Tiefgarage, da stand der silberne Benz. Ohne Typenbezeichnung, aber dem Auer fiel gleich die Auspuffanlage auf, und auch die Reifen machten was her. Max ging vor der Fahrertür in die Knie und schaute in den Radkasten: rote Spezialstoßdämpfer, die ganze Kiste ein bisschen tiefer gelegt, Michelin-Race-Reifen, gutes Material.

Er ließ den Motor an, der mit einem dumpfen Grummeln erwachte. Automatisches Dreiganggetriebe am Lenkrad und ein Becker-Mexiko-Radio mit Kassette in der Konsole. Max grinste, öffnete das elektrische Schiebedach und gab Gas.

WAS WEG IS, IS WEG!

Aus den Lautsprechern kam ein Stück vom Electric-Light-Orchestra, und Auer drehte die Musik lauter. Der Achtzylinder brummte vor sich hin, und als der Max mal aus Versehen ein bisschen sehr aufs Gas tippte, machte der alte Schlitten mit durchdrehenden Reifen einen Satz nach vorne, sodass er verblüfft bremste.

In der Klepperstraße bog er in die Kunstmühlenstraße und dann in die Petersberger, und von Weitem sah er schon das »Wild Wild West«. Oder besser gesagt, das große Schild über dem Eingang. Rund um die gelbe Schrift auf schwarzem Grund waren große, rote Chilischoten gemalt. Die Fenster neben dem Eingang waren mit dunkler Folie verklebt, die Tür wohl eine alte Zellentür aus einem Gefängnis. Das passt doch alles zum Glasl Sepp, dachte sich der Auer und stellte den Benz direkt vor den Eingang.

Um diese Zeit war der Laden natürlich zu, und der Auer hämmerte mit der Faust an die Tür. Eine junge, magere, aber sehr hübsche Frau öffnete und schaute den Auer so verdammt fröhlich an, dass er sie am liebsten auf der Stelle erwürgt hätte.

»Der Chef? Ist er da?« Die Platinblonde nickte und lachte, als hätte der Auer gerade gesagt, dass er ihr eine

Million schenkt. »Bist du der Auerhahn? So fesch habe ich mir dich nicht vorgestellt. Komm rein.«

Sie trat ein wenig zur Seite, und der Max ging in die Kneipe, in der nur eine blass-weiße Notbeleuchtung ein wenig Licht fabrizierte. Hinten, an der schmalen Wand, war eine kleine Bühne mit einer Tanzstange in der Mitte. Dahinter standen ein paar Verstärker, Gitarren und ein Schlagzeug.

Rechts, an der Längswand, befand sich eine lange, dunkle Holztheke mit Messingfußleiste und hohen Hockern. Auch auf der Theke waren zwei mattglänzende Messingtanzstangen montiert und in der Decke verankert. Dahinter die obligate Spiegelwand mit den Flaschenbatterien dazwischen. Links von der Tanzfläche ein Dutzend runde Tische mit massiven Stühlen.

An einem der Tische saßen zwei Typen, die Auer jetzt, da sich seine Augen an das Halbdunkel gewöhnt hatten, ausmachte.

Jetzt pass auf: Die zwei hieven sich aus den Stühlen. Das heißt, der eine hievt, der andere lässt sich einfach vorplumpsen. Der Hiever ist so an die 1,95 oder noch größer, breit wie ein Schrank und hat Arme, die so dick sind wie die Waden vom Auer.

Der andere, der Plumpser, entpuppt sich als was Zwergähnliches. Kleinwüchsig, so sagt man wohl politisch korrekt. Egal, jetzt kommt's: Die beiden tragen identische pflaumenfarbene Polyesteranzüge mit weißen Gürteln und weißen Stiefeln. Die Hemden waren irgendwie lachsfarben oder rötlich, so genau konnte man das in dem Kerkerlicht nicht sehen.

Den Auer haben die beiden unwillkürlich an Arnold

Schwarzenegger und Danny DeVito in diesem Film erinnert, weißt schon, der mit den Zwillingen.

Das fragte er die beiden auch gleich grinsend: »Wow, ihr seid Zwillinge, oder?«

Der Hiever knurrte und kratzte sich am Bauch, sodass sich das Jackett bewegte und glänzte wie ein Wasserfall. Diese Scheußlichkeiten werden doch nur noch in Nordkorea hergestellt, dachte sich der Auer. Wo haben die das bloß her?

Der kleine Plumpser baute sich vor dem Auer auf und sah zu ihm hoch: »Wir wissen, wer du bist, Alter. Du kannst auch gleich zu Chili durchgehen. Ich will dich nur mal kurz beschnuppern, ob du verkabelt bist oder so, dann werde ich dir die Absolution erteilen, so weit klar?«

Auer blickte auf die kahle Stelle auf dem Kopf des Kleinen: »Was willst du mir erteilen? Mann, ich lass mich von keinem betatschen, der so einen beschissenen Plastikanzug trägt. Da tun mir ja die Augen weh, Junge. Mach einen Satz zur Seite und geh wieder spielen, ja?«

Der Hiever schob sich auf Auer zu, und Plumpser zeigte mit dem Daumen auf ihn: »Der ist heute ganz mies drauf. Willst du wissen, warum? Er hat eine Zecke am Gekröse. Und keiner von uns will da drangehen. Also mach an, dass wir hier fertigwerden.«

Auer schaute den Großen an: »So was ist kein Spaß. Warum gehst du nicht zum Arzt damit?«

Der Hiever knurrte wieder, und Plumpser sagte: »Was denkst du wohl, wie in dem Job hier die Sozialleistungen sind, hmh? Und die Anzüge, die tragen wir auch nicht freiwillig, das will der Chili so. Wegen dem Corporate Design, sagt er. Weißt du, was das sein soll?«

Auer nickte: »Ist so ähnlich wie beim Militär. Da haben auch alle den gleichen Fummel an. Jetzt geht zur Seite, sonst wird der Onkel böse!«

Der Hiever hob eine Hand, und Auer sagte: »Hohoho. Bleib ruhig, du Elch. Ich habe ein Mittel gegen Zecken. Wenn du mich in Ruhe lässt, verrate ich es dir. Schau her!« Auer zog seine Jacke aus, hob sein Hemd hoch und drehte sich: »Keine Drähte, keine Bomben, keine Kanone. Alles klar?«

Der Hiever knurrte den Kleinen an, und der nickte und meinte: »Er sagt, du bist sauber. Was ist das mit dem Zeckenmittel?«

»Streichhölzer!« Auer klopfte auf seine Hosentaschen: »Ich hab jetzt grad keine einstecken, aber das hilft. Ist ein alter Indianertrick. Pass auf: Lass die Hosen runter, geh in die Beuge. Zünde ein Streichholz an und in dem Moment, wo es entflammt, halte es an die Zecke. Dann ist sie im Nu weg.«

»Du meinst, sie verbrennt oder explodiert oder so?« Der Plumpser sah Auer fragend an.

Der schüttelte den Kopf: »Nein, sie fällt ab. Ruckzuck. Zecken mögen keine brennenden Streichhölzer, weil sie Nichtraucher sind. Kapische?«

Die beiden nickten, und der Kleine sagte: »Links neben der Bühne, die schwarze Tür. Chili ist im Büro.« Und zu der Blonden, die hinter der Bar Gläser polierte: »He, Torte, haben wir Streichhölzer?«

Auer betrat das kleine, schäbige Büro und schaute sich um. An den Wänden hingen zwei Poster von Will Smith aus« Wild Wild West«, dann die üblichen Po- und Tittenbilder und eine Aufnahme von einem roten Mustang T4-Cabrio.

Der Typ hinter dem Schreibtisch nahm die Füße runter, schaute auch auf das Autobild und sagte: »Das ist meiner. Ein 66er, 5-Liter-Maschine, kein Rost. Hab ihn selber aus Kalifornien geholt. Dem Otti wollte ich auch einen mitbringen, aber der war ja vernarrt in seinen getarnten 450er. Gott hab ihn selig.«

»Das mit dem ›selig‹ weiß ich nicht, aber den Benz hab ich jetzt. Ist meiner.«

»Echt jetzt? Wow!« Chili stand auf, und Max sah erst jetzt, dass der Kerl blondierte Haare hatte, die, streng nach hinten gekämmt, in einem ziemlich langen Pferdeschwanz endeten.

Max griff nach der über den Schreibtisch gestreckten Hand und schüttelte sie: »Warum Chili? Klingt irgendwie … ich weiß auch nicht.«

»Wegen dem Laden. Corporate Design, da leg ich gesteigerten Wert drauf, verstehst?«

Auer nickte und setzte sich: »Pass auf, keine langen Vorreden. Was liegt an? Warum bin ich hier?«

Chili öffnete einen Laptop, drückte ein paar Tasten und schob das Teil zu Max rüber: »Schau selber.«

Der Auer starrte auf den Bildschirm. Zu sehen war eine nackte, honigblonde junge Frau, die auf einem antiken Holztisch kniete. Vor ihr stand ein nackter Kerl, und die Frau hatte ein Stück von ihm im Mund. Hinter ihr, in vollem Galopp: Chili. Er hielt sich an ihren Hüften fest, und sein Pferdeschwanz wedelte bei jedem Stoß unter dem Hirschgeweihkerzenleuchter. Aufgenommen war das Ganze offenbar in einer Almhütte oder so. Überall Holz, rustikal, Kerzenlicht und bayerische Musik im Hintergrund.

»Lieber Gott, was ist das denn?«

»Ein Leberkäs-Porno. So was mögen die Amis und die Chinesen, überhaupt alle da drüben in Asien. Die Handlung ist fast immer die gleiche: die Sennerin ist sommerlich leicht bekleidet im Stall, es kommen zwei Wanderer, man kommt sich in der Hütte bei der Brotzeit näher, und dann: erotische Akrobatik und Blasmusik. Pass auf, wenn der vordere Bursche kommt, dann jodelt er. Und die Sennerin jauchzt dazu. Gut, was?«

»Aha. Wer steht auf so was? Wo ist die Hütte? Wem gehört sie?«

Chili angelte eine Flasche Bier aus einem kleinen Kühlschrank neben dem Schreibtisch und hielt sie dem Auer hin. Dann nahm er eine für sich, hob sie an den Mund und trank: »Ahhh, immer wieder gut. Die Hütte? Ist irgendwo auf dem Samerberg. Gehört hat sie dem Otti, und jetzt wohl der Friedl. Und wie das angefangen hat? Pass auf: Da kommt eines Tages so ein Kerl in meinen Laden. Sagt, er will Leberkäs-Pornos für den Weltmarkt. USA, Asien, Indien und so. Meint, er könnte damit genauso gut nach Holland zu den Profis gehen, die machen alles, was du willst. Tut er aber nicht. Weil es ihm da zu professionell ist. Das muss nach Amateuren ausschauen, meint er. Die Japaner, die kaufen alles, was Amateurcharakter hat, sagt er. Hey, hast du gewusst, dass es in Tokio auf den Straßen Automaten gibt, da kann man sich Nacktfotos von jungen Mädchen rausziehen?«

Auer nuckelte an seinem Bier und nickte: »Ich war bei der Sitte, Alter, schon vergessen? Hast du gewusst, dass es eine Tintenfisch-Art gibt, bei der sich der Pimmel alleine auf den Weg macht? Nein? Pass auf: Das Tintenfisch-Begattungsteil löst sich vom Körper ab. Der Pimmel schwebt unter Wasser mitsamt dem Samenpaket auf die Tintenfischin zu und legt dort seine Spermienladung ab.«

Chili starrte den Auer an: »Echt jetzt? Kein Scheiß?«

Der schüttelte den Kopf: »Na ja, das Weibchen ist fünfmal so groß wie das Männchen. Vielleicht ist ihm das einfach zu viel Frau am Stück, verstehst? So genau weiß ich das aber auch nicht.«

Chili schaute verträumt auf seine Bierflasche und legte die Beine auf die Tischplatte: »Hey, stell dir vor, du gehst auf der Straße, siehst drüben, auf der anderen Seite, eine richtige Sahneschnitte und kriegst sofort die üblichen Gefühle. Jetzt musst du aber nicht mehr flirten, bis dir die Zähne wehtun, sondern du schickst dein Gehänge auf die Reise, das schwebt über die Straße und verschwindet unter dem Rock, und das war's. Den Rest erledigen die zwei Geschlechtsteile unter sich. Wahnsinn.« Plötzlich fiel ihm was ein: »Der Tintenfisch, kriegt der seinen Pimmel nachher zurück?«

Auer trank und schüttelte den Kopf. Chili ebenfalls, und nach einer kurzen Pause sagte er: »Dann vergiss es. Andererseits, da muss ja der ganze Ozean voller alleinstehender Pimmel sein, oder? Gut, dass ich nie ins Wasser gehe.«

»Die Tintenfischmännchen sind nur zwei Zentimeter groß. Aber zurück zu deinem Geschlechtsteil. Was ist mit dem Film? Gibt's Ärger mit dem Kunden? Das sieht doch alles ganz echt aus, oder?«

Chili schloss die Augen: »Ist echt. Das Problem ist die Sissi.«

»Warum? Habt ihr sie nicht bezahlt?«

»Doch. Aber der Film ist ein paar Jahre alt. Sie ist jetzt verheiratet. Mit einem prominenten Rosenheimer, der auch in der Politik mitmischt. So, und da ist jetzt einer, der erpresst mich, wenn ich dem Promi helfe. Ich soll die Füße stillhalten, sonst gibt er das Video an den Ehemann weiter, so weit klar?«

»Nein. Wird der Promi mit dem Video erpresst?«

Chili schüttelte den Kopf und trank die Flasche leer: »Die Sissi, die ist ein richtiger Wildfang. Immer schon gewesen. Das haben auch viele hier in der Szene gewusst. Der Brunner aber nicht. Nicht viel, jedenfalls. Die Friedl, die ist ja mit ihm befreundet. Die hat ihm aber auch fast nichts gesagt, obwohl ihr der Otti vielleicht das eine oder andere erzählt hat. Keine Ahnung …«

Der Auer kratzte sich am Kopf: »Ach, so läuft das. Weiter!«

»Gut. Die beiden heiraten also vor zwei Jahren. Der Brunner Alois ist da schon 62, stellvertretender Bankdirektor und Stadtrat. Die Sissi ist 32 und hat mehr Feuer im Hintern als der Ätna. Interessant wird's aber jetzt: Die Sissi haut immer wieder mal ab. So für zwei oder drei Tage. Sie hat wohl einen Lover, keine Ahnung. Der alte Brunner macht jedes Mal einen Aufstand, aber wenn sie dann wieder da ist und vor ihm auf die Knie geht, ist alles vergessen. Nur, diesmal ist sie schon seit fast einer Woche weg. Der Alte weiß, dass ich die Sissi sehr gut kenne. Wir waren sogar eine Zeit lang zusammen. Ich mag sie immer noch sehr. Na ja, das weiß er natürlich nicht. Er denkt, sie hat mal hier im Laden gezapft. Hat sie auch, aber in solchen Filmen und auf dem Tisch. Gezapft, meine ich, aber das siehst du ja selber. Auf jeden Fall, ich hab sie ein paarmal für ihn gesucht und auch gefunden und ins Nest zurückgebracht.«

»Sie ist also nicht entführt worden. Ich versteh immer noch nicht so ganz. Hast du noch Bier?«

Chili griff nach unten und reichte eine grüne Flasche rüber: »Der Brunner will, dass ich die Sissi wieder mal finde, weil er nicht zur Polizei gehen kann. Sonst muss er sich selber als Stadtrat ganz schnell vergessen. Aber ich, und das ist der Clou, werde jetzt erpresst. Ich, kannst du dir das vorstellen? Mit dem Porno hier. Und wenn der Brunner die Leberkäs-Produktion sieht, dann macht er mich fertig. Ich hinter seiner Frau. Seine Frau, mit einem nicht näher bekannten Pimmel zwischen den Kiefern. Ich hab dem alten Sack immer erzählt, die Sissi hat mit ein paar Mädels von früher einen draufgemacht und so. Junge Frauen brechen halt mal aus. Alles ganz harmlos, nie was passiert. Und jetzt der Film. Weißt du, was das für mich heißt?«

Er schüttelte den Kopf und klatschte die Hände zusammen: »Peng. Das heißt Gewerbeaufsicht, Lebensmittelkontrolle, die von der Sitte jede Woche und so weiter. Die geben sich hier doch dann die Klinke in die Hand, bis ich den Laden dichtmachen kann. Und für eine berufliche Umorientierung bin ich einfach zu alt. Und da kommst du jetzt ins Spiel, Alter. Genau hier.«

»Ich kann …«

Aber weiter kommen wir jetzt im Moment nicht, und das wirst du gleich verstehen. Aus dem Lokal ist ein mörderischer Schrei zu hören und dann ein ganz klägliches, weinerliches Wimmern. Eine paar Sekunden später klopft es an der Tür und die niedliche Blonde steckt den Oberkörper rein. Jetzt, und das ist noch erwähnenswert, hat sie einen Cowboyhut von der Flötzinger-Brauerei auf dem Kopf. So einen, wie du ihn dir vielleicht zum Rasenmähen auf den Kürbis klemmst. Und sie hat jetzt ein schwarzes T-Shirt an, da ist ein weißer Dinosaurier drauf, der traurig in die Landschaft guckt und sagt: »All my friends are dead!«

So viel zur allgemeinen Lage, aber jetzt geht's auch gleich weiter:

Blondie sagt mit bebender Stimme: »Chef, können Sie mal kommen, hier ist was Schlimmes passiert!«

Chili fasste unter den Tisch und hatte plötzlich einen stupsnasigen Revolver in der Hand. Der Auer hob die Hände: »Wow, wow, wow, ganz ruhig, Alter, ich kann das erklären!«

Der Revolver schwenkte auf den Max, der immer noch die Arme auf Schulterhöhe hatte: »Das ist jetzt mehr so ein medizinisches Problem. Oder, genauer gesagt, die Nebenwirkung der Problemlösung. Ich kann das erklären. Deine Jungs ...«

Aber Chili hatte den Revolver schon wieder verschwinden lassen und meinte seufzend: »Die schon wieder. Alles klar. Weißt du, wie schwer es ist, qualifiziertes Personal zu bekommen? Heutzutage? In dieser Branche?«

Auer nickte: »Und vor allen Dingen die Klamotten. Echt scharf. Wo kriegt man das her?«

Chili nippte an seiner Bierflasche: »Die Anzüge? Die sind richtig gut, was? Da war ein Kunde aus Korea, der hat die für ein paar Dutzend Alm-Pornos in Zahlung gegeben. Willst du auch so einen? Ich hab noch zwei oder drei Stück davon rumhängen.«

Auer winkte ab: »Lass mal, passt schon. Wie soll das mit der Sissi weitergehen?«

Chili runzelte die Stirn: »Geh zum Brunner. Sag ihm, du bist ein Spezialist für solche Fälle. Du kannst so was viel besser als ich. Leute finden und so. Erzähl ihm von deiner Zeit in München. Hattest du schon mal mit Entführungen zu tun? Vielleicht ist es ja jetzt doch eine, denn warum zum Teufel sollte ich mich sonst da raushalten?«

Auer nickte: »Ja, ich war mal für ein paar Monate in einer Entführungs-SOKO. Ich wollte damals die Abteilung wechseln. Immer nur Kinderpornos und sexuelle Gewaltarien, das nervt. Aber ich hab's verbockt.«

»Echt? Wie denn?«

Der Auer verzog das Gesicht: »Ich hab den Entführer erschossen, obwohl wir das Opfer schon hatten. Aber der Sack hat mich dermaßen genervt, da ist mir der Finger abgerutscht.«

Chili strahlte: »Du bist mein Mann. Kurze, klare Lösungen, eine schnelle Entscheidung, wenn es sein muss. Wirtschaftspolitisch würde ich sagen, du entsprichst exakt meinem Anforderungsprofil. Du hast den Job. Geh zum Brunner, erzähl ihm einen vom Pferd, und sag ihm von mir aus noch, mir wäre nicht mehr zu trauen. Mach ein ordentliches Honorar aus, finde die Sissi, bring sie ihm einigermaßen am Stück zurück, und alles ist wieder im Lot. Pass auf, ich schreib dir jetzt ein paar Adressen auf, wo sie immer abhängt, wenn sie die Schnauze so richtig voll von dem Alten hat.«

»Oh Mann, ist ja echt super«, stöhnte Auer. »Und wo soll ich anfangen?«

»Du findest sie. Ich hab sie ja auch immer gefunden. Wir können es auch so machen: Ich telefonier ein bisschen rum, sag dir, wo sie steckt, und du sammelst sie ein. So bin ich aus der Nummer raus, keiner kann mich erpressen, und my Business läuft weiter as usual. Na? Deal oder Deal?«

Der Auer zog sich aus dem Sessel hoch und sagte: »Lass mich drüber schlafen. Morgen früh sag ich dir Bescheid, okay?«

Chile strahlte: »Hey, Alter, danke. Willst du das blonde Pony da draußen reiten? Kannst du gleich, wenn du willst. Na?«

Auer schüttelte den Kopf: »Lass mal. Passt schon. Ich ruf dich an, ja?«

Im Lokal saßen die Zwillinge wieder am Tisch und Blondie polierte Gläser. Der Plumpser hob einen Arm, zeigte zuerst auf Auer, dann auf seinen Kumpel: »Du bist ab jetzt auf seiner persönlichen Hassliste.«

Auer schaute sich um: »Wo ist die Zecke?«

Und der Kleine: »Die hat auf der Damentoilette eine Seebestattung bekommen. Mit allem Drum und Dran. Aber er hier, er hat sich das Eingemachte verbrannt. Der hat ja ein behaartes Pferdegehänge, und das ging teilweise in Flammen auf wie ein alter Christbaum.«

Auer schüttelte den Kopf: »Jungs, da ist noch ein Trick dabei, hab ich das nicht gesagt? Das Streichholz entflammen lassen, kurz über die Zecke streichen und weg damit. Doch nicht drunter halten, bis der Wald zu brennen anfängt.«

Der Hiever knurrte, und Auer sagte zu dem Kleinen: »Kann der Elch sprechen?«

Plumpser zuckte mit den Achseln: »Keine Ahnung. Er ist Finne, und die reden eh sehr ungern, hab ich mal gelesen. Wir haben da so eine Art Zeichensprache, wir beiden. Fängst du jetzt hier bei uns an?«

»Würde ich gerne. Aber mir passt keiner von den Anzügen. Noch ein fröhliches Schaffen, Jungs. Man sieht sich.«

Draußen musste sich der Auer erst blinzelnd an das Tageslicht gewöhnen, dann streckte er sich, stieg grinsend in den alten Benz und fuhr los.

JA, WO IST DENN JETZT DIE SISSI?

Das Telefon summte um 14.30 Uhr, und Auer, der bequem im Fahrersitz lümmelte und auf die rote Ampel starrte, zuckte zusammen.

Jetzt muss man sagen, da wärst du auch erschrocken, wenn in so einer alten Kiste plötzlich was lossummt. Weil, du erwartest ja alles Mögliche, aber kein Telefon. Und in der Mittelkonsole flackerte plötzlich zusätzlich zu dem nervenden Summton hektisch ein rotes Lämpchen.

Der Auer schaute sich rechts vom Lenkrad um, in dem Moment sprang die Ampel auf Grün, was in der Regel keinerlei Geräusche verursacht. Auer, der aber immer noch das Telefon suchte, erschrak schon wieder, weil der Lastwagenfahrer hinter ihm hupte und mit der flachen Hand außen lautstark auf das Blech seiner eingedellten Fahrertür schlug. Dann streckte sich ein türkisch aussehender Kopf aus dem Fenster und das rote Gesicht mit den kurzen schwarzen Haarstoppeln über den Ohren schrie: »Ey, Alter, mach dich von de Acker mit deine rollende Museum, ja? Aber tschabuk, tschabuk, yalla? Husch-husch zurück auf de Friedhof!«

Der Auer winkte entschuldigend mit der linken Hand, gab natürlich zu viel Gas und röhrte mit kreischend durchdrehenden Reifen los. Hinter dem Brückenberg fuhr er rechts ran, gegenüber der Auer-Brauerei. Wenn ich mit denen verwandt wäre, dann müsste ich zumindest mein Bier nicht mehr selber zahlen, dachte sich der Max, während er mit der Hand über die Mittelkonsole fuhr und eine Klappe unter dem Radio öffnete. Und da war es: ein Becker AT40S aus den 80er-Jahren. Eins der ersten Autotelefone. Früher C-Netz, aber jetzt wohl auf das D-Netz umgebaut. Der Hörer mit Spiralkabel war so groß wie ein in der Mitte durchgefräster Ziegelstein.

Auer drückte auf das Telefonsymbol und nahm den halben Ziegelstein ans Ohr: »Ja?«

»Rosenheimer Stadtbank. Guten Tag, Herr Auer. Hier ist das Sekretariat von Herrn Direktor Brunner. Ich verbinde.«

Musik ertönte. Eine Passage aus dem »Forellenquintett«. Dann kam eine barsche Männerstimme durch die Leitung: »Brunner hier. Guten Tag, Herr Auer.«

»Woher haben Sie diese Nummer?«

»Der Herr Sebastian Glasl hat mich grad' angerufen und mir von Ihnen erzählt. Und auch, dass Sie den Wagen von meinem Freund, Ihrem Onkel Ottfried Bernrieder, haben.«

»Ex-Onkel. Er ist ja mittlerweile ein bisschen tot.«

Grunzen in der Leitung, dann sagte Brunner: »Herr Auer. Ich habe keine Zeit für Späße. Können wir uns irgendwo in der Stadt treffen? Sie haben von meinem Problem gehört und sind willens, tätig zu werden, ja?«

Wer, um Gottes willen, redete heutzutage noch so? »Willens, tätig zu werden.«

»Das weiß ich noch nicht. Lassen Sie uns reden. Wo?«

»Kennen Sie den Stockhammer? Die Wirtschaft am Max-Josefs-Platz?«

»Mhm.«

»Gut, dort bin ich in einer Viertelstunde. Drinnen, in der Stube, am hintersten Tisch links in der Ecke, wenn der frei ist. Wie sehen Sie aus?«

Auer blinzelte sich im Rückspiegel an. Wie ein Gott, dachte er. Aber er sagte: »Ich bin 1,80, habe 83 Kilo, braunes, mittellanges Haar. Schauen Sie im Fernsehen diese Serie ›Die Toten von Salzburg‹?«

Brunner schnaufte: »Was soll das?«

»Na ja, ich schau ein bissel so aus wie der eine, der den deutschen Kommissar spielt. Der, der immer so ein bissel grantig ist. Sie wissen schon, der früher den Carlo Menzinger im Tatort gespielt hat. Und Sie, wie schauen Sie aus?«

»Sie erkennen mich, wenn Sie mich sehen. Bis gleich!«

Auer legte den Hörer wieder in das Ablagefach, schloss die Klappe und dachte sich, du mich auch, dann fuhr er an.

Das Traditions-Gasthaus Stockhammer kennt nun wirklich ein jeder. Berühmt für seine gute, bodenständige Kost und seine hübschen und freundlichen Bedienungen. Deswegen auch beliebt bei den Lokalpolitikern, und zwar fraktionsübergreifend.

Der Auer ging freundlich grüßend in der Gaststube an zwei Kellnerinnen vorbei und schaute sich um. Um diese Zeit war nicht viel los, und so saß der Vizedirektor und Stadtrat Brunner gut sichtbar hinten am Ecktisch.

Wie ein alter, grauer Rabe hockte er da vor seinem Bierglas. Schütteres graues Haar, einen dicken Kopf mit noch dickeren Brillengläsern auf der Nase. Und Tränensäcken unter den Augen, aus denen sich der Louis Trenker problemlos einen Rucksack gemacht hätte. Ein bräsiger alter Knabe, der aussah wie einer, der hart auf die 70 zusegelt. Dabei war er, wie der Auer vom Chili wusste, noch keine 62. Aber er muss wohl das richtige *Parfüm* haben, dachte sich der Auer, denn sonst kriegt so einer wie der eine wie die Sissi nicht auf die Matratze.

Max zog sich einen Stuhl zurecht und streckte dem Brunner die Hand hin. Der gab ihm eine weiche, feuchte Berührung und wies auf den Stuhl: »Bitte nehmen Sie Platz, Herr Auer. Und danke, dass Sie gekommen sind. Wie ist Ihr Wissensstand?«

Der Max öffnete den Mund, sagte aber nichts, weil eine freundliche Rotbraune an den Tisch getreten war: »Auch ein Bier?«

Auer nickte, und die Bedienung ging zur Theke.

»Ich weiß, dass Ihre Frau ab und zu für ein oder zwei Tage verschwindet. Sich mit Freundinnen in München oder Salzburg trifft und einen draufmacht. Wenn's Ihnen zu lange gedauert hat, dann haben Sie den Glasl Sepp geschickt, um sie heimzuholen. Jetzt ist sie aber schon etwas länger weg, und der Sepp weiß auch nicht, wo sie sein könnte. Er hat seine Kontakte abtelefoniert, aber keiner hat Ihre Frau gesehen oder was von ihr gehört. Stimmt das so weit?«

Die Bedienung kam mit dem Bier, stellte es vor den Auer und lächelte ihn an: »Wollen Sie was essen? Dann bringe ich die Karte.«

Der Auer brachte sein bestes Lächeln zum Einsatz: »Mit Ihnen immer. Wann haben Sie denn Zeit?«

Sie lachte, kniff ein Auge zu und ging.

Der alte Brunner fuhr sich mit der Hand über den Kopf: »Haben Sie Bilder von meiner Frau gesehen?«

Auer, der gerade den Schaum abtrank, nickte. Und was für welche, dachte er sich dabei.

Brunner nickte ebenfalls: »Dann fragen Sie sich, was so eine junge und schöne Frau an einem alten Kerl wie mir findet, oder?« Er hob die Hand: »Nein, sagen Sie nichts. Ich liebe sie mit jeder Faser meines Körpers. Vom ersten Moment an, als ich sie gesehen habe. Sie hat sich über mich lustig gemacht, aber ich ging immer wieder hin, in dieses Lokal, wo sie ab und zu gearbeitet hat. Irgendwie sind wir dann ins Gespräch gekommen. Ich kann gut zuhören. Wir haben nächtelang geredet. Nein, *sie* hat geredet. Von kaputten Beziehungen. Von Kerlen, die sie ausgenutzt und geschlagen haben. Davon, dass sie eigentlich nur in Ruhe leben möchte. Dass sie vollkommen fertig und am Ende ist. Sie hat wohl in erster Linie so eine Art Vaterfigur in mir gesehen, schon klar.«

Brunner nahm einen kleinen Schluck und schaute mit blicklosen Augen zum Fenster raus. Seine Stimme wurde rau und brüchig. Er räusperte sich: »In einer dieser Nächte hab ich mir ein Herz gefasst und ihr ein Angebot gemacht. Sissi, hab ich gesagt, komm zu mir. Ich bin seit dem Tod meiner Frau alleine. Ich hab ein großes Haus, ein Boot, Ferienwohnungen, ich hab alles, was du dir nur wünschen kannst. Und ich gebe es dir. Ich lege dir alles zu Füßen, wenn du zu mir kommst. Ich will dich auch gerne heiraten, wenn du das willst. Natürlich erst, wenn wir uns ein bissel besser kennen, sagte ich zu ihr. Dann bist du versorgt, wenn mir was passiert. Und wenn's dir bei mir langweilig wird, dann kannst du, wann immer du willst, für ein paar Tage in die besten Hotels gehen oder auch mal richtig verreisen. Südsee, Italien, Amerika, was weiß ich. In Kitzbühel hab ich auch noch ein kleines Haus und ein Penthaus am Gardasee.«

Er schaute den Auer aus seinen rotunterlaufenen Augen an: »Sie ist oft ausgebrochen, aber auch immer wieder zurückgekommen. Es muss irgendwas mit ihr passiert sein, sonst hätte ich von ihr gehört. Helfen Sie mir, Max Auer, sie ist alles, was ich habe.«

»In welcher Beziehung steht jemand wie Sie zum Glasl und was hatten Sie mit meinem Onkel zu tun?«

Der Brunner rührte nachdenklich mit einem Finger in einer kleinen, runden Bierlache auf der Tischplatte: »Die Sissi kannte den Glasl. Sie hat ab und zu bei ihm gearbeitet, hat sie mir erzählt. Hinter der Theke. Der Ottfried hat ihr das vermittelt. So hab ich sie kennengelernt. Und dass der Glasl in der hiesigen Unterwelt bestens vernetzt ist, das weiß ein jeder. Mir war das nicht recht, dass sie ihm ab und zu ausgeholfen hat, aber er war, so wie viele ihrer Freunde, »aus einem früheren Leben«, wie sie mal zu mir gesagt hat. Und die Sissi ist keine Frau, der man was verbietet oder abschlägt. Und der Otti? Meine Bank hat einige seiner Unternehmungen finanziert. Wir waren alte Freunde, und er hat mir das Kitzbühelhaus und die Wohnung am Gardasee beschafft. Das wird Ihnen die Friedl sowieso erzählen, also können Sie es auch von mir hören. Eine Hand wäscht die andere. So ist das nun mal.«

Er trank, hob sein leeres Glas und wackelte damit: »Den Otti hab ich anfangs beneidet. Um sein abenteuerliches Leben, seine Kontakte zu Leuten wie dem Glasl und anderen Halbweltlern, mit denen sich einer wie ich in so einem Lokal wie dem hier nicht sehen lassen dürfte. Aber diese Leute haben immer fröhliche Tage und bunte Nächte. Schöne Frauen, immer Spaß. Immer Action, die leben ihr Leben und nehmen sich, was sie wollen. Aber meine verstorbene Frau hat mal zu mir gesagt: ›Wenn du jemanden um sein Leben beneidest, dann denk an die Bilder von den Pizzas auf den bunten Prospekten von diesen Lieferservices. Die sehen, im richtigen Licht fotografiert, immer besser aus, als sie dann sind, wenn du sie auf dem Teller hast.‹« Er schlug mit der flachen Hand auf den Tisch: »Wo ist denn nun mein Bier, zum Teufel?«

»Ihr Bier? Kommt gleich, Herr Direktor!«, rief die Kellnerin und der Brunner schaute wieder auf seine Hände: »Sie waren bei der Kripo in München, ein guter Ermittler. Aber man hat Sie kaltgestellt. Reingelegt, könnte man sagen. So viel hab ich von einem Freund aus München erfahren. Sie sind wohl dem verkehrten Mann zur verkehrten Zeit auf die Füße gestiegen, was?«

Er versuchte zu lächeln, das gelang ihm aber nicht. »Und jetzt, was wollen Sie hier in Rosenheim beruflich so machen? Sie sind ja noch jung, da muss noch was kommen, oder?«

Auer zuckte mit den Achseln und nahm sich eine Breze aus dem Korb: »Mal schauen. Ich hab ja auch noch eine abgeschlossene Ausbildung als Rauchmelder. Ich kann laut schreien, wenn's brennt. Ist eine seltene Begabung, und Spezialisten werden immer gesucht. Warum fragen Sie?«

Brunner grinste gequält und sagte: »Wenn du eine Frage stellst, und es gibt darauf keine vernünftige Antwort, dann kann das schon die Antwort sein, Herr Auer. Überlegen Sie, wie viel Sie von mir für Ihre Dienste haben wollen. Rufen Sie mich später im Büro an. Hier ist meine Karte. Und das hier«, er fasste mit der linken Hand in die Tasche seiner Lodenjacke und legte ein weißes iPhone 8 auf den Tisch, »das ist ihr Handy. Das hat sie wohl vergessen. Normalerweise nimmt sie das immer mit, wenn sie, wie soll ich sagen … verreist. Diesmal hat sie es wohl vergessen. Schauen Sie sich die gespeicherten Nummern an, vielleicht finden Sie einen Hinweis, wo sie hingefahren ist. Wenn Sie den Job machen und sie finden, dann seien Sie nett zu ihr. Sagen Sie ihr, ich mache mir Sorgen. Wenn sie noch wegbleiben will, kein Problem. Ich will nur sicher sein, dass es ihr gutgeht, okay?«

Auer steckte das Handy und Brunners Karte ein: »Geben Sie mir Zeit zum Überlegen. Bis heute Abend. Zu Ihrem Angebot: Wenn ich Ihre Frau suche, und ich finde sie schnell, dann kostet Sie das nichts. Wenn Spesen anfallen, erstatten Sie mir die. Wird aber wohl nicht vorkommen. Es kann ja auch gut sein, Sie hören heute noch von ihr, dass alles okay ist. Wenn sich Ihre Frau bei Ihnen meldet, rufen Sie bitte bei meiner Tante an. Da wohne ich. Sie kennen sich doch, oder?«

Jetzt lächelte der Brunner und nickte: »Die Friedl war meine große Jugendliebe. Das hat sie aber nie mitbekommen, weil ich zu schüchtern war. Dann ist der Otti aufgetaucht und hat sie sich geschnappt. Was für eine Frau. Ja, die Nummer habe ich. Und jetzt entschuldigen Sie mich bitte, ich muss zurück. Was immer Sie hier wann auch immer konsumieren, das geht auf unseren Zettel, die wissen schon Bescheid.«

Brunner gab dem Auer noch einen schlaffen und feuchten Händedruck, dann trippelte er wie ein trauriger alter Vogel mit eingezogenem Kopf aus dem Lokal.

EHRLICH WÄHRT AM LÄNGSTEN – ABER WER NICHT BESCHEISST, DER KOMMT ZU NIX

»Ja, so isses halt im Leben, Bub. Da musst flexibel sein.« Mit einer schwungvollen Bewegung stellte die Friedl dem Auer einen Teller mit einem selbstgebackenen gedeckten Apfelkuchen hin. Auf dem Kuchenstück wackelte ein Sahneberg in Form des Matterhorns.

Auer schüttelte den Kopf: »Ich hab jetzt echt keinen Hunger, Tante.« Die Friedl stemmte die Hände in die Hüften: »Und wenn du noch einmal Tante zu mir sagst, dann landet der Kuchen auf deiner Rübe, du undankbarer Junge. Und essen musst du, du hast ja nix auf den Rippen.«

Auer setzte sich gerade hin und klopfte sich wortlos auf den Bauch, aber Friedl schüttelte den Kopf: »Ach was, das ist doch alles Luft. Blähungen. Und außerdem: Ein Mann ohne Bauch ist ein Krüppel. Der Otti, der hat immer gesagt, ein Mann braucht einen gewissen Vorbau, damit der arbeitslose Zwerg da unten bei Regen ein Dach über dem Kopf hat. Iss jetzt. Die Arbeit läuft dir nicht davon. Erinnerst du dich an den Maurer Georg, den nichtsnutzigen Sohn von den Maurers in der Marienberger Straße? Der ist Tapezierer geworden. Na ja, dass der kein Gehirnchirurg wird, das hat man schon früh erkannt. Die hellste Kerze in Gottes großem Kronleuchter war der nie. Aber Tapezierer? Und was für einer. Ich hab den mal in Aktion gesehen. Der konnte im Stehen schlafen, mit dem Leimwaschel in der Hand. Der ist ihm auch in der aufrechten Tiefschlafphase nicht aus den Fingern gerutscht. Für so was brauchst du natürlich auch ein gewisses Talent. Und zu mir hat er mal gesagt, dass er am liebsten den Tapeten beim Trocknen zuschaut.«

Fasziniert beobachtete der Auer die Tante, die auch nach dieser langen Rede keine Luft zog. Nicht sichtbar, jedenfalls.

»Tante, wie war das jetzt mit dem Bänker Brunner und dem Onkel Ottfried?«

»Wie war das … wie war was? Das ist ein Geben und Nehmen gewesen. Ich sag mal so, die Sparkasse oder die Raiffeisen und wie sie alle heißen, die hätten doch nie im Leben dem Otti seine schrägen Vorhaben finanziert. Denk mal nach. Du gehst in eine Bank und sagst: ›Grüß Gott, Bernrieder mein Name. Ich mach jetzt wieder mal einen Puff auf, und deswegen sollten Sie ein paar Flocken über den Tisch wachsen lassen. Wie ich Ihnen das zurückzahle, das überlegen wir uns ein anderes Mal.‹ Nein, nein, Bub. Da musst du vorsichtig ran, da musst du taktieren und schauen, was der Bänker will. Vielleicht einen schnuckeligen Alfa für die Gattin? Oder eine nette Kreuzfahrt, oder doch lieber eine Wohnung am Gardasee?«

»Und so hat sich der Otti den Brunner gekascht?«

»Was für eine ordinäre Ausdrucksweise. Die beiden waren Jugendfreunde, man kannte und mochte sich. Daraus ist eine kreative, flexible Geschäftsbeziehung entstanden. Alle haben gut dran verdient.«

Auer starrte sie an: »Wow, jetzt sag bloß, du hast das alles von Anfang an gewusst, Friedl?«

Sie lächelte süß: »Friedl, wie schön du das sagst, Bub. Sicher hab ich alles gewusst. Fast alles, jedenfalls. Wir waren ja verheiratet. Und wenn ich ein Schnitzel esse, dann will ich ja auch wissen, wo das Geld dafür herkommt, oder? Der Otti und ich, wir haben fast keine Geheimnisse voreinander gehabt. Gell, Otti, so war's doch, oder?« Dabei streichelte sie zärtlich über die Sanduhr und drehte sie um: »Hier steht er viel besser, als da irgendwo auf dem Friedhof eingebuddelt zu sein, findest du nicht auch, Max? Und mit den Strenggläubigen hat er es eh nie so gehabt. Er hat zu seinen eigenen Göttern gesprochen. ›Besser ein Hohlkreuz, als gar nicht religiös‹, hat er mal zum Stadtpfarrer gesagt. Und der hat ihm geantwortet: ›Ja, aber unser lieber Gott sieht trotzdem in jedes seiner Schäfchen hinein‹, und mein Otti hat geantwortet: ›Das erklärt seine stete Abwesenheit am besten.‹«

Die Asche rieselte lautlos, und Friedl meinte: »Jetzt schau nur her, wie er sich freut, weil wir von ihm reden.«

»Und die Sissi? Hat der Otti da auch seine Hände im Spiel gehabt?«

Die Friedl ging zur Glasschiebetür, öffnete sie und machte ein paar Schritte auf die Dachterrasse hinaus. Es war immer noch schwül und die Sonne war hell wie ein zorniges Auge eines Zyklops. Der Himmel hatte dieses typisch Bayerisch-Blau-Flirrende, und in der Luft war der Geruch von gegrilltem Fleisch. Na ja, ein bisschen streng war er vielleicht, der Duft, der, vermischt mit schlanken, hellen Rauchfetzen, von unten hochstieg.

»Die da unten grillen schon wieder auf dem Balkon. Und du kannst nichts dagegen machen, auch wenn dir das ganze Haus gehört. Ist das nicht schlimm, dass man als einheimischer, rechtschaffender Immobilienbesitzer keinerlei Rechte mehr hat? Aber jetzt bist du ja hier, Bub. Vielleicht könntest du mal runtergehen und den Kameltreibern eine auf die Kauleisten geben. Würdest du das für deine alte, gebrechliche Tante machen, Schätzchen?«

Ohne eine Antwort abzuwarten, ging sie schnell bis zur Brüstung vor, beugte sich darüber und flötete nach unten: »Ja, der Herr Özgür, das riecht aber schön, was Sie da grillen. Mhm, da kriegt man ja einen richtigen Heißhunger. Was ist denn das? Ausschauen tut es ja echt lecker? Ah, das sind Schweinswürstel, gell? Das seh ich gleich. Ham Sie die vom Lohberger? Der macht unglaublich gute Schweinswürstel. Und die Kümmelsülze erst. Kennen Sie die? Bei Ihnen zu Hause isst man doch viel Kümmel in irgendeinem Gesülze, oder?«

Sie legte den Kopf schief und lauschte auf die Männerstimme vom unteren Balkon. »Was ist das? Gehackte Hammelinnereien? Ganz allerliebst, ehrlich. Wie? Nein danke, sehr lieb von Ihnen, aber wir haben ja unseren Fischtag heute, wir sind streng religiös, der Maxi und ich. Wo sind denn Ihre reizenden fünf Kinder heute? Wie? Nein, nein, die stören mich nicht, ich habe gerne Kindergeschrei, wenn ich Yoga mache. Und ich versteh ja eh nicht, was die da so rumkreischen in ihrer Dings … äh … Sprache. Guten Appetit noch mit Ihren Hammelbrocken da, Herr Özgür, gell? Und grüßen Sie Ihre Frau, Ihre schleierhafte Gemahlin. Tschühüs!«

Jetzt denkst du dir, die Friedl und Yoga? Dabei hat sie mal gesagt: »Motzen ist mein Yoga!« Das war, als der Otti noch gelebt hat und meinte, sie soll doch mal yogieren oder

Pilatus oder wie das heißt machen oder sonst was Chinesisches, dann kommt sie vom Brandy weg. Aber was sag ich? Geholfen hat's nix, und hier geht's schon weiter.

Friedl kam wieder rein und goss sich einen doppelten Hennessy in ein schweres, geschliffenes Kristallglas: »Am liebsten würd ich mal mit dem Hochdruckreiniger nach unten pfeffern. Aber man kann sich seine Mieter ja nicht aussuchen. Nicht mehr. Früher, ja, da war alles besser, sogar die Mieter. Aber was soll's, der anatolische Kannibale da unten verdient gut und ist mein Quoten-Ausländer im Haus. Letztes Jahr hab ich im Keller noch drei Somalier gehabt, die haben sich Hühner gehalten, und freitags war immer Hausschlachtung bei denen im Wohnzimmer. Die musste ich aber dann doch rausschmeißen, wo die mit Schafen im Wäscheraum angefangen haben. Da hast du dich erst mit dem Bock arrangieren müssen, dass der dich zur Waschmaschine lässt. Wo sind wir stehengeblieben, Maxi? Ich werde so vergesslich in letzter Zeit. Da hilft nur meine Spätnachmittagsmedizin. Jaja, das Alter kennt keine Gnade.«

Sie leerte das Glas in einem Zug und setzte sich gegenüber dem Auer an den Tisch. Dann hob sie das gestickte Damasttuch an, fasste unter die Tischplatte und zog eine Schachtel Zigaretten aus der Schublade. »Wo sind denn meine Streichhölzer? Ah ja, hier.« Sie hob ein Heftchen mit dem Aufdruck »Wild Wild West – YOU LOOK FOR GIRLS – WE GOT THE BEST« hoch und riss ein Pappstreichholz ab.

Friedl nahm einen tiefen Zug, der ein Viertel der Filterzigarette in Asche verwandelte. Den Rauch behielt sie ein paar Augenblicke in der Lunge und ließ ihn dann langsam durch die Nase ausströmen. Dann seufzte sie, als sei sie gerade aus einem langen und tiefen Schlaf erwacht: »Jetzt schau nicht so, Bub. Ja, ich hab aufgehört. Aber ab und zu brauch ich eine. So wie jetzt.«

Sie lächelte schwach: »Maxi, mein Schätzchen, sag jetzt nichts, ja? Ich hab das im Griff. Und außerdem ist es gut für die Figur.« Sie klopfte sich mit der Linken auf die Hüfte und blinzelte dem Auer neckisch zu.

Der schaute sie wortlos an. Friedl fächerte theatralisch den Rauch zur Seite: »Schau, Bub, die Sissi ist eine gelernte Schlampe. Mit Prädikat sogar. Eine Prädikats-Schlampe sozusagen. Die hat sich den Brunner geangelt, weil der Geld und Macht und Einfluss hat. Jetzt stell dir bloß einmal vor, da kommt so ein alter Sack in der Nacht nackert ins Schlafzimmer gehumpelt, wackelt mit seinem alten, faltigen Pinsel vor deiner Nase rum und sagt: ›Gell, Mausi, da schaust. Auf geht's, heut pack ma's wieder.‹ Hast du in diesen bunten Illustrierten schon mal Fotos vom Mörtel Lugner aus Wien gesehen? Nein? Pass auf: Der hat auch immer so blutjunge Dinger, die er alle »Mausi« nennt. Wahrscheinlich kann er sich keine anderen Namen mehr merken. So, und für die Sissi, da ist der Brunner der Rosenheimer Lugner gewesen. Und der alte Depp ist drauf reingefallen. Liebe macht blind, sagt man. Stimmt aber nicht, ganz im Gegenteil. Der Liebende sieht weit mehr, als wirklich da ist. Und so ist die Sissi seine Traumprinzessin.«

Auer sagte immer noch nichts.

»Jaja, ihr Männer seid doch alle gleich. Jetzt sag doch auch mal was. Weißt, der Otti, der ist auch neben naus wie der Teufel, und er hat geglaubt, ich merke das nicht. Aber so hab ich in den letzten Jahren wenigstens meine

Ruhe gehabt. Sex in der Ehe wird eh ziemlich überbewertet. Obwohl, wenn ich so überlege, so ab und zu, da tät's mich schon noch ein bissel reizen.«

Max grinste, schüttelte den Kopf und sagte: »Zurück zum Thema, Friedl-Tante. Weich mir nicht aus. Wie ist der Brunner zur Sissi gekommen? Wer hat sie ihm zugeführt? Auf die Idee: Jetzt schnapp ich mir den reichen Bänker, auf so was kommt so eine nicht von selber. Wer hat da dran gedreht? Ich hab mich mit dem Brunner unterhalten. Der ist keiner, der auf einem Pferd in den Saloon reitet und sich ein Cowgirl hinten auf den Sattel wirft.«

Friedl starrte entrüstet durch den Rauch: »Pfui. Wie redest du mit einer alten Frau? Ach geh, Bub, jetzt spricht der Polizist aus dir. Dabei wollte deine Mutter immer, dass du zur Post gehst. Mir hätte das übrigens auch gefallen, wenn du das gemacht hättest.«

Auer trommelte mit den Fingern auf den Tisch: »Zur Post, ja? Kennst du die letzten Worte eines Postboten? Pass auf, er geht durch die Gartentüre auf ein Grundstück und marschiert auf das Haus zu. Da kommt was um die Ecke gehechelt. Der Postbote: ›Na, du bist aber ein schönes, großes Hundi. Wo kommst du denn auf einmal … HILFE!‹«

»Den versteh ich jetzt nicht so ganz.«

»Das hat der Postbote auch gesagt, wie er noch mal kurz aus dem Koma erwacht ist. Famous last words. Und weil wir grade davon reden: Ich bin gut zufrieden, so wie mein Leben bis jetzt gelaufen ist. Okay, die Pensionierung hab ich mir anders vorgestellt. Und mein Ein- und Auskommen auch. Aber wie ich immer sage: ›Ein bissel was geht alleweil.‹«

Friedl schaute versonnen zur Decke und nahm noch einen tiefen Zug. Als sie den Rauch ausstieß, sagte sie: »Der Otti hat kurz vor seinem Tod ein Buch von dem Dings, diesem Portugiesen, gelesen. Wie heißt der noch mal? Warte, gleich komm ich drauf. Ja, ich hab's: Paulo Coelho. Genau. Und der hat geschrieben, hoffentlich krieg ich das noch hin: ›Auch wenn ich all das durchgemacht habe, was ich durchgemacht habe, so bereue ich die Schwierigkeiten nicht, in die ich mich begeben habe – weil sie es waren, die mich dorthin brachten, wohin ich zu gelangen wünschte. Schön, gell? Und da war noch so ein Spruch, den kann ich aber nimmer ganz, glaub ich: ›Wenn du dann so weit bist, setze dich in die Sonne, danke ab, und lebe weiterhin wie ein König‹. Ganz so stimmt das jetzt nicht, aber so hab ich das im Kopf. Er war halt auch trotz allem ein Romantiker, der Otti.«

Sie schloss die Augen. Auer überlegte, dann griff er über den Tisch und berührte ihre Hand: »Der Otti wollte aufhören? Womit?«

Friedl blinzelte ihn erstaunt an: »Hab ich das nicht erzählt? Ein paar Wochen vor seinem tragischen Unfalltod sind wir genau hier gesessen. Der Otti da, wo du jetzt bist. Er hat mich angeschaut und gesagt: ›Friedl, jetzt wird's Zeit, dass wir uns noch was richtig Schönes gönnen. Eine lange, lange Weltreise vielleicht. Alles erster Klasse. Mit dem, was wir haben, können wir 200 Jahre alt werden, und dann ist immer noch was über.‹«

Max starrte sie an: »Weiter!«

»Ja, was, weiter? Er hat gemeint, er hätte mit dem Glasl und dem Brunner fast alles geregelt. Zwei Dinger ziehen sie noch durch. Irgendwas mit großen Grundstücken. Da wär aber fast alles in trockenen Tüchern. Das wollte der Otti noch machen, dann ist endgültig Schluss, hat er gesagt. Er nimmt sein Geld aus den Betrieben und steigt aus. Fehlen nur noch ein paar Formalitäten, wegen der letzten beiden Sachen. Dann, einen Tag vor den Unterschriften, da sind sie zu der besagten Hütte auf dem Samerberg gefahren, der Glasl und mein Otti. Den Rest kennst du ja.«

»Dann erzähl ihn mir noch einmal, Friedl.«

»Jawohl, Herr Kommissar. Also, sie fahren, der Glasl kommt da hinten am Hundsgraben, am Waldrand, ins Schleudern. Der Wagen fliegt von der Straße ab, knallt seitlich an einen Baum und – peng. Sie haben gesagt, dass der Otti nicht angeschnallt war. Da hab ich mich schon ein bissel schwergetan, das zu glauben. Weil der Otti ja immer so ein Sicherheitsfanatiker war. Aber der Glasl hat's beschworen, der hat sich selber ein paar Rippen geprellt und ein Knie aufgeschlagen. Ziemlich schlimm. Der ist eine Zeit lang gehumpelt wie der Glöckner von Notre Dame. Ach so, und ein blaues Aug' hat er auch gehabt. Der war natürlich angeschnallt. Auch bei der Polizei haben die mir später erzählt, Fremdeinwirkung ausgeschlossen, tragischer Unfall. Akte zu, Otti tot.«

Sie wischte sich ein paar Tränen aus den Augen und nahm den Max bei den Händen: »Jetzt haben wir nur noch uns beide, Bub.«

Auer streichelte ihre Hände: »Ich pass schon auf dich auf, Friedl. Was war denn mit dem Geschäftsabschluss? Mit Ottis Ausstieg?«

»Das haben der Glasl und der Brunner geregelt. Ich hab alles unterschrieben, was mir der Brunner hingelegt hat. Zu Misstrauen war kein Grund, denn ich hab im Endeffekt mehr Geld und Immobilien rausbekommen, als ich dachte.«

Ihre tränenumflorten Augen wurden schmal: »Was fragst du auf einmal so blöd? Meinst du, da war irgendwas nicht ganz koscher?«

»Ich hol mir noch schnell ein Bier aus der Küche. Willst du noch einen kleinen Cognac, Friedl?«

»Wer lange fragt, der gibt nicht gerne. Und ja keinen kleinen, Bub, einen vernünftigen. Für meinen alten Kreislauf. Auf kleine Schlucke reagiert der gar nicht mehr. Der braucht jetzt einen Schub.«

Auer kam mit dem Bier und dem Hennessy zurück an den Tisch, und Friedl kratzte sich an der Schläfe: »Nein, ich kann mir eigentlich nicht vorstellen, dass da was Linkes gelaufen ist. Schau mal, der Brunner, der verdankt dem Otti ja die Sissi, und der …«

Max hob die Hand: »Langsam, Friedl, langsam. Was heißt das genau, dass der Brunner dem Otti die Sissi verdankt? Erklär mir das mal so, dass ich es verstehe, ja? Und warum weiß ich so wenig über den Unfall und das ganze Zeug?«

»Ich brauch noch eine Zigarette.« Sie zündete sich eine an, blies den Rauch aus und wedelte wieder in der Luft herum: »Du warst ja nur ganz kurz da, bei der Urnenfeier. Nicht einmal zum Leichenschmaus bist du geblieben. Und ich wollte schon gerne mit dir reden, aber es ging halt nicht, weil der Herr Polizist in Eile war. Zurück nach München musste er, der Kommissar, während es der alten Tante beinahe das Herz zerrissen hätte vor lauter Gram. So, und jetzt bedrängst du mich? Findest du das schön? Kommt jetzt eine Moralpredigt, von wegen schmutziges

Geld und so? Pecunia non olet, mein Lieber. Das haben schon die alten Griechen gesagt, gell?«

Der Max, bass erstaunt über diesen Temperamentsausbruch, winkte ab: »Hör mit den Griechen auf. Was haben die von ihren schlauen Sprüchen? Die sind mittlerweile pleite. Du nicht. Also, wie ist das mit der Sissi gelaufen?«

Friedl trank mit beleidigtem Gesichtsausdruck einen großen Schluck und sagte: »Ja mei, wir haben uns halt eines Abends überlegt, der Otti und ich, dass der Brunner eigentlich eine ganz arme Sau ist. Nicht pekunär, verstehst? Vermutlich hat es am Hormonstau gelegen, auf jeden Fall ist er geschäftlich in letzter Zeit ein bissel arg verkniffen gewesen, hat der Otti gemeint. Und er hat gesagt, dass er gelesen hat, dass ältere Männer schnell einmal den Prostatakrebs oder so was Ähnliches kriegen können, wenn die ganzen alten Leitungen da unten nicht regelmäßig freigespült werden. Also ist der Otti zum Glasl, alias Chili, und hat gemeint, wir binden dem Brunner jetzt etwas Frauenfleisch um, dann wird er auch wieder lockerer im Geschäft.«

»Warum, was war denn vorgefallen, was heißt denn ›verkniffen‹?«

»Ach, Bub, das Übliche. Der Brunner hatte mittlerweile alles, was er wollte: Haus, Boot am Chiemsee, Chalet in Kitzbühel und das Dings da am Gardasee. Alles, bloß keine Frau. Otti hat gesagt, dass sich der Brunner sogar zu solchen Internetsachen angemeldet hat. Weißt schon, da bezahlst du einen Haufen Geld, und die Frau, die du dann kennenlernen willst, die wurde dummerweise kurz vorher abverkauft, also hast du einen Kerl auf dem Bildschirm. Das mit den Frauen war aber nicht das Hauptproblem.

Nein, der Brunner wollte generell nicht mehr so richtig, weil ihm seine Beteiligung zu gering war. Er ist plötzlich geldgierig geworden. Doppelten Anteil, das hat er gesagt. Doppelt, oder ich lass das mit euch sein. Und das passte dem Otti und dem Glasl überhaupt nicht. Die haben doch noch ein oder zwei Dinger in der Röhre gehabt, die hätten sie schon gerne durchziehen wollen, weil da ja schon relativ viel Geld dafür geflossen ist. Und wenn der Brunner plötzlich so viel mehr Geld sehen will, dann rechnet sich das nicht mehr.«

»Was für Dinger?«

»Ach geh, jetzt fragst du einer alten, unwissenden Frau ein Loch in den Bauch. Immobiliendinger halt. Das eine, das ist ein Ärztehaus, mitten in der Stadt. 14 Praxen und eine Radiologie mit CT, ambulantes OP-Zentrum und alles, was man sich so vorstellen kann. Allein da hätten die drei in Jahresfrist ein paar Millionen rausgeholt. Ein jeder von denen, wohlgemerkt. Na ja, und dann noch das Studentenwohnheim. Da geht das Grundstück ein klitzekleines Fusselchen in so ein blödes Naturschutzgebiet rein. Ein paar Meter hier, ein paar Meter da. Was soll das, frag ich dich, Bub? Da im Wald leben ein paar quergehörnte Kreuzschnäbler oder wie die heißen. Und so eine Fledermausart, die ist so selten, dass sich die paar, die da rumflattern, selber nicht einmal persönlich kennen. Das Problem könnte der Brunner aber gut über seine Beziehungen regeln. Jetzt nicht das mit den Fledermäusen, sondern das mit dem Grundstück. Du kaufst es billig ein, weil ja eh nie gebaut werden darf. Dann kommen ein paar Sachverständige vom Verein der anonymen Waldvögel, und die schlagen einen Umzug vor.«

»Verstehe! Einen Umzug.«

»Nein, tust du nicht. Manchmal muss man die lieben Tierchen zu ihrem Glück zwingen, hat der Otti gesagt. Vielleicht fühlen die sich auf dem Samerberg oder auf der Kampenwand viel wohler, wer weiß? Auf der Herreninsel, mitten im Chiemsee, da haben sie sogar ein Fledermaus-Museum, ja, was denkst du. Und, da staunst du auch, auf der Insel ist das größte Fledermausaufkommen Deutschlands. Vielleicht sind die ja auch alle umgesiedelt worden, wer weiß das schon? Also, um auf die Vorhaben zurückzukommen: Der Brunner sollte im Stadtrat das mit dem Grundstück und den Fledermäusen mithilfe der Gutachten klären, und dann hätte seine Bank auch die Finanzierung übernommen. Und das Grundstück für das Ärztehaus wollten sie dem Kerl abjagen, der es hat, aber nicht bebauen kann, weil er keine Flocken hat, verstehst? Unterm Strich hätten sie alle profitiert. Alle. Die Baupläne sind schon gezeichnet, ein paar Leute haben nette Geschenke bekommen, so was halt, nicht wahr?«

»So, und da kommt jetzt die Sissi ins Spiel?«

»Genau. Der Otti hat gemeint, die Sissi, die könnte den Brunner wieder auf Linie bringen. Der Glasl Chili hat gemeckert, weil er ein bissel in die Sissi verliebt ist. Aber der Otti sagt, Papperlapapp, das darfst du nicht persönlich nehmen. Geschäft ist Geschäft. Ein zweites Stück Apfelkuchen mag ich jetzt auch nicht mehr. Das passt nicht zu dem Cognac. Du warst doch grade am Kühlschrank. Ist da noch ein verträumtes Stückerl von der Kirschtorte drin?«

»Was?« Max, der mit seinen Gedanken ganz woanders war, schaute auf. »Du willst doch ein wenig abnehmen, hast du mir gestern gesagt, oder?«

»Ach was, so was macht man über einen gewissen Zeitraum, und nicht so panisch schnell. Außerdem wird Hüftspeck im Frühjahr zu Frühlingsrollen, im Herbst zu Hüftgold und so weiter. Ein ewiger Kreislauf. Wo waren wir stehengeblieben?«

»Bei der Kirschtorte. Die ist alle. Ist die Sissi auf den Brunner angesprungen?«

Die Friedl schnaufte und verdrehte die Augen: »Ja was glaubst, Bub. Die hat den so toll gefunden wie einen Pickel mitten am Hintern. Aber sie hat natürlich einen gesunden Sinn für das Geschäftliche, da kannst du nicht meckern. Also: Blitzhochzeit, neuer Porsche Cayenne für die Braut, und alle sind glücklich. Sissi trifft sich ab und zu mit dem Glasl, und ab und zu fährt sie ein paar Tage weg und lässt es richtig krachen. Der Brunner meint, sie wäre auf Wellness, Ayurveda, stille Tage im Kloster und solches Zeug. Deshalb hat sie ihm verboten, sie anzurufen, wenn sie weg ist. Meinst du, der Glasl hat sie versteckt?«

»Glaub ich nicht.« Max stand auf.

»Wo willst du hin?«

»Bin bald wieder da. Und dann bring ich dir einen sizilianischen Zitronenkuchen vom Bergmeister mit, ja?«

Friedl kam um den Tisch herum, drückte dem Auer einen Schmatz auf die Backe und gurrte: »Bist doch mein lieber Bub, du.«

DADDY COOL

Jetzt denkst du, ja mein Gott, schnallt der Auer Max denn gar nichts? Der muss doch mitkriegen, dass ihm alle nur einen Bären aufbinden, oder? Die Tante, der Brunner, und erst recht der Chili. Aber täusch dich nicht im Auer. Manchmal fällt bei dem der Groschen in Ein-Cent-Stücken, weil er immer alles speichert. Dann analysiert er es, und dann legt er los. Wie der Columbo in seinem alten Regenmantel.

Am Brückenberg staute sich der Feierabendverkehr aus der Stadt raus. Max fuhr die Seitenfenster des alten Benz hoch, das Schiebedach zu und schaltete die Umluft-Klimatik ein. Nach drei Rotphasen bog er in die Klepperstraße ein und wäre beinahe einem neuen BMW X5 hinten drauf, weil die Frau am Steuer plötzlich abbremste, den Schminkspiegel runterklappte und anfing, sich den Lidstrich nachzuziehen. Max zeigte ihr im Vorbeifahren einen Vogel und sie ihm dafür den sehr gepflegten Mittelfinger.

Vor dem »Wild Wild West« standen vier oder fünf Autos, und Max stellte sich neben einen dunkelroten Camaro mit überbreiten Reifen auf Chromfelgen.

Die Chilischote über dem Eingang sah im hellen Tageslicht verwelkt aus, und die Zellentür war verkratzt und rotfleckig. Max hämmerte an das Metall, kurz darauf öffnete der riesige Finne im pflaumenfarbigen Polyester. Diesmal trug er ein leuchtend gelbes Hemd unter dem Anzug.

Max schaute zu dem Kerl auf: »Bist du noch größer geworden oder bin ich eingegangen?«

Der Kerl grunzte, was der Auer als einen Heiterkeitsanfall deutete, und trat zur Seite. Der Zwerg saß an demselben Tisch wie neulich. Er winkte, und als Max näher trat, sagte er: »Setz dich ein bisschen zu uns, der Chef hat Besuch. Eine Besprechung, dauert aber nicht mehr lange.«

»Wem gehört der rote Camaro da draußen?«

»Einem unserer zukünftigen Hauptdarsteller. Einem echten Filmstar.«

»Beim richtigen Film oder bei euren Rein-und-raus-Produktionen?«

Der Kleine hob einen Zeigefinger: »Der kommt vom Fernsehen. Der hat schon in zwei Tatorten die Leiche gespielt. Weil er tot gucken kann, ohne zu blinzeln. Der Chef will ihn unbedingt für eine Leberkäs-Produktion.«

»Als blinzelfreie Leiche?«

Der Kleine verdrehte die Augen: »Als dauergeilen Senner, der eine Gruppe hübscher Wanderinnen kunstvoll wegrammelt. Im Heu, auf der Alm und auf einer Bergwiese mit Blick auf die Kampenwand. Künstlerisch wertvoll, das ist das Zauberwort. Mit dem Streifen will der Chili im nächsten Jahr auf diese Festivals. Nizza, Cannes oder Venedig, vielleicht sogar Altötting. Dahin, wo die ganz großen Stars immer gehen.«

»Ah ja. Habt ihr schon einen Namen für euren Blockbuster?«

Der Kleine beugte sich über den Tisch: »Muss aber unter

uns bleiben, ja? Der Chili sagt, das ist alles noch top secret. Kannst du schweigen?«

Auer fuhr sich mit Zeige- und Mittelfinger über den Mund und machte das »Reißverschluss-Zeichen«. »Sag an!«

»Brez'n-Gangbang, Part one.«

Jetzt hat der Auer natürlich einen Lacher unterdrücken müssen, aber als Polizist, und natürlich speziell als Ex-Polizist, da musst du das auch können. Er machte ein ernstes Gesicht: »Spielt ihr auch mit?«

»Mehr indirekt. Wir sind an den Scheinwerfern, schieben das Dolly-Dings, weißt schon, das ist so ein Schlitten auf Rädern, wo der Kameramann drauf sitzt und so weiter. Extrakohle gibt es nicht, hat der Chili gesagt, aber unsere Namen kommen im Abspann. So was merken sich die Leute, hat er gesagt. Da werdet ihr zu Stars in der Szene, meint er. Meinst du, das stimmt? Das mit den Stars? Ehrlich jetzt?«

Auer nickte: »Da hat er wohl recht. Aber ihr braucht dann natürlich gute Künstlernamen. Zufälligerweise kann ich euch da helfen, weil ich mich mit so was auskenne. Pass auf: Danny und Arnold, die Red-Light-Twins. Na, wie findest du das?«

Der Kleine schaute den Riesen an, der machte ein paar schnelle Handbewegungen und schaute fragend.

Der kleine Mann kratzte sich am Kopf: »Er meint, wer ist Danny und wer ist Arnold, und warum überhaupt?«

»Mann, weil du aussiehst wie Danny DeVito und er wie der Arnold Schwarzenegger. Jedenfalls, was Größe und Muskeln anbelangt. Nein, stimmt nicht, dein Kumpel hier ist ja fast zwei Meter groß. Aber lasst euch das mal auf der

Zunge zergehen: Danny und Arnold. Klingt doch scharf, oder? Ab jetzt nenne ich euch so, damit ihr euch an eure Künstlernamen gewöhnt. Denn wenn euch auf so einem Festival plötzlich die Angelina Jolie, die Charlize Theron oder eine andere Sexbombe anspricht, dann müsst ihr auf eure Namen reagieren, kapische?«

»Brauchen wir dann nicht auch bunte Autogrammkarten?«

»Auf jeden Fall. Hey, kannst du mal fragen, wie lange die da drinnen noch machen?«

Danny grinste: »Klar, ich schau mal rein. Willst du was trinken? Ich hol uns was.«

»Yep, ein kleines Bier, dann stoßen wir gleich auf eure neuen Namen an.«

Danny rief dem Mädel hinter der Bar zu: »Bring mal drei Pilsos, Schöne. Und mit Liebe gezapft, wir haben nämlich was zum feiern!«

Er verschwand im hinteren Teil der düsteren Kneipe, und Auer hörte, wie er an eine Tür klopfte. Dann Gemurmel, und wenige Sekunden später war Danny wieder am Tisch: »Die sind so gut wie durch. Nur noch ein paar Minuten.«

Auer zeigte mit dem Daumen über die Schulter: »Wem gehören denn die anderen Schlitten vor der Tür?«

Danny sagte: »Na ja, der Star hat natürlich seinen Manager dabei, einen Stylisten und einen Kerl, der sich um alles kümmert, was er so braucht beim Dreh. Personal Assistant, so heißt der.« Und zu Arnold: »Holst du mal die Biere?«

Der Riese grummelte was Unverständliches, machte ein paar schnelle Handbewegungen und hievte seinen massigen Körper aus dem Stuhl. Dann humpelte er in Richtung der Bar.

»Was hat er gesagt?« Auer schaute dem Mann nach, der offensichtlich den linken Fuß nachzog.

»Er muss noch schnell ein paar Brownies ausliefern, aber das liegt auf seiner Strecke.«

Auer zog die Brauen hoch: »Hat er noch einen Nebenjob?«

Danny grinste: »Nein, das heißt, er geht aufs Klo, verstehst du?«

»Wow, so was von witzig. Echt gut. Sag mal, kann Arnold reden? Verstehen tut er dich offensichtlich. Aber das, was er dann vor sich hin grummelt und knurrt, also, da hab ich keine Peilung, was er damit meinen könnte.«

Der kleine Mann beugte sich über den Tisch: »Pass auf, der Mann ist Finne. Die reden eh nicht gerne viel, weil das Land so dünn besiedelt ist. Außerdem ist er stumm. Oder so was Ähnliches. Er kann dich hören, versteht unsere Sprache ganz gut, aber mitteilen muss er sich über seine Hände. Ich hab mir die Pfotensprache im Lauf der Jahre draufgeschafft, und wir beide kommen ganz gut damit klar.«

»Stumm, was? Und er humpelt. Hatte er einen Unfall?«

Danny schaute sich um, aber Arnold war immer noch auf dem Klo.

»Er will nicht, dass man drüber redet. Aber dir kann ich es sagen. Bleibt aber unter uns, ja? Indianerehrenwort?«

Auer nickte mit ernster Miene und hob zwei Finger.

»Also, diese Finnen auf dem Lande, die haben ja alle so was wie eine Sauna im Hof. Der Arnold war aber als

Jugendlicher mal in Amerika, und da hat er diese indianischen Schwitzhütten gesehen. Er hat da auch eine von diesen Squaws in einem Reservat kennengelernt. White Buffalo Woman, die war fast genauso groß und schwer wie er, hat er mir mal erzählt. Schwere Knochen, aber Liebe auf den ersten Blick. Und die hat ihm so ein Inipi gebaut.«

»Was ist ein Inipi? Eine Sauna?«

»Nein, das ist eine Kuppel aus Weiden- oder Haselnussästen, halbrund, mit Fellen drüber. Vielleicht 1,50 Meter hoch und zwei bis drei Meter im Durchmesser. In der Mitte von dem Ding wird ein Loch in den Boden für die heißen Steine gegraben. Die Steine werden erst in einem Feuer vor der Hütte erhitzt, bis sie glühen. Dann bringt man sie in das Loch drinnen. Da kommen dann Kräuter drüber und etwas Wasser oder so.«

Auer schloss geduldig die Augen und der Kleine sagte: »Jetzt warte, das gehört alles zur Story. Also, mein Kumpel baut sich so was in Finnland, er wohnt ja alleine irgendwo in den Pampas, umgeben von Wäldern und so. Eines Tages macht er im Morgengrauen ein Feuerchen und geht in das Schwitzzelt, weil er die Steine rausholen will. Die sind immer noch ein bissel warm. Das hat sich auch der Braunbär gedacht, der in der kuscheligen Hütte übernachtet hat.«

»Ein echter Bär?«

»Und was für einer. Ein Weibchen, genau genommen. Die sind noch viel fieser als die Männchen. Genau wie bei uns. Also, der Mann, der ab jetzt Arnold heißt, stolpert schreiend rückwärts aus der Hütte. Der Bär nimmt das Geschrei persönlich und denkt, hey, der flirtet mit mir, und brüllt seinerseits los. Arnold fällt hin, der Bär kommt angeschossen und schwupps, beißt sie ihm das linke Bein am Knie durch. Arnold zieht sein Finnenmesser und sticht dem blöden Bären in die Schnauze. Der fegt ihm noch eine und haut mit dem Bein in der Schnauze ab. Von dem Schock ist Arnold sprachlos geworden, im wahrsten Sinne des Wortes. Stell dir vor, du schaust deinem Bein hinterher. So was gibst du ja nur ungern aus der Hand, oder?«

»Und das Bein? Hat er das wiederbekommen?«

»Bedauerlicherweise nein. Er hat sich dann selber ein Holzbein geschnitzt, als er wieder einigermaßen fit war, und er kommt sehr gut damit klar. Das Holzbein hat ein Geheimnis, nämlich ... Oh Scheiß, da kommt er. Sag bloß nix von dem, was ich dir erzählt hab, ja? Der killt uns beide.«

Und zu dem Riesen: »Na, alles gut abgelaufen? Stell mal die Biere in die Mitte und merk dir deinen neuen Namen. Wir werden berühmt, Alter. Ich spür das im Urin.«

Arnold brachte ein furchterregendes Grinsen zustande und fuchtelte mit den Händen.

»Was meint er?«

»Was Unhöfliches. Hat mit einem Körperteil zu tun, wo selten die Sonne hinscheint. Ich will das jetzt nicht so wörtlich übersetzen.«

Auer nahm sein Glas hoch, aber bevor er trinken konnte, kamen vier Männer aus dem Büro und schlenderten lachend an ihrem Tisch vorbei. Sie nickten ihnen zu, einer der Kerle, ein ziemlich dunkelhäutiger, großer und schlanker Bursche, grüßte lächelnd zurück. Der neben ihm sagte gerade: »Das ist kein Name, das ist eine Diagnose. Du kannst dich in dem Streifen nicht ›Sepp the Longhammer‹ nennen. Frankie Bigdick find ich auch irgendwie blöd. Lass uns da noch mal drüber reden, alles andere ist okay. Aber wie willst du einen Gamsbart-Hut auf deinen Afro kriegen?«

Longhammer-Bigdick meinte: »Die Matte muss eh ab. Das passt schon. Mehr Sorgen macht mir das Jodeln. In meiner Zeit als Tatort-Leiche hat man so was nicht von mir verlangt.«

»Du bildest dich halt künstlerisch fort, so ist das im Showbusiness!« Der schmale Kerl hinter dem Schwarzen gackerte wie ein Huhn.

Aus dem Büro kam Chilis Stimme: »Max, kommst' rein?«

Auer trank von seinem Bier, nickte seinen neuen Freunden in ihren Plastikanzügen zu und stand auf: »Und immer schön üben: Du bist Arnold und du bist Danny, klar? Das müsst ihr im Schlaf aufsagen können.«

Die beiden nickten unisono mit den Köpfen und prosteten ihm zu.

Chilis Büro war von Zigarettenrauch vernebelt. Auer ging um den Schreibtisch rum und öffnete das Fenster. »Wow, Aussicht auf drei Müllcontainer und zwei Reihen Wellblechgaragen.«

»Man tut, was man kann. Setz dich, was gibt es?«

»Waren das eben deine neuen Filmpartner?«

Chili grinste, lehnte sich in seinem Chefsessel zurück und legte die Beine auf den alten Schreibtisch. »Der große, dunkle Kerl ist ein echter Steher. Bis jetzt hat er das privat und aus Spaß an der Bumserei gemacht, aber mit dem kann man richtig Geld verdienen. Und er selber auch. Ein echtes Naturtalent, der Kerl. Und die anderen drei? Spinner, die glauben, ab jetzt könnten sie sich aufführen wie

Harvey Weinstein oder Kevin Spacey. Die werden schon noch merken, was bei uns abläuft.«

Auer wischte ein paar Ascheflocken vom Stuhl, bevor er sich setzte: »Der spielt aber keinen Bergförster, oder?«

»Der? Nein, der ist im neuen Film der Milchalm-Sepp. Er kriegt einen Trachtenhut mit einem Riesengamsbart auf die Rübe und wird in eine kurze Lederhose mit bestickten Trägern gesteckt. Und dann geht's ab. Den Muschibesen unter der Nase muss er sich natürlich abrasieren. Da kennen meine Mädels keinen Spaß. So was macht die seidene Unterwäsche kaputt.«

Auer nahm das Glas, das ihm der Chili über den Schreibtisch schob, und vernahm dessen Prahlerei: »Schottischer Whiskey, 100 Jahre alt. So was kriegst du sonst nur im echten Hollywood. Probier mal.«

Max roch an dem Glas und nahm einen kleinen Schluck. »Super. Hier, dein Filmstar, der ist für einen Senner aber ziemlich dunkelhäutig, würde ich mal sagen. Kauft dir deine Kundschaft so was ab?«

Chili schaute zur Decke: »Na ja, er ist halt ein bissel maximal pigmentiert. Aber vielleicht hat er eine seltene Hautkrankheit und wird deswegen immer dunkler. So wie der Michael Jackson. Der hat ja auch so was gehabt, oder?«

»Der Michael Jackson ist pechschwarz geboren und dann zum Weißen mutiert.«

Chili schlug mit der flachen Hand auf die Tischplatte. »Sag ich doch. Wie der Michael Jackson. Nur umgekehrt. Das ist ja das Fiese an so einer Krankheit. Der eine wird weiß, der andere schwarz. Fürchterlich, nicht wahr? Aber der Mann hat ein Gehänge, für so was brauchst du in manchen Ländern einen Waffenschein. Und genau das zählt in meinem Business. Außerdem: Was weiß ein ländlich lebender Inder in Peschawar oder ein Durchschnitts-Chinese in Shiang-Lo von solchen Dingen wie übermäßiger Hautpigmentierung? Und genau das ist ja meine Hauptkundschaft. Die gehobene ländliche Mittelklasse in den aufstrebenden Tigerstaaten. Geht alles in den Export, die komplette Produktion. Übrigens, wie findest du meine beiden Bodyguards? Ihr versteht euch ja schon ziemlich gut.«

Auer nippte an dem Whiskey. »Der Große, ist der wirklich ein Finne?«

Chili lachte: »Und wie. Der heißt auch so. Sehr finnisch, meine ich. Lars Tragel, Mutti Fierileinen oder so. Ich kann mir das nicht merken.«

»Was steht in seinen Papieren?«

»Papiere? Machst du Witze? In diesem Job braucht man keinen Stammbaum. Ich hab für hier drinnen keine Rassehunde angestellt, sondern zwei Muskelpakete. Du solltest die mal sehen, wenn's hier abgeht. Freitagnacht, wenn die Prolos kommen. Die glauben, die können die Mädels mit nach draußen nehmen und abvögeln.«

»Aber der Kleine? Ich meine, Muskelpakete, hey?«

»Der ist okay. Hinterhältig und kampfstark. Und funktioniert wie eine kaputte Uhr: Zweimal in 24 Stunden liegt er genau richtig. Und das reicht mir hier in meinem Laden. Warum fragst du das alles? So langsam werde ich misstrauisch.« Chili fuhr sich mit der Linken über seinen goldblonden Pferdeschwanz und schaute Auer mit zusammengekniffenen Augen an.

Tja, warum fragt er so viel, das denkst du jetzt auch, oder? Pass auf, ich sag es dir: Weil der Max Auer einer ist, der die Leute gerne ein wenig einlullt. Wie der Columbo im Fernsehen, aber das ist dir bis jetzt auch schon aufgegangen, oder?

»Chili, jetzt entspann dich mal. Bei mir bist du in besten Händen, mach dir deswegen mal keine Sorgen. Oder doch. Mach dir Sorgen, das schadet nie. Grund dazu hast du auch. Es ist nämlich so: Die Geschichte hat keine Logik. Ich meine, du wirst mit deinem eigenen Porno erpresst, damit du dem Brunner nicht hilfst, seine Frau zu suchen. Fakt ist: Du hast selber was mit ihr am Laufen. So viel hab ich selber auch schon rausgekriegt.«

Max beugte sich vor, legte beide Hände flach auf den Schreibtisch und klopfte dann mit den Knöcheln auf die Holzplatte. Bei jedem Wort ein Klopfer: »Jemand zu Hause? Hallo? Erde an Chili, hörst du mich? Ich bin's, der Auer Max. Ehemals Zierde der Münchener Sitte, Dezernat 4, SOKO 12.«

»Was?«

»Genau. Punkt 1: Ihr beide seid ein Pärchen oder so. Die Sissi und du. Ich glaube sogar, wenn die ihre Tage hatte, an denen sie aus dem Nest geflogen ist, um sich zu amüsieren, da war sie bei dir. Der alte Brunner hat sich bei dir am Telefon ausgeheult und dich angebettelt, sie zu suchen. Du hast dich immer wieder erweichen lassen. Super. Und die Sissi gegen ein saftiges Bakschisch zu Daddy gebracht. Hast ihr sogar noch ein Alibi geliefert, indem du dem Alten erzählt hast, du hättest sie in Garmisch oder Kitzbühel oder sonst wo mit ihren Freundinnen erwischt. Und das, während dein Pimmel noch gar nicht trocken war und die Sissi in deiner Kiste noch einen Joint zum Abregen gezogen hat. Wenn das der Brunner erfährt, kannst du die letzten beiden Geschäfte, die ihr beiden noch durchziehen wollt, voll vergessen. Dem Brunner trau ich auch zu, dass er deinen Laden dichtmacht. Die nötigen Verbindungen dazu hat er.«

Chili nahm die Stiefel vom Schreibtisch und kramte mürrisch in einer Schublade rechts unten: »Kannst du das beweisen?«

Jetzt musst du wissen, dass der Auer Max als Knabe im Internat eine Zeit lang Messdiener war, genau wie der Erol Sander. Die haben sogar mal eine Messe zusammen gemacht, aber das ist eine andere Geschichte. Auf jeden Fall kann der Auer Max lügen, ohne auch nur drüber nachzudenken: »Was denn beweisen? Und warum? Dass der Brunner dich fertigmachen kann, wenn er will? Das weißt du doch selber am besten. Und die Sissi-und-Franz-Nummer: Einiges ja, da habe ich schon genug Fakten. Und wenn ich die Belege dazu zusammenzähle, dann krieg ich noch das eine oder andere bewiesen. So hab ich immer gearbeitet, und das funktioniert auch bei euch hier in der Provinz. Besonders hier, wenn du weißt, was ich meine.«

»Sissi und Franz finde ich pietätlos. So heißen die beiden Papageien im Rosenheimer Gartencenter. Und wenn du es schon so genau weißt: Ja, wir lieben uns.«

»Echt jetzt? Und das Business, die Rein-und-raus-Nummer auf dem Tisch mit ein paar anderen Kerlen? Das stört dich nicht? Oder wenigstens sie?«

Chili fuhr sich mit dem Finger der rechten Hand hinter den Hemdkragen: »Das ist rein geschäftlich. So was muss man vom Privaten trennen.« Er hob die Hand, als der Auer was sagen wollte. »Pass auf, ich bin natürlich eifersüchtig, wenn sie mit Kerlen im Restaurant flirtet oder so. Da kann's gut sein, dass da mal so einer quer durch den Laden fliegt. Aber im Job, da sehen wir das beide anders. Business as usual. So was versteht einer wie du natürlich nicht. Da waren die Sissi und ich schon viel weiter. Profis eben.«

»Wow. Ich bin beeindruckt. Wo ist sie?«

»Ich weiß es nicht. Echt jetzt. Um das geht's auch nicht mehr. Wenn der Brunner die Sissi-Pornos zu sehen kriegt, dann bin ich dran, das ist mir klar. Aber, und das sage ich dir mal ganz im Vertrauen, der Brunner, der hat Stress der anderen Art. Falls eine Lösegeldforderung für die Sissi auftaucht, dann kann's gut sein, dass er nicht zahlen kann. Weil der alte Mann in der Klemme steckt. In einer von vielen Klemmen. Mehr kann ich dir nicht sagen.«

»Musst du auch nicht. Ich rede jetzt einfach mal weiter. Der Otti wollte raus aus dem Ganzen. Er hat euch einen guten Deal angeboten. Aber der Otti ist dummerweise verstorben. Und das ist ein anderes offenes Kapitel, über das du mal in einer lauen Nacht nachdenken solltest: Wenn ich irgendwie rauskriege, dass dem Unfall ein bisschen nachgeholfen wurde, dann kenne ich nur einen, den ich mir zur Brust nehme. Und dann helfen dir die beiden da draußen auch nicht mehr viel.«

Chili erstarrte in der Bewegung und glotzte über den Tisch: »Ja, spinnst jetzt ganz?«

»Nein, nein, überleg doch mal: Du warst angeschnallt, der Otti nicht. In der Konstellation fahre ich gerne jetzt gleich am Steuer deines Amischlittens mit dir, du unangeschnallt auf dem Beifahrersitz, in Richtung Samerberg. Und dort oben an einen Baum deiner Wahl.« Auer kniff ein Auge zu: »Na, dämmert bei dir da was?«

Der Blonde schüttelte den Kopf, dass sein langer Pferdeschwanz wie eine Fahne im Wind hin und her flatterte: »Das hängst du mir nicht an. Du nicht. Da gibt es polizeiliche Ermittlungen. Der Fall ist abgeschlossen. Und jetzt mal ganz hypothetisch: Warum sollte ich den Otti umlegen? Wir haben einen Haufen Geld zusammen verdient.«

»Erste Vergangenheit: ›haben‹. Da hast du es. Er wollte raus. Wie Al Pacino im ›Paten‹, aber das hat euch anderen beiden nicht gepasst.«

Chili wedelte mit den Händen: »Nein und noch mal nein, verflucht. Bau hier keine Potemkinschen Dörfer auf. Es war eher so: Kaum war der Otti im Hades, hat mir der Brunner eröffnet, dass wir weitermachen können, aber er dann den doppelten Anteil will, weil er ein bissel klamm ist. Den Brunner, den hätte man, wenn überhaupt, umlegen sollen. Nicht den Otti, wenn wir schon davon sprechen. Ohne den alten Sack hätten der Otti und ich die zwei Dinger auch problemlos durchziehen können. Gut, vielleicht nicht so einfach wie mit ihm, aber einen anderen Bänker tut man immer auf, wenn die Kohle stimmt. Noch was?«

»Aber immer doch. Bevor ich dir was erzähle, sagst du mir, warum der Brunner Geldprobleme hat und warum du bei dieser Sissi-Kiste die Füße stillhalten sollst. Dann erzähl ich dir wieder was. Ein Geben und Nehmen. Wie im richtigen Leben. Was meinst du?«

Chili seufzte: »Oh Mann, in was bin ich da wieder reingeschleudert? Hör zu. Der Brunner zockt gerne. Er wettet und spielt Poker. Hier bei uns nicht, denn wenn sich das rumsprechen würde, wäre er seinen Job los. Also macht er das auswärts. München, Salzburg, Innsbruck, Bregenz, was weiß ich. Immer in irgendwelchen Hinterzimmern. Privatspiele ohne Limit.«

»Kenn ich, so was. Die Jungs, die die Spiele aufziehen, geben die Highroller gegen eine Gebühr weiter. Da ruft einer den anderen an und sagt, pass mal auf, ich hab da eine Goldgans. Der könnt ihr gut was abnehmen, ich geb euch den, und ihr lasst 25 Prozent rüberwachsen. Von allem, was der Typ an euch verliert. Und zu Mackern wie dem Brunner sagen die, fahr mal nach München, in der Arcisstraße sowieso, da gibt's ein kleines griechisches Kellerrestaurant. Geh an die Bar und sag das Losungswort ›Bodennebel‹. Das gilt nur für das nächste Spiel am Samstag. Fünf Mann, kein Limit. Wir spielen Poker, Texas hold'em. Mach das, Mann, da hast du vielleicht mehr Glück als hier bei uns.«

Der Chili zuckte mit den Schultern: »Kann sein. Mit der Zockerszene hab ich nichts zu tun. Bei mir im Laden wird nicht gespielt, sondern nur ehrlich gevögelt. Und meine Filme haben Niveau. Alles hochseriös. Neulich waren Jugos hier, die haben mir DVDs angeboten, da wirst du depressiv. Männer bumsen Schäferhunde. Okay, die sind reinrassig, hat der Jugo gesagt. Also, die Hunde, die Kerle kannte er nicht persönlich. Aber trotzdem, Mann. Und dann, also nein, Frauen mit einem Esel. Pfui Teufel, meine Jungs haben die Jugos hochkant rausgeworfen. Mit so einem Dreckszeug will ich nix zu tun haben. Bei mir und in meinen Filmen gibt's nur ehrliche, bodenständige Bumserei. Mann-Frau, auch mal mehr von einer Sorte. Mit Volksmusik im Hintergrund. Richtig romantisch und mit Sahne.«

Auer nickte: »Ich bin beeindruckt. Du bist eine Stütze unserer Gesellschaft, mein Lieber. Sag mal, der Brunner, der fährt doch nicht alleine mit einem Haufen Bargeld in der Tasche in irgendein Kellerhinterzimmer? Kann es sein, dass du da ab und zu deine Jungs mitgeschickt hast? Danny und Arnold?«

»Wen?«

»Deine beiden da draußen. Ich hab sie Danny und Arnold getauft, und das gefällt ihnen.«

Chili lachte und rieb sich über das stoppelige Kinn. »Kann sein. Ja, schon, jetzt, wo du mich so direkt fragst. Aber ich wollte nie was Genaueres wissen. Je weniger du weißt, desto besser ist es. Der Brunner hat die beiden ein paarmal übers Wochenende mitgenommen. In diesem Jahr vielleicht dreimal oder so. Er hat aber alles bezahlt. Hotel, Essen und Kohle für die beiden. Und den Ersatz, den ich mir für die Tage holen musste. War aber nicht schlimm, ich kenn da einen Araberclan, die handeln mit Autos und so. Die haben mir für kleines Geld zwei Schränke vorbeigeschickt. Steroid-Pumper. Blöd, aber abschreckend. Was willst du jetzt damit machen?«

Gut, denkst du jetzt, der Auer Max ist ja nicht unterbelichtet. Der wird einen Teufel tun und dem Chili erzählen, was er vorhat. Der Max stand auf und sagte im Rausgehen: »Keine Ahnung. Ich muss noch einen sizilianischen Zitronenkuchen für die Friedl vom Bergmeister mitbringen. Ich mach mich mal vom Acker, sodass ich in die Stadt reinkomme, bevor die Läden schließen. Pass auf, ich frag deine Jungs, wo die zuletzt mit dem Brunner waren. Du gehst jetzt mit an die Tür und sagst denen, dass sie mir alles erzählen können, weil ich ja quasi zur Familie gehöre. Klar?«

Chili zog sich murmelnd hinter seinem Schreibtisch hoch und ging an Auer vorbei zur Tür, riss sie auf und rief: »Wer ist ab heute Danny?«

Der Kleine kam grinsend angewieselt. Im Büro war es hell, aber das Lokal hinter ihm war diffus beleuchtet und fast dunkel. »Ich, Boss. Klingt cool, oder? Was gibt's?«

»Der Max hier, der gehört zur Familie, aber das wisst ihr wahrscheinlich schon. Er fragt euch was wegen dem Brunner. Ihr sagt ihm alles, was ihr wisst. Aber nur über den Brunner. Das hier …«, Chili beschrieb mit dem rechten Arm einen Bogen, »das hier, was in der Kneipe so passiert oder auch nicht, da muss auch die Familie nicht alles so genau wissen, verstehen wir uns?«

Der Kleine nickte und ging im schummrigen Licht zurück an den Tisch. Max folgte ihm. Danny nahm eine kleine Maglite-Taschenlampe aus seiner Jackentasche und leuchtete auf einen Teller, der vor Arnold stand. »Er hat sich letzte Woche in die Finger gebissen, weil er seine Hauer ein bissel schnell in einen Hamburger geschlagen hat. Sieht ja auch keine Sau was, bei diesem Pettinglicht hier drinnen.«

Arnold knurrte, nahm im schmalen Lichtkegel der Maglite etwas Undefinierbares vom Teller und steckte es in den Mund. Max schnupperte: »Ist das vegan oder kann man das auch essen?«

Arnold brummte mit vollem Mund und machte ein paar schnelle Handbewegungen, und Danny übersetzte: »Er meint, bis vor ein paar Stunden hättest du mit dem Teil auf dem Teller sogar noch reden können.«

Auer ließ sich in einen der Stühle fallen: »Na dann, Mahlzeit. Ihr habt ja gehört, was euer Boss gesagt hat. Hier meine Frage: Wo wart ihr mit dem Brunner, ihr wisst schon, dem Bankmenschen, zum Zocken?«

»Warum?«

Auer beugte sich vor: »Pass auf, ich frage, du antwortest. So geht das Spiel. Du weißt ja, dass ich bis vor Kurzem noch bei der Bullerei in München war. Ich will mal so sagen: Wie zwei Heilige seht ihr nicht aus. Deswegen möchte ich euer Freund sein, damit ihr wieder auf den Weg der Tugend kommt. Als Stars beim Film und so, okay?«

Danny und Arnold nickten.

»Sehr gut. Passt auf: Es gibt da eine neue Risikosportart, die heißt ›Athletisches Schweigen‹. Das machen wir jetzt. Ich rede, keiner unterbricht mich, und wenn ich fertig bin, will ich eine übersichtliche Antwort. Wenn's geht, in ganzen Sätzen. So weit klar?«

Danny kratzte sich am Ohr: »So weit ja. Fang an.«

»Der Chili hat mir so ziemlich alles über den Brunner erzählt. Auch, dass er auswärts zockt. Und ihr beide habt ihn gefahren und aufgepasst, dass er keine über die Rübe kriegt, wenn er ausnahmsweise mal gewonnen hat. Von der Sissi und dem Brunner weiß ich auch. War die jemals bei seinen Touren dabei?«

Danny schüttelte den Kopf.

»Also nicht. Gut. Hatte der Brunner Stammplätze, wo er gerne gezockt hat? Wo wart ihr zuletzt mit dem Brunner? Wann war das?«

Danny starrte den Auer Max ausdruckslos an und schnitt dann merkwürdige Grimassen mit geschlossenem Mund.

Max beugte sich vor: »Hallo? Mein Hübscher, ist das jetzt eine Pantomimennummer, die du da abziehst?«

»Ja. Weil ich dachte, wer zuerst redet, verliert. Das ist doch so eine Art Spiel, oder?«

Auer zog Luft zwischen seinen Zähnen ein, schloss die Augen und lehnte sich im Stuhl zurück. »Oh Mann!«

»Jetzt sei nicht gleich eingeschnappt. Nein, er hatte keine Lieblingsorte. Nein, die Sissi war nie dabei. Sie hat aber gewusst, dass er spielt, und das hat ihr nicht gepasst. Ich hab gehört, dass sie den Chef ein paarmal deswegen zusammengefaltet hat. Sie hat so geschrien, dass man das durch die Bürotür bis hierher gehört hat. Der Chili hat aber gemeint, der Brunner ist erwachsen, stubenrein und kann in ganzen Sätzen reden. Der wird schon wissen, was er tut. Und ja, wir waren immer gut unterwegs mit dem Brunner. Ärger gab's aber nie, weil er fast immer verloren hat. Der Ablauf des Abends war meistens so: Er ist mit einem Bündel Cash und in bester Laune losgedüst und kam jeweils besoffen, pleite und voller Selbstmitleid wieder heim. Zuletzt waren wir mit ihm zweimal in Salzburg.«

»Wann zuletzt? Und wo denn da in Salzburg?«

»Iss was.«

Auer merkte, wie ihm die Zornesröte ins Gesicht stieg. »Willst du mich verarschen oder was? Ich will nichts essen, ich rede mit dir.«

Danny fuchtelte mit den Armen: »Nein, Mann, die Kneipe heißt ›Iss was‹. Die ist in der Bayerhammerstraße. Das ist in der Nähe vom Bahnhof. Unten im Keller wird gezockt. Der Schirmer Heinzi organisiert die Spiele. Einmal in der Woche treffen sich da maximal fünf Mann. Lauter Profis aus der Szene. Der Heinzi macht die Bank. Seine Frau den Service und lässt die Möpse raushängen. Die Spieler bringen ihre eigenen Aufpasser mit. Und die Jugo-Schränke vom Heinzi hängen vor der Kellertür und oben im Imbiss rum. Willst du da hin? Spielen? Dann viel Spaß. Die haben den Brunner abgezogen wie in einem Hollywoodstreifen.«

Max stand auf und ging, ohne anzuklopfen, in Chilis Büro. Der hatte die Beine wieder auf dem Schreibtisch und blätterte in einem »Playboy«: »Was ist? Ich hab gar nicht gehört, dass du angeklopft hast? Stör mich jetzt nicht beim Fernstudium.«

Auer lehnte sich an die Wand neben der Tür: »Mach ich auch nicht. Organisier mir einen Termin beim Schirmer Heinzi in Salzburg. Morgen, kann auch tagsüber sein. Abends wär mir aber lieber. Ruf mich an, wenn du was hast.«

Chili warf den »Playboy« auf die Schreibtischplatte und funkelte den Auer an: »Sonst noch was? Willst du spielen?«

»Reden. Erzähl ihm nicht, dass ich bei der Bullerei war. Und mach mir nicht weis, du kennst den Heinzi nicht. Wahrscheinlich hast du den Brunner an ihn verschachert. Für wie viel? 25 Prozent von der Sore?«

»Tu doch nicht so katholisch, Max. Ihr von der Firma Such & Greif hebt doch auch die Flossen auf, wenn was geht. Natürlich hab ich was dran verdient. Der Brunner mag in seiner Bank ein guter Mann sein, aber im richtigen Leben ist er ein Depp. Und er mochte das kriminelle Ambiente: schummriger Kellerraum, eine Schirmlampe über dem grünbezogenen Tisch, alle rauchen und trinken. Und die Frau vom Heinzi, die war mal ›Miss Eierschwammerl‹ in Niederösterreich oder so was. Die hat eine Oberweite, alles echt und stramm. Mein lieber Scholli. Und Brustwarzen wie die Schmiernippel von einem LKW. Das hat was. Was soll ich dem Heinzi sagen?«

»Ich bin dein Freund aus alten Tagen und will mit ihm reden. Kein Stress, keine Tricks. In seinem Laden in Salzburg, wann immer er morgen Zeit hat. Kein Wort zum Brunner, okay?«

Chili holte sich einen Joint aus der Hemdtasche, zündete ihn umständlich an und nahm einen tiefen Zug. Er presste den Rauch in die Lunge, verzog das Gesicht und hielt dem Auer den Glimmstängel hin. Der schüttelte den Kopf und ging aus dem Büro. Als er am Tisch von Arnold und Danny vorbeikam, fragte der: »He, wer von uns beiden hat das athletische Dings grade eben gewonnen?«

Auer sagte: »Na du, Mann«, und Danny grinste Arnold an: »Siehst du, hab ich dir doch grade gesagt. So was gewinne ich immer!«

KALBSVÖGEL? ECHT JETZT?

Es war schon später Nachmittag, eher früher Abend, möchte ich mal sagen. Der Max lümmelt in seinem Benz, lenkt ihn mit einer Hand, reibt sich mit der anderen am Kinn. Aus den vielen Lautsprechern dröhnen die Stones. Der Onkel Otti, der Herr hab ihn selig, der würde sich wohl im Grab umdrehen, wenn er das hören müsste, ja, was glaubst du.

Max blinzelte nach oben durch das offene Rechteck des Schiebedachs. Die Sonne stand zwischen den Wolken und sah aus wie das gerötete Auge eines versoffenen Penners.

Das Klingeln des Telefons riss den Auer Max aus seinen Tagträumen. Er drückte auf den Knopf mit dem Telefonhörersymbol: »Ja?«

»Ja, Bub, wo bist du denn? Hast du den Kuchen?«

»Nein, Friedl, aber ich hab ihn reserviert und hole ihn jetzt ab.« Die Lüge kam ihm leicht über die Lippen. »Glaubst du denn, ich hätte dich vergessen? Meine Lieblingstante?«

»Deine einzige Tante, du Gauner. Schau, dass du in einer Stunde oder so hier bist. Wir bekommen Besuch, und ich mache uns ein tolles Essen. Magst du Kalbsvögel?«

»Die würde ich für dich sogar selber fangen. Wer kommt denn?«

»Ich hab doch vor einem Jahr oder so eine Kreuzfahrt

gemacht. Witwen machen so was gerne. Da hab ich ein paar Tage nach dem Auslaufen aus Genua einen sehr, sehr netten Mann kennengelernt. Der ist auch Witwer.«

»Ah ja, wie praktisch. Hatte er seine Frau auch dabei? Als Urne, meine ich?«

Die Friedl schnaufte ärgerlich, was sich durch die Freisprechanlage anhörte, wie wenn ein Blauwal auf offener See eine Luftfontäne ausstößt: »Bub! Hast du denn gar keinen Sinn für Pietät? Wir haben zusammen ein bissel getrauert, aber dann haben wir eine gute Zeit gehabt während der nächsten paar Wochen. Und der Manfred, so heißt der, hat mich richtig zum Lachen gebracht.«

»Na toll. Über was lachen denn Witwen und Witwer, wenn sie unter sich sind?«

»Werde nicht sarkastisch. Der Manfred hat mir viel von seiner Lise erzählt. Von ihren Marotten und Vorlieben. Sie hat zum Beispiel einen Gartenfimmel gehabt. Alles musste bei ihr immer genau nach Linien ausgerichtet sein. Jede Blume, jeder Strauch. Der Manfred hat gesagt, wenn's nach ihr gegangen wäre, dann hätte sie sich bei ihrer eigenen Beerdigung wohl am liebsten nur stehend und bis zum Bauch eingraben lassen, damit sie die Grabpflege selber machen kann. Ist das nicht lustig?«

Max verzog den Mund: »Ja, doch, sehr sogar. In einer Stunde bin ich da. Irgendwelche Benimmregeln am Tisch, muss ich was wissen?«

»Der Manfred ist ein sehr eleganter und gebildeter Mann, also bitte keine blöden Sprüche. Er kann sich in diversen Sprachen ausdrücken. Abends hat er mich immer bis zur Kabinentür gebracht, mir die Hand geküsst und ›Au reservoir, ma jolie Blonde‹ geflüstert.«

»Das heißt aber ›Au revoir‹, und blond bist du auch nicht, Friedl.«

»Friedhofsblond bin ich, aber der Manfred ist ein Gentleman, der drückt sich da anders aus, du Lümmel.«

Die Ampel schaltete auf Rot, und vor ihm huschte noch ein kleiner Fiat über die Brückenberg-Kreuzung und hätte beinahe einen Radler auf die Hörner genommen, dem seinerseits die Ampelanlage ebenfalls vollkommen egal war.

»Stört dich deine alte Tante, Bub? Brauchst nur zu sagen, dann lege ich auf. Seit der Otti weg ist, hört mir eh keiner mehr zu. Außer dem Manfred.«

»Nein, Friedl, ich freu mich ja bloß für dich. So sehr, dass mir die Worte fehlen.«

»Ehrlich? Das hast du aber schön gesagt. Du wirst den Manfred mögen. Er ist auch ein Dichter. Er hat mir zum Abschied ein Lied geschrieben, das trag ich immer in mir. Pass auf, ich singe das jetzt mal für dich.« Sie räusperte sich so laut, dass der Max dachte, der alte Mercedes hätte einen Kolbenfresser, dann trällerte sie los: »Au revoir, meine Liebe, au revoir. Vergiss nie, wer ich war, vergiss nie meinen Namen. Ich geh und es wird nie mehr sein, wie es war. Au revoir. Au-au-au revoir. Na, was sagst du jetzt? Ist das romantisch zum Verrücktwerden, oder ja?«

»Für mich klingt das nach einer Schnulze von Helene Fischer oder Hansi Hinterseer. Weißt du, ich hab erst vor ein paar Tagen ein Lied von dem gehört, der … Hallo? … Hallo, Friedl, bist du noch da?«

Aber die Friedl hat natürlich längst den Hörer aufgeknallt, das kannst du dir ja denken. Der Max hat vor sich hin gegrinst, die Stones wieder schön laut gemacht und dann ist er bei Gelb losgefahren. Nach links, den Brückenberg runter, dann rechts und nach einem Kilometer rein in die Prinzregentenstraße. Vor dem Gummibärchenladen, ein paar Meter hinter der Ampel, hat er den Benz ins Halteverbot gestellt, seine alte »Polizei-im-Einsatz-Marke« aufs Armaturenbrett gelegt und ist gemächlich zum Bergmeister geschlendert.

AUCH WENN AUF DEM GIPFEL SCHON EIS LIEGT ...

Schon klar, dass der Max neben dem sizilianischen Zitronenkuchen noch schnell einen Strauß Blumen gekauft hat. Nicht dass du jetzt denkst, er hätte ein schlechtes Gewissen, aber der Auer ist ein Mann, der weiß, wie man Frauen wieder zum Lächeln bringt. Ein netter kleiner und übersichtlicher Nelken-Grünzeug-Strauß für 6,99 Euro.

So rennt er also die Treppen zur Wohnung hoch. Links den Kuchen, rechts die Blumen. Nicht, dass der Aufzug kaputt wäre oder so, aber der Auer hat mal gelesen, dass eine jede Treppenstufe, die man steigt, das Leben um eine Sekunde verlängert. Ich selber glaub da ja nicht so hartnäckig dran, aber der Max schon.

Und wie er so ins Wohnzimmer schwebt und den Duft der Bratensoße in sich hineinsaugt, hört er die Friedl lachen wie ein kleines Mädchen, frei und unbeschwert. Eine tiefe Männerstimme sagt: »Ja, und dann hat der Ober zu mir gesagt: ›Jetzt sehe ich das Haar in der Suppe auch. Aber dies ist die Tagessuppe für 2,50 Euro, für das Geld können Sie schlecht ein ganzes Toupet erwarten, oder?‹«

Die Friedl lachte immer noch, Max platzte ins Wohnzimmer und sah Folgendes: seine Tante, mit roten Backen, gewagter Hochfrisur und geschminkt wie das Nürnberger Christkind. Und am Tisch: ein alter Knabe, so Ende 60 plus oder 70, leichtes Übergewicht, volles graues Haar, blasses Gesicht mit vielen Lachfalten. Die beiden Alten strahlten sich an und bemerkten den Max nicht. Der räusperte sich, und zwei Köpfe drehten sich ruckartig zur Tür.

Max streckte seinen Nelkenstrauß vor und hob den Kuchen in der Verpackung hoch: »Einmal Zitronenkuchen und einmal wunderschöne Blumen für meine wunderschöne Tante.«

»Stell den Kuchen auf die Anrichte. Was sind das für Blumen? Hast du die auf dem Friedhof geklaut? Die zittern ja jetzt noch!«

Max schaute den alten Burschen am Tisch an, der stand auf und hielt ihm die Hand hin: »Du bist der Max. Ich bin der Manfred, Manfred Gorka. Freut mich, die Friedl hat mir schon sehr viel von dir erzählt.«

»Ja, der Manfred ist ein bissel früher gekommen, aber das macht ja nichts, oder? Und schau mal, Bub, was er mir für einen Strauß mitgebracht hat. Das nenne ich Blumen.« Sie zeigte mit der rechten Hand auf ein Gesteck von Rosen in allen Farben, mit Farnen und kleinen, gewundenen Ästen und Blättern in verschiedenen Grüntönen.

»Jetzt guck nicht so dumm aus der Wäsche, ich hab's nicht so gemeint, natürlich gefällt mir dein Strauß auch. Setz dich zum Manfred, ich hol schnell eine Vase.«

Max setzte sich kopfschüttelnd an den festlich gedeckten Tisch und strich über das Leinen: »Da hat sie aber das alte Familiensilber und das Porzellan rausgeholt, die Tante. Respekt. Das hab ich zum letzten Mal beim Leichenschmaus für den Otti gesehen. Wir beide sind ja schon beim Du, Manfred. Also, ihr habt euch während einer Kreuzfahrt kennengelernt, wie ich hörte.«

Manfred nickte und goss Max etwas von dem Rotwein ein. »Da, probier, das ist ein alter Spanier, der passt gut zum Braten.«

Max nippte: »Gut, ja. Danke. Es ist schon etwas überraschend, dass du so, wie soll ich sagen, plötzlich auftauchst, Manfred.«

»Ja, ich hatte zufällig hier in der Gegend zu tun. Außerdem war ich lange weg. Ausland, weißt schon. Ich bin erst seit vorgestern wieder in Deutschland. Und als ich in München gelandet bin, hab ich gedacht, ruf doch mal die Friedl an.« Manfred trank einen Schluck Rotwein und seufzte: »Na ja, ich hätte mich zwischendurch mal melden können, aber da, wo ich war, da war es ziemlich schlecht mit Telefonieren und so. Wildnis, Wüste, lauter solche Sachen.«

»Der Manfred war für die UNO in Nordafrika, bei den Tierrettern. Stell dir vor, Bub, die haben da die wilden Elefanten gefangen und woanders hingebracht. Wegen den Wilderern, gell, Manfred?«

Die Friedl, immer noch aufgekratzt wie eine 16-Jährige, kam mit den Nelken in einer Kristallvase ins Wohnzimmer gerauscht und stellte sie auf den Tisch. Neben Manfreds Rosengesteck sahen die fünf Nelken sehr beschämt aus.

»Nordafrika, das ist für mich Algerien, Tunesien, Ägypten und so, oder?« Max nahm sich die Weinflasche und schenkte der Friedl nach. »Ich meine, ich kenne das Landesinnere ja nur aus dem Fernsehen, aber da gibt es doch keine Elefanten, hab ich immer gedacht.«

Die Friedl schaute ihn strafend an, aber der Manfred

lachte: »Jetzt nicht mehr. Deswegen bin ich ja hier. Wir sind fertig da unten mit den ganzen Umsiedlungsaktionen, und ich hab jetzt lange Zeit frei.«

»Verstehe. Besonders braun bist du aber da in Nordafrika nicht geworden, Manfred.«

»Wenn du dich so richtig in deine Arbeit reinkniest, dann hast du selbst in Nordafrika keine Zeit zum Braunwerden. Wir haben da ja praktisch im Akkord die Viecher gefangen, und abends, wenn wir Feierabend gemacht haben, da saßen wir fix und fertig am Lagerfeuer. Da wirst du dann auch nicht mehr braun. Apropos Lagerfeuer: Ich hab einen Hunger wie ein Löwe.«

Friedl sprang händeklatschend auf: »Ja mei, du bist ja auch schon so lange unterwegs, Manfred, ich hole jetzt die Suppe. Es gibt eine Pfannkuchensuppe, die ist eine Spezialität von mir. Keine backt die Pfannkuchen so wie ich, da gibt es nämlich ein Geheimnis.«

Plappernd und lachend tänzelte sie aus dem Wohnzimmer in die Küche rüber. Manfred schaute Max an, tippte sich an die Nase und meinte: »Du hast so eine spezielle Art zu fragen, das kommt mir von irgendwoher bekannt vor. Fällt mir gleich wieder ein.«

Aber der Max hatte da noch was: »Kann schon sein, ich war ja auch lange genug bei der Po…«

Jetzt hättest du sehen sollen, wie die Friedl mit einem Affenzahn mitsamt der Suppenschüssel und tiefrotem Gesicht ins Zimmer gerauscht kam und dem Max ins Wort gefallen ist und rasend schnell losgeplappert hat: »Post. Er war bei der Post, der Bub. Im Briefsortierzentrum in Kolbermoor. Da hat er aber aufhören müssen, weil er eine … eine Allergie bekommen hat. Eine Briefmarkenallergie, genau genommen. Wegen dem Kleber, der da hinten drauf ist. Und er hat's mit dem Kreislauf. Schon immer. Wenn die Briefe alle so schnell an einem vorbeiflitzen, auf dem Band da, und man muss die dann irgendwie rumsortieren, da leidet auch der Kreislauf. Ja, und jetzt wohnt er hier bei mir und hilft seinem alten Tantchen ein bisschen beim Leben, gell, Bub?«

Sie stellte die Schüssel ab und klopfte dem Max auf den Hinterkopf: »Jetzt hör schon mit deiner blöden Fragerei auf.«

Friedl lächelte den Manfred an: »So war er schon als kleiner Bub. Immer neugierig, immer am Fragen.« Und zum Max: »Den Manfred lassen wir jetzt in aller Ruhe essen, dann überlegen wir mal, wo er hier schlafen kann, gell?«

Manfred hob abwehrend die Hände: »Nein, nein, mach dir keine Umstände, Friedl, ich such mir eine Pension. Gleich nach dem Essen zieh ich los.«

Max sagte: »Wo ist denn dein Gepäck?«

Friedl zischte: »Fängst du schon wieder an? Wo bleibt denn deine Erziehung, Bub? Verdammt noch mal, jetzt! Man könnte meinen, du bist per Anhalter durch die gute Kinderstube gehuscht.«

Manfred schüttelte den Kopf: »Lass sein, Friedl, ist ja gut.« Und zu Max: »Ich habe nur die kleine Tasche dabei, die im Flur steht. Der Rest ist noch unterwegs und wird mir nachgeschickt. Vielleicht suche ich mir hier in Rosenheim eine Wohnung. Das, was ich von eurer Dachterrasse aus von der Stadt gesehen habe, gefällt mir schon mal sehr gut. Lasst uns jetzt essen, ich sterbe vor Hunger.«

»Genau, gib mir mal deinen Teller rüber, mein lieber Manfred!« Friedl zwang sich ein Lächeln ab und schaute den Max dabei strafend an.

Der zuckte mit den Schultern und hielt auch seinen Teller über den Tisch. Die dicken goldbraunen Pfannkuchenstreifen glitten auf die schneeweißen, mit Ornamenten verzierten Porzellanteller, und die klare Brühe verbreitete einen verführerisch guten Duft.

Schweigend löffelten die Friedl und der Max vor sich hin, jeder hatte schon ein bisschen gegessen, als sie bemerkten, dass der Manfred seinen Teller anstarrte.

Die Hände hielt er übereinandergefaltet, nicht wie beim Gebet, sondern … na ja, anders halt.

Friedl räusperte sich: »Betest du?«

Manfred schreckte hoch und lächelte: »Was? Nein. Ich war ja auch einige Zeit in Japan unterwegs. Und dort entschuldigen sich die Menschen bei ihrem Essen, bevor sie es verspeisen. Das da ist eine wunderbare Hühnersuppe, das rieche ich.«

»Aha, und Hühner sind religiös, oder?« Max deutete mit seinem Löffel auf den Teller.

»Könnte sein, ja. Wenn ich so nachdenke, warum nicht? Für so ein Huhn ist der liebe Gott vielleicht … ein uralter, weiser Hahn, der Eier legen kann. Weil er ein Hühnergott ist. Und sein erstgeborener Sohn ist in der Hühnerreligion ein ganz besonderes Ei, das nicht ausgebrütet oder verzehrt werden darf. Mahlzeit.«

Der Manfred schaufelte andächtig einen mit Pfannkuchen beladenen Löffel in den Mund, bekleckerte sich das Hemd und wischte es mit der Krawatte ab. »Da braucht ihr mich gar nicht so anzuschauen. Kann ja durchaus sein, dass es so ist. Schafe verehren bestimmt was anderes als ein Huhn. Und so weiter und so fort.«

Jetzt denkst du sicher, ja, spinnt denn der? Denn genau das dachte sich der Max. Um das Gespräch aber wieder auf einen einigermaßen sicheren Boden zu steuern, nickte er und sagte: »Erzähl doch mal was von der Kreuzfahrt. Die Friedl ist da erstaunlich wortkarg.«

Manfred hob sein Glas, prostete ihr zu und meinte: »Das war irgendwie wie ein Blitz. Wir saßen im gleichen Tenderboot bei dem Ausflug zu den blauen Grotten. Die ersten Tage auf dem Schiff war ich fast nur in meiner Kabine, weil ich niemanden sehen wollte. Zum Frühstück ging ich immer ganz früh, hab mir was für den Tag mitgenommen, und abends oder, besser gesagt, nachts bin ich zum Mitternachtsbuffet, da waren immer nur ganz wenige von den Passagieren.«

»Aber so ein Kreuzfahrtschiff ist doch viel in Häfen, oder?«

Die Friedl klopfte dem Max mit ihrem Löffel auf den Handrücken: »Unterbrich ihn nicht, Bub. Jetzt kommt der schöne Teil.«

Manfred schluckte seine Pfannkuchenstreifen runter: »Die beiden Landgänge, die wir hatten, da hab ich immer gewartet, bis alle von Bord waren, dann bin ich auch runter vom Schiff. Und ich war immer einer der ersten Passagiere, die zurückkamen. So, und dann war dieser Tag, da wurde getendert. Mit den großen Rettungsbooten bringen sie da die Passagiere zum Ausflug in die blaue Grotte, weil kein Hafen in der Nähe ist. Ich bin als Letzter in das letzte Boot gestiegen und hab mich auf den letzten freien Platz gesetzt. Und neben mir: die Friedl. Kennst du das, wenn dich plötzlich was anspringt wie ein Raubtier, und du vergisst zu atmen?«

Max schaute ungläubig hoch: »Sie hat dich angesprungen? Im Boot? Vor allen Leuten? Wow.«

Friedl zischte, und Manfred hob die Hand: »Ich meinte das jetzt philosophisch. Der Funke, die Kraft, die Liebe, die von ihr ausgingen. Wir haben uns unterhalten und es war so, als ob wir uns schon ewig lange kennen würden. Seelenverwandt, verstehst?«

Der Max schüttelte den Kopf: »Nein. Echt nicht.«

»Auch gut. So ein Glück hat auch nicht ein jeder. Auf jeden Fall war es ein wundervoller Nachmittag. Abends haben wir auf Deck gegessen und der Sonne nachgeschaut, wie sie im Meer verschwunden ist. Dann sind wir in meine Kabine gegangen. Dort habe ich der Friedl auf meinem alten Rekorder eine Kassette von Grieg vorgespielt. Auf meinem Privatbalkon, bei Kerzenschein und mit einer Flasche Brunello.«

Friedl kicherte wie ein kleines Mädchen: »Dann hat er mich geküsst, ich bin gegen den Rekorder gestoßen und hab ihn vom Tisch gefegt. Die Kassette fing an zu eiern und wir hatten Bandsalat. Ich habe mit einer Nagelfeile das Band wieder zurückgedreht, und dann hatten wir eine tolle Nacht. Eine von vielen tollen Nächten.«

Sie langte über den Tisch, nahm Manfreds Hand und drückte sie. Max verschluckte sich an einem Pfannkuchenstück, löffelte schnell seinen Teller leer und sagt hustend: »Ich brauch mal einen Happen frische Luft. Wenn ihr mich sucht, ich bin auf der Terrasse.«

Friedl rief ihm nach: »Ist gut, Bub, die Kalbsvögel sind eh noch nicht ganz fertig! Dauert noch vielleicht zehn

Minuten.« Und zu Manfred: »Hilfst du mir, die Teller rüberzubringen?«

Kannst du dir vorstellen, wie der Auer Max auf der Dachterrasse steht, sich am Geländer festklammert und denkt, ja, bin ich jetzt auf dem falschen Planeten oder was? Und wie er vor sich hin starrt, über die Lichter von Rosenheim, da kommt der Manfred, leicht verlegen, und stellt sich neben ihn: »Sie ruft uns, wenn es weitergeht.«

Die Temperatur war gefallen und der Himmel nahm das makellose dunkle Blau an, das nur der Mond einer klaren Nacht geben kann. Wie ein orangefarbener Riesenkürbis stieg er über der Alpenkette auf. Der leichte Wind brachte den Geruch von verbranntem Benzin mit, und von der Wohnung unter ihnen drangen dünne Geruchsschwaden von gegrilltem Fleisch und Gemüse an ihre Nasen.

Manfred hob weder den Blick noch sah er den Max an, als er einen tiefen Zug aus seinem Glas nahm und seufzte. Er starrte auf die Autos und die Menschen unten auf der Straße, und sein lausbubenhaftes Altmännergesicht sah im Licht der Straßenbeleuchtung, die von unten hochkam, hart aus: »Ich bin ein schlechter Gegner. Sag, wenn du mich hier nicht haben willst, und ich verschwinde nach dem Essen. Friedl wird nie wieder von mir hören, okay?«

»Wo willst du hin? Dahin, von wo du gekommen bist? So schnell?«

Max drehte sich zu Manfred, und das diffuse Licht warf kräuselnde Schatten auf sein Gesicht: »Nimm diese dämliche Unschuldsmiene aus deinem Gesicht, Manfred. Du bist ein Vollzeitklugscheißer. Ich sag dir was: Ich war nicht bei der Post, sondern bei der Polizei. Bei den ganz Harten. Und noch was: Du siehst für mich aus wie einer, der gerade aus dem ›Hotel zum Käfig‹ gekommen ist. Also, was liegt an? Was hast du mit ihr vor?«

Unten, auf der Münchener Straße, hielt ein Streifenwagen. Zwei Polizisten stiegen aus, setzten ihre Mützen auf und schauten sich um. Manfred trat einen Schritt vom Geländer zurück und verschränkte die Arme vor der Brust: »Hast du die gerufen?«

Max schaute nach unten und schüttelte den Kopf. »Ich hab's an deinem Gang und deinem Benehmen gemerkt. Die älteren Knastler gehen sehr vorsichtig, zucken zusammen, wenn sie ein Geräusch hören, das sie nicht gleich einordnen können, und so weiter. Möchtest du mir was erzählen?«

Manfred schluckte: »Zwei Tage nach der Kreuzfahrt haben sie mich wieder gekascht. Bei meinem Vorleben heißt das: bis zum Prozess in U-Haft. Und dann: Ein Jahr Bau, U-Haft wird angerechnet. Von meinem letzten Geld hab ich mir die Zugfahrkarte nach Rosenheim gekauft.«

»Wegen was warst du drin?«

»Einbruch, Trickdiebstahl, Körperverletzung, das ganze Register.«

Max schaute erstaunt, und Manfred sagte: »Ach so, du meinst, jetzt, dieses eine Jahr? Das war wegen dem Bruch. Eine Villa in Berlin. Alarmanlage aus der Ex-DDR, Safe aus den 20ern, aber fast 35.000 Euronen, cash. Damit hab ich gleich am nächsten Morgen in einem Reisebüro die Kreuzfahrt gebucht und bin in Hamburg auf den Dampfer. Es waren nur noch zwei Einzel-Luxuskabinen frei. Eine davon hab ich genommen. Zum Last-Minute-Preis, aber immer noch sauteuer. Allerdings mit Balkon, Plasmafernseher, Minibar und Service rund um die Uhr. Deswegen bin ich während der ersten Tage auch nicht unter die Leute gegangen, weil ich Angst hatte, dass die mich schon suchen. Und vielleicht irgendwas im Fernsehen über mich kam. War aber nichts, ich hab ja keinen kaltgemacht, sondern nur einen kleinen Bruch.«

Unten trafen noch zwei Streifenwagen ein, die Polizisten stiegen schnell aus und rannten in die Bahnhofstraße.

»Der Plan war, dass ich in irgendeinem Land, wo es mir gefällt, vom Schiff gehe und bleibe. Neuseeland, da hätte es mir gefallen. Da hab ich aber schon gewusst, dass ich es nicht kann. Wegen der Friedl. Ich war verliebt, zum ersten Mal seit vielen Jahren. Das hat keine Zukunft, das war mir klar. Aber sie ist so eine tolle Frau. Was ich jetzt mache, weiß ich auch nicht. Keine Ahnung.«

Von drinnen kam Friedls Singsang, gefolgt von einem Händeklatschen: »Die Vögel sind auf dem Tisch, kommt rein, Männer!«

Max ging los, aber Manfred hielt ihn an der Schulter fest: »Was sagst du ihr?« Der Auer streifte unwirsch die Hand ab: »Lass mich. Ich muss das erst verdauen.«

REZEPT ROMANTISCHE KALBSVÖGEL

Jetzt interessiert sich vielleicht der eine oder andere für die Kalbsvögel. Verständlich, denn so was Leckeres muss man einfach kennen. Du brauchst:

3 große Kalbsrouladen (zusammen vielleicht 750 g), dann natürlich Salz, Pfeffer, 6 Scheiben dünn geschnittenen Tiroler Speck, Rosmarin, Thymian, 300 g feine Bratwurst, 3 Glas Cognac, 3 geschälte und geriebene Zwiebeln, 3 hartgekochte und geschälte Eier, Olivenöl oder Schweineschmalz (je nach persönlichem Cholesterinspiegel) –, ¼ guten Rotwein, ¼ Liter Brühe.

Jetzt musst du die Kalbsrouladen waschen, abtrocknen und auf der Arbeitsplatte mit dem Handballen kräftig breitdrücken (auf keinen Fall klopfen, da werden Fasern beschädigt). So lange, bis sie sich gut vergrößert haben. Jetzt jede Scheibe Fleisch mit Salz, Pfeffer und Rosmarin würzen, auf beiden Seiten. Nun auf jede Roulade zwei Scheiben dünn geschnittenen Speck legen und mit Thymian bestreuen. Die Bratwürste häuten, die Masse mit dem Cognac und den zerriebenen Zwiebeln mischen. Fast alles auf den Speckscheiben verteilen, einen 15 prozentigen Rest beiseitestellen. Die hartgekochten Eier, je eines, draufstellen. Jetzt vor und hinter den Eiern mit der beiseitegestellten Wurstmasse bis zur gleichen Höhe auffüllen. Rouladen aufrollen, mit je einem Spießchen feststecken. Schmalz oder Olivenbratöl erhitzen, die Rouladen rundherum braun anbraten. Mit Wein und der Brühe ablöschen, im geschlossenen Topf noch circa eine Stunde bei mittlerer Hitze schmoren lassen. Dazu frische Bandnudeln und ein freundliches Gesicht. Mahlzeit.

STUNDE DER WAHRHEIT

»Warum seid ihr so still?« Friedl, der es sichtlich schmeckte, schaute die beiden Männer an. »Habt ihr euch gestritten oder so? Vorher war hier drin eine ganz andere Stimmung. Manfred, was ist? Schmeckt dir das Essen nicht?«

Der wischte sich den Mund ab, trank sein Glas leer, räusperte sich und schaute erst den Max, dann die Friedl an: »Schatz, ich hab mich ein Jahr lang nicht gemeldet, weil ich im Gefängnis war. Ich will mich hier auch nicht einschleichen, sondern ich wollte dich noch ein einziges Mal sehen und dann verschwinden. Alles, was ich dir auf dem Schiff über meine Gefühle zu dir erzählt habe, das stimmt. Der Rest nicht. Ich bin kein reicher Großwildfänger, sondern ein hauptberuflicher Knastler, hab die meiste Zeit meines Lebens im Bau verbracht, zu Recht. Für nichts sperren die hier keinen ein.«

Friedl wollte was sagen, aber er hob die Hand: »Warte, lass mich ausreden. Ich bin kein Mörder oder so was, obwohl ich wegen Körperverletzung auch schon das eine oder andere Mal eingefahren bin. Meist haben sie mich wegen einem Bruch oder einem Trickbetrug drangekriegt. Das ganze Geld, das wir auf dem Schiff verjubelt haben, das war aus dem letzten Bruch. Aber weißt du was? Ich hab mich in dich verliebt, ich wollte bei dir sein, so lange es geht. Deswegen die ganze Lügerei. So, jetzt kannst du reden.«

»Jetzt brauch ich meine Notfalltropfen.« Friedl stand auf, ging zum Schrank und kam mit einer Flasche Cognac und drei Gläsern zurück. Sie schenkte jedem zwei Fingerbreit ein und hob ihr Glas: »Manni, das ist mir alles wurscht. Dass deine Geschichten, wie soll ich sagen, alternative Fakten waren, das hab ich schnell gemerkt. Aber ich hab mich in dich und dein Lachen verguckt. Ich habe schon so lange nicht mehr richtig gelacht, seit mein Otti tot ist. Ich mag dich auch. Ob ich dich liebe, weiß ich nicht. Aber ich mag dich. So, und jetzt sage ich Folgendes: Du kannst hierbleiben, so lange du willst. Schau dich in der Stadt um, wenn wir dir bei irgendwas helfen können, dann tun wir das. Weißt du, mein Otti, der war auch kein Lämmchen. Der Max hier, der hat bei seinem Vorleben keine Chance mehr, ein Pfarrer zu werden. Und ich, ich weiß sehr gut, wo das Ganze herkommt, was du hier siehst. Max, was meinst du dazu?«

Mit so was hat der Auer nicht gerechnet, ja, was glaubst du? Eigentlich war der Plan, dass er den Manfred nach dem Essen kurz zur Seite nimmt und ihm erklärt, wo hier der Frosch die Locken hat. Andererseits hat sich die Friedl in den zwei Stunden, in denen der Kerl hier ist, vollkommen verändert. Sie lacht wie ein junges Mädchen, sie ist glücklich. Und wenn du mich fragst, denkt sich der Max, dann ist das alte Mädel in den Kerl verknallt. Also, mach erst mal gute Miene zu dem Spiel hier, vielleicht ergibt sich das in ein paar Tagen von selber. Ist ja immer so, oder? Wenn der erste Rausch vorbei ist, sieht man wieder klar.

Deswegen hat der Auer Max sein Glas gehoben, die beiden angeschaut und gesagt: »Hiermit habt ihr beide meinen Segen. In meiner Eigenschaft als hauptberuflicher Neffe ernenne ich euch zu was auch immer ihr sein wollt. Bis dass die Nachspeise uns scheidet. Amen. Können wir jetzt weiteressen?«

»Wohin die ganzen Bullen wohl gerannt sind?« Der Manfred schaute unsicher zur Tür, und Friedl fragte: »Wann denn?«

Max sprach mit vollem Mund: »Vor einer Viertelstunde. Die sind vor dem Bücherladen aus den Autos und dann um die Ecke in die Bahnhofstraße verschwunden. Warum?«

Friedl kratzte sich am Ohr: »Da ist doch der Imbiss vom Bergmeier. Weißt schon, der, der nebenbei noch den Taxidienst macht. Der hat öfters Probleme mit der Polizei. Und mir ist der auch noch Geld schuldig. Also, nicht direkt mir. Der Otti hat ihm vor einem Jahr 5.000 Euro geliehen, zu 10 Prozent Zinsen, die haben wir bis heute nicht. Obwohl es dem Bergmeier gutgeht. Der hat den Imbiss, sein Taxi und ein paar alte Mädels am Laufen. Bahnhofshühner, so hat der Otti die genannt. Alte Legehennen, bei denen das MHD schon lange abgelaufen ist. Aber der Otti hat gemeint, da gibt's immer ein paar Tschuschen, die bumsen alles, was noch einen Puls hat. Egal, der Chili wollte sich eigentlich drum kümmern. Das hat er mir auf der Beerdigung versprochen. Aber dann hab ich ihn gebeten, dass er die Urnen austauscht. Weil ich meinen Otti ja viel lieber hier daheim habe. Dass ein Mann im Haus ist, verstehst? Und dann ist das Problem mit dem Bergmeier irgendwie … untergegangen? Ich weiß auch nicht mehr.«

Max und Manfred schauten sich sprachlos an, und die Friedl lächelte maliziös: »Und jetzt hab ich gleich zwei Männer hier sitzen. Wer hätte das gedacht?«

»Wie zum Teufel tauscht man eine Urne aus?« Max schenkte sich, dem Manni und der Friedl nach.

Die meinte mit Unschuldsmiene: »Das? Das war ganz einfach. Ich hab mir ja beim Bestatter die Urne ausgesucht. Dann hab ich gesagt: ›Ach, wissen S', ich nehm gleich noch so eine, die stelle ich daheim ins Bücherregal, weil die gar so schön ausschauen und glänzen‹. In die zweite Urne haben wir dann hier drinnen ein paar Hände voll Kaminasche getan, der Chili und ich. Und noch paar kleine Knöpfe, weil der Chili gesagt hat, wenn sie einen verbrennen, dann bleibt immer ein bissel übrig. Keiner geht ganz, hat er gemeint. Ein paar Zähne oder so bleiben immer unter dem Rost liegen. Und kurz vor der Feier, schon in der Aussegnungshalle, da hat der Chili eine Flasche Jägermeister fallen gelassen. Die wollte er dem Otti mit ins Urnengrab legen, hat er zum Pfarrer gesagt. Weil der Otti doch so gerne Jägermeister mit Cola getrunken hat, ned wahr? Ja, und in dem ganzen Durcheinander, es sind ja alle aufgesprungen und haben den pappigen Schnaps vom Boden der Aussegnungshalle gewischt, mit Taschentüchern, Schals und so, da hat der Chili schnell die Urnen vertauscht.«

Manfred sagte: »Und der Pfarrer, hat der nix gemerkt?«

»Der? Der hat irgendwas von seinem hohen Blutdruck gemurmelt und ist nach hinten und hat ein großes Glas Messwein getrunken. Das war dann aber doch noch eine sehr schöne Feier, wir haben alle geweint, obwohl es gestunken hat wie in einer Trinkhalle. Und der angetrunkene Pfarrer hat ein paar lustige Sprüche rausgelassen. Ja, was wollte ich denn eigentlich sagen? Ach so, und mit dem ganzen Urnenstress, da hat der Chili wohl dann vergessen, vom Bergmeier das Geld einzutreiben. Ich ruf den Chili gleich morgen mal an und erinnere ihn dran. Hoffentlich ham s' mir den Bergmeier jetzt nicht vor der Nase weg verhaftet, weil, sonst seh ich mein Geld nie wieder.«

WER MEHR VÖGEL[N] WILL, MUSS FREUNDLICH SEIN

»Ist noch was von den Vögeln in der Küche?« Max schielte auf die Platte in der Tischmitte, auf der nur noch eine traurige Soßenlache zu sehen war.

»Das heißt Vögel, mein Lieber, Vögel.« Die Friedl nahm die Platte hoch und stand auf.

»Wieso denn? Wenn ich mal den Karl Valentin zitieren darf: Der hat gesagt, ein Semmelknödel ist ein Semmelknödel. Sobald es aber mehrere sind, müsste es Semmelknödeln heißen, mit einem ›n‹ hinten dran. Also?« Max schaute den Manfred an. Der zuckte mit den Schultern, und die Friedl meinte: »Is' ja auch wurscht. Aber: Wer noch mehr Vögel, oder wie du sagst, Vögeln will, der muss freundlich sein, sonst bleibt der Teller leer. Ich kann dir noch Nudeln und Soße bringen. Manfred, machst du mal die Luft aus den Weingläsern, ich komme gleich wieder.«

Jetzt schaute sich der Auer den Manni an, der ja eigentlich ziemlich harmlos aussieht, wie er sich so über den Tisch beugt. »Sag einmal, wieso haben sie dich wegen Körperverletzung eingelocht?«

Manfred stellte die Flasche auf den Tisch, stand auf und nahm eine Boxerstellung ein. Die Rechte am Kinn und die

Linke schräg vor der Brust: »Ich war mal süddeutscher Meister im Mittelgewicht. Ist schon lange her, aber mein linker Leberhaken, der haut immer noch jeden von den Beinen. Schau mal.«

Er boxte ein paar Jabs und Finten in die Luft, dann ließ er die Linke sinken und schlug damit einen blitzschnellen Leberhaken.

Der Auer Max war beeindruckt und wollte was dazu sagen, aber just in dem Moment kam die Friedl mit einem Tablett ins Zimmer: »So, da hab ich eine wunderbare Nachspeise. Das ist ein Kirschentiramisu im Glas mit Amaretto. Alles molto erotico. Meine Spezialität.«

Wenn du jetzt denkst, ein Tiramisu, na ja, das ist ja nichts Besonderes, also, dann täuschst du dich. Dieses hier, das solltest du dir auch mal gönnen.

REZEPT TIRAMISU EROTICO

Für die drei Gläser (je 2 oder 3 dl) brauchst du 3 Esslöffel Amaretto, 1 dl starken Espresso, einen großen Löffel Zucker, 2 Eigelbe (das Eiweiß extra in ein Glas, das brauchst du nämlich noch). Dann Saft von 1 Orange, ein bissel von der Haut abreiben, 250 g Mascarpone, eine Prise Salz, 7 oder 8 Löffelbiskuits und ein wenig Kakaopulver zum Bestäuben. Alles klar?

Gut. Den Amaretto, ein bisschen Zucker und den Espresso verrühren, bis sich der Zucker aufgelöst hat. Zur Seite stellen.

Eigelbe, Zucker und die Orangenschale mit dem elektrischen Schneebesen ungefähr 4 – 5 Minuten rühren, bis alles heller ist, dann den Mascarpone drunterziehen.

Die zwei Eiweiß ein bisschen salzen und steif schlagen. Zucker dazu, weiterschlagen. Den Eischnee jetzt sorgfältig und langsam in die Masse geben und durchziehen.

Löffelbiskuits halbieren, in die Gläser verteilen, jetzt die Hälfte der Masse drauf. Den Rest der Biskuits drüberlegen, restlichen Espresso und Rest der Masse drauf. Alufolie drüber und zwei Stunden im Kühlschrank fest werden lassen. Vor dem Servieren noch einen Schuss Amaretto drauf und mit Kakao bestäuben. Fertig.

DER MÖRDER IST WIEDER FREI

Du ahnst es eh schon, es ist doch noch ein netter und lustiger Abend geworden. Und was soll ich dir sagen? Der Manfred hat natürlich bei der Friedl geschlafen, und der Max musste sich das Kopfkissen und die Bettdecke über die Ohren ziehen, damit er einschlafen konnte.

Am nächsten Morgen ist die Friedl mit einer Tasse Kaffee zum Max ins Zimmer gekommen, hat sich an die Bettkante gesetzt und sich die Haare aus der Stirn gestrichen: »Bub, der Manni bleibt hier bei uns, und du überlegst dir, wie er sich nützlich machen kann.«

Der Auer, noch ganz verschlafen: »Wie meist du das? Nützlich?«

»Frag doch nicht so blöd. Aus dem Nachlass vom Otti ist noch viel zu tun. Denk doch bloß mal an die Außenstände wie beim Bergmeier. Ich hab mir das kleine schwarze Buch vom Otti vorhin noch mal durchgesehen. Da gibt es bestimmt so um die 20- bis 30.000, die wir hier und da noch zu kriegen haben. Von denen meldet sich freiwillig keiner, weil die ja denken, der Otti ist im Paradies, da braucht der eh kein Geld mehr. Aber ich arme alte Frau muss ja auch schauen, wie ich durchkomme, mit zwei Männern im Haus. Du und der Manni, ihr holt mir das Geld. Mit dem Bergmeier fangt ihr an. Der sperrt jetzt um neun seinen Laden auf. Der Manni ist im Bad. Wenn ihr sowieso runter geht zum Bäcker, Brezen kaufen, dann schaut vorher beim Bergmeier vorbei. Auf ein Gespräch unter Männern, verstehst mich?«

»Ja aber, ich wollte doch eigentlich …«

»Das kannst du alles später machen, Bub. Der Manni und du, ihr helft der alten Tante. Jeden Tag ein gutes Werk, wie bei den Pfadfindern. Trink den Kaffee und dann raus aus den Federn.«

Wenn du meinst, die Friedl, die ist aber ganz schön resolut, dann hast du vollkommen recht. Die hat mehr Haare auf den Zähnen als ich unter den Armen.

Also sind der Manni und der Max eine Viertelstunde später im Schweinsgalopp durch das Treppenhaus nach unten, aus der Haustür raus, und dann, ohne zu reden, die paar Meter bis zum »Hammergrill« marschiert. Kurz vor dem Grill nimmt der Max den Manni zur Seite und erklärt ihm leise was. Dann gehen sie rein.

Stell dir eine Glasfassade vor, drei oder vier Stufen bis zur Eingangstür, ebenfalls Glas, und dann steht man auch schon mitten im Imbiss. Vier Stehtische, die Theke längs an der Wand, ein schräger Spiegel hinter der Theke an der Decke, sodass man in die zwei Fritteusen sehen kann. Und auf die große, rechteckige Grillplatte daneben. Geradeaus kommst du zu zwei Türen. Auf der einen ist ein Schild »Kerle«, auf der anderen »Restliche Geschlechter«.

Und hinter der Theke hantiert der Bergmeier. Ein dicker Kerl, mit wenig Haar auf der Birne, die Hemdsärmel hochgekrempelt, sodass man die dicken Muskeln und die Tätowierungen sieht. Ach ja, und vor der Theke stehen noch vier Barhocker.

Max schwingt sich auf den einen, Manfred auf den anderen. Es riecht nach kaltem Frittierfett und Wurst.

Max schaute sich um: »Nix los in dem Laden hier. Wie läuft's denn so?«

Bergmeier wischte mit einem fleckigen, ehemals weißen Geschirrtuch über die Holzplatte vor ihnen: »Hab eigentlich noch zu. Was soll's denn sein?«

»6.000 in bar. Saubere Scheine, ohne Fettflecken. Wenn's geht, jetzt gleich.«

Bergmeier lehnte sich auf den Tresen und grinste den Max an: »Was bist denn du für einer? Und der Clown neben dir, warum glotzt der so? Soll ich dir mal was sagen? Mach, dass du Land gewinnst. Nimm den Trottel mit und verpiss dich. Für euch gibt es hier nichts. Raus, aber pronto!«

»Du fragst ja gar nicht, wie ich auf 6.000 komme? Pass auf: Ich bin der Neffe vom Otti. Der ist tot. Die Frau von ihm aber nicht. Der zahlst du jetzt das Geld zurück. Noch Fragen?«

Der Dicke schüttelte den Kopf: »Der Neffe ohne Namen, was? Hör zu, Neffe, da könnte ein jeder kommen. Verpiss dich. Beam dich raus. Und nimm den Gollum da neben dir auch mit. Los jetzt.«

Max verzog keine Miene, Manfred starrte nach wie vor die Grillplatte an. Dann zeigte Max auf das Telefon: »Ruf die Friedl an. Die schickt uns. Mein Onkel hat dir 5.000 gegeben. Die will ich. Plus Zinsen. Macht 6.000. Du hast jetzt drei Möglichkeiten: Eins, du gibst mir das Geld. Zwei, du rufst die Friedl an und sagst ihr verbindlich, wann sie die 6.000 zeitnah kriegt. Oder drei, du gibst mir das Telefon, dann ruf ich schon mal einen Krankenwagen. Bis der hier ist, verwandeln wir dich in einen Patienten für Liegendtransport.«

Max deutete auf die Eingangstür. Der Manni rutschte vom Hocker, ging zur Tür und drehte das Schild um, sodass »Sorry, wir sind zu« von außen zu lesen war. Dann drehte er den Schlüssel im Schloss um und steckte ihn ein. Gleich darauf saß er wieder auf dem Hocker und starrte die schwarze Grillplatte an.

Bergmeiers Hand wanderte unter den Tresen, und Mannis Rechte glitt unter seine Jacke.

»Denk nicht mal dran.« Max fischte ein paar Scheine aus seiner Hemdtasche, suchte einen 100er raus und glättete ihn auf der Theke. Dann nahm er den Schein, hielt ihn sich vor das Gesicht, spuckte drauf und klatschte ihn dem Manni schräg auf die Stirn. Der saß mit regungslosem Gesicht, nahm den Blick langsam von der Grillplatte und glotzte dem Bergmeier starr in die Augen.

»Das ist mein Freund Manni. Der ist ein hauptberuflicher und gelernter Mörder. Deswegen war er grade wieder 15 Jahre im Bau. Seit vorgestern ist er wieder raus. Er wohnt jetzt bei uns. Aber eigentlich will er lieber wieder zurück in den Knast. Er sagt, da drinnen brauchst du dich um nichts zu kümmern. Drei Mahlzeiten am Tag, die Wäsche wird dir gewaschen und irgendeinen Kerl, der für eine Zigarette die Frau spielt, findest du auch immer.«

»Was?«

»Genau. Wenn ich dem Manni jetzt sage, geh, sei doch so nett und mach den Bergmeier für mich weg, dann tut der das. Weil es ihm wurscht ist. In seiner Jacke hat er was zum Schießen. Deswegen hängt die so schief an ihm.

Aber besonders modebewusst ist er eh nicht. Also, gib mir ganz langsam das, was da unter deiner Theke liegt.«

Bergmeiers Hand kam mit einer Dose Pfefferspray hoch. Den Spray legte er vorsichtig auf die Serviette, die vor Max lag. »Ich bin ein harmloser Taxiunternehmer mit einem Imbiss, das ist alles. Und die Geschäfte laufen nicht gut. Taxifahrer sind am Aussterben. Gestern war die Polizei hier, weil mich wieder einmal einer angezeigt hat.«

»Wegen deinem Fahrstil oder wegen der überalterten Bückware, die du am Bahnhof anschaffen lässt? Tz, tz, tz.« Max schüttelte den Kopf. »Und was aussterbende Taxifahrer angeht, da kann ich dir erzählen, was ich mit meiner Tante Friedl erlebt habe, als ich noch ein Kind war. Hast du eine Minute Zeit?«

Bergmeier starrte den Max an, dann den Manni, der seinerseits, mit dem 100er quer auf der Stirn, zurückglotzte.

»Das war so: Die Tante Friedl war damals noch eine ganz fesche junge Frau um die 30. Wir sind mit einem Taxi zum Friedhof gefahren, es war schon früher Abend an einem lauen Sommertag. Hörst du mir auch zu, Bergmeier?«

Der nickte und wischte sich den Schweiß aus dem Gesicht.

»Sehr schön. Wir fahren also an der Loretowiese vorbei, und am Straßenrand, links, auf dem Bürgersteig, lehnten zwei Frauen an der Laterne und rauchten. Sie hatten kurze Röcke an, weit ausgeschnittene Blusen und viel Schmuck an den Armen. Ich fragte die Tante: ›Warum lehnen die da?‹ Sie sagte: ›Die halten die Laterne fest, damit sie nicht umfällt, Bub.‹ Sie hat damals schon immer Bub zu mir gesagt, das tut sie jetzt auch noch. Also, wo war ich? Ah ja, der Taxifahrer, der grinst in den Rückspiegel und sagt: ›Erzählen Sie dem Kind doch nicht so einen Scheiß. Das sind Nutten, die machen es mit Männern. Für Geld.‹ Meine Tante wird stinksauer, sagt aber nichts. Ich wusste, wenn die gleich explodiert, dann ist hier drinnen im Auto was los. Also wollte ich die Situation entschärfen und fragte: ›Kriegen diese Frauen auch Kinder?‹ Da grinst die Friedl und sagt laut: ›Aber ja, mein Max. Natürlich kriegen diese Frauen auch Kinder. Und diese Kinder werden später alle Taxifahrer.‹ Verstehst du den Gag, Bergmeier?«

Manfred verzog keine Miene und rührte sich auch nicht. Der Bergmeier nickte wie einer von diesen Wackeldackeln, die man heute noch ab und zu auf den hinteren Ablagen von alten Autos sieht. »Jaja, der ist gut. Echt. Pass auf, Max, ich hab zufällig ein bisschen was da, das kann ich dir geben. Ich wollte die Friedl schon so lange mal anrufen und mit ihr über das Geld reden, aber du weißt ja, wie das ist, wenn immer was ist. Dann kommt dies, dann kommt das, aber ich schaue mal …«

Er griff wieder unter den Tresen, Manfreds Hand verschwand blitzschnell in seiner Jacke und Bergmeier hob noch schneller beide Hände: »Ruhig! Ganz ruhig, Mann. Reg dich nicht auf. Ich hole nur die Geldtasche, nur die Tasche. Ich mach das jetzt ganz langsam, schau!«

Vorsichtig und in Zeitlupe griff der Bergmeier unter die holzfarbene Resopalplatte und seine Hand kam mit einer dicken schwarzen Bedienungsgeldtasche wieder hoch.

»Nimm alle Scheine raus und leg sie da auf die Platte!« Max zeigte mit dem Kinn auf eine Stelle neben ihm. Bergmeier drehte die Geldtasche, öffnete sie und zog sie auf wie eine Ziehharmonika, wobei er das Kleingeldfach mit Daumen und Zeigefinger der linken Hand zuhielt.

Scheine rutschten auf die Theke. Max nahm sie, zählte laut ab: »Ein 500er. Da schau her. So einen hab ich lange nicht gesehen. Sieben 100er. Elf 50er. Und, warte mal, 20, 24, 25 20er. Das macht … 2.250 Euro. Zehner und Fünfer kannst du behalten. Willst du eine Quittung?«

Bergmeier schüttelte den Kopf. Max steckte dem Manfred die Scheine in die Seitentasche der Jacke: »Du bist uns jetzt noch 4.000 schuldig, die zahlst du in zwei Wochenraten an den jungen Mann hier neben mir, den mit dem 100er auf der Stirn, kapische? Nächste Woche Freitag, übernächste Woche Freitag, und dann sind wir wieder Freunde. Nicke, wenn du mich verstanden hast.«

Bergmeier schluckte und sagte leise: »Du hast dich ein bisschen verrechnet, Max.«

»Hab ich nicht. Du hast den Ärgernis-Zuschlag vergessen und die Inflation und so. Wenn Freitag nächster Woche keine zwei Mille über diese Platte hier wachsen, dann baut dir der Manfred mit seinen Freunden den Laden um. Bis dann: Halt deine Hühner am Laufen und sei glücklich. Komm, Manfred. Hier riecht es nach Angst.«

Manfred glitt vom Hocker, ohne den Bergmeier aus den Augen zu lassen, schloss die Eingangstür wieder auf und drehte das Schild um, sodass von draußen »Komm rein, wir haben offen« zu lesen war. Dann hielt er die Tür auf und ließ den Max rausgehen, immer noch starr auf den Bergmeier blickend. Bevor auch er aus dem Laden ging, hob er zwei Finger der linken Hand vor seine Augen und deutete dann damit auf den Bergmeier.

Der schluckte trocken, und sein Adamsapfel hüpfte auf und ab.

Kaum waren sie um die Ecke gebogen, nahm Max den 100er von Mannis Stirn und fragte: »Was hast du da eigentlich in der Brusttasche von deiner Jacke? Die Beule da unter der Brust, was ist das? Eine Kanone?«

Manfred zog ein Mars und ein Bounty hervor: »Welches willst du? Ist gut für die Nerven.«

DIE DREI GROSSEN »B«: BUMSEN, BENTHAUS, BORSCHE

Gut, denkst du dir jetzt, das war aber nicht die feine englische Art. Aber auf einen groben Klotz gehört ein grober Keil, ja, was glaubst du denn? Auf jeden Fall hat sich die Friedl fürchterlich gefreut, hat den Max an ihre Brust gedrückt und den Manfred abgebusselt. Dann hat sie 1.000 Euro abgezählt und dem Max und dem Manni jeweils 500 gegeben: »So, Männer. Und das ist erst der Anfang. Ich hab das kleine schwarze Buch vom Otti durchgeschaut. Da sind noch ein Dutzend Leute, die uns Geld schulden. Er war ja so ein guter Mensch, mein Otti. Und wenn einer in Not war, und wir haben den gekannt, dann hat mein Otti immer was gegeben. Gegen ein bissel Zins natürlich. Und das holt ihr mir jetzt peu à peu zurück, gell? Übrigens, vor fünf Minuten hat der Chili angerufen. Du sollst ihn anfunken, sagt er, weil er was für dich hat.«

Max klopfte dem Manfred auf die Schulter: »Ach was, da fahren wir gleich selber raus. Du kommst mit, ich stelle dich vor. Ups, jetzt haben wir die Brezen vergessen, Tante.«

»Macht nichts, Bub. Fahrt ihr mal los, ich geh frühstücken. Vielleicht treffe ich eine von meinen Freundinnen und kann ein bissel ratschen.«

Als sie das »Wild Wild West« gegen 10 Uhr betraten, war der Laden hell erleuchtet, und zwei Putzfrauen schoben lärmende Kehr- und Sauggeräte durch das Lokal. Die Stühle standen auf den Tischen. Danny und Arnold saßen mit noch einem Kerl in einer der Nischen vor dem Büro, und Danny erzählte mit lauter Stimme: »Ja, und ich hab dann natürlich diese Superschnitte abgeschleppt und die ganze Nacht gebumst wie der Teufel. Die war fast zwei Meter groß, hatte Möpse wie Napfkuchen und hat im Ernst gedacht, ich sei Danny DeVito. Sogar beim Frühstück noch, weil ich nach Ahornsirup gefragt habe.«

»Wer?« Der andere Kerl beugte sich halb über den Tisch.

»Na, der Hollywood-Star. Danny DeVito, Mann. Kennst du doch, den Film, oder? Zwillinge, mit Schwarzenegger. Hey, findest du nicht, dass mein Partner wie Arnie aussieht? Ganz im Ernst jetzt?«

Manfred und Max waren am Tisch angekommen. Danny sagte: »Hoppala, wer ist denn das? Kenn ich den?« Und zu dem Kerl am Tisch: »Gut, lass den Umschlag hier und mach dich vom Acker. Geh mal in eine Videothek und hol dir den Film. Zwillinge, mit Schwarzenegger und mir. Wenn du nächste Woche zum Abliefern kommst, geb ich dir ein Autogramm, wenn ich gut gelaunt bin. Und jetzt: Mach den Abflug!«

Der Kerl rutschte von der Sitzbank, nickte allen zu und ging.

Danny zeigte auf die Bürotür: »Der Boss ist drinnen. Wer ist der Neue?«

»Verwandtschaft. Ein entfernter Onkel. War in Afrika, auf Großwildjagd und so. Jetzt jagt er hier für uns.«

»Cool. Hast du mal 'nen Bären geschossen?«

Die Frage war an Manfred gerichtet, der schaute erst Max an, dann die beiden in der Nische: »Kann schon sein. Warum? Läuft hier noch einer rum, oder was?«

Danny lachte: »Ah, der Kerl gefällt mir. Willkommen in der Irrenanstalt. Geht rein zum Boss, Mädels.«

Chili war am Telefonieren, die Füße auf dem Schreibtisch und den Chefsessel zurückgeklappt. Er winkte und zeigte auf die Stühle: »Was? Nein, ich hab grade Besuch bekommen. Ja, ich hab dich verstanden. Bumsen, Borsche, Benthaus. Die drei großen ›Bs‹ im Leben eines echten Mannes. Ich arbeite dran. Was? Ja, du mich auch. Bis dann!«

Chili legte das Handy auf die Schreibtischplatte und schaute erst Manfred, dann Max an. Mit dem Kinn zeigte er auf Manfred: »Weiß der Bescheid?«

»Der, das ist mein lange verschollener Onkel Manfred. Mütterlicherseits. Gehört also zur Familie. Ist in unserer Branche tätig und flexibel, was das Lösen von Problemen angeht. Also, was steht an?«

»Du kannst mit dem Schirmer Heinzi reden. Heute Abend um acht. Er hat am Stadtrand zu tun, und deswegen hat er den Treff vorgeschlagen. Hier!«

Chili schob einen Zettel über den Schreibtisch: »Da steht alles drauf. Hast du ein Navi in deiner Kiste?«

Max nickte.

»Gut. Dann gib das hier ein. Sei pünktlich. Der Heinzi wartet nicht. Und er sagt, zwei Leute von ihm und maximal zwei Leute von dir. Mehr dürfen nicht aufschlagen.

Wenn er mehr sieht, gibt es Ärger. Also halt dich dran. Ist dein Onkel gut mit der Zimmerflak?«

Chili schaute den Manfred an, der sagte: »Eher die großen Kaliber. War Scharfschütze bei den Gebirgsjägern. Ist aber schon lange her.«

Chili nickte: »Dann lassen wir den Onkel daheim, und du nimmst meine beiden mit. Wenn's Ärger gibt, lass den Kleinen alles machen, der kennt sich mit so was aus. Wenn's knallt, leg dich einfach hin und komm ihnen nicht in die Quere. Steh erst wieder auf, wenn außer den beiden alle anderen am Boden liegen. Die sind ein eingespieltes Team.«

»Warum ist der Schirmer so vorsichtig?«

Chili fischte einen silbernen Flachmann aus einer Schublade seines Schreibtisches, nahm einen Schluck und machte: »Ahhhh.« Dann rülpste er und meinte: »Der Heinzi hat vor einem Jahr ein bissel Zoff mit ein paar Jugos gehabt. Ein Wort gibt das andere, und die haben ihm die Milz weggeknallt, bevor die Burschen vom Heinzi die Jugos über den Hades gerudert haben. Jetzt ist er halt ein wenig penibel geworden. Wie er sich sagt, er kann nicht jedes Mal auf ein Körperteil verzichten, bloß weil es Ärger gibt.«

Er nahm noch einen Schluck: »Wuhu, der haut rein. Ich würd dir ja gerne was davon anbieten, aber … Ach, was ich noch sagen wollte: Der Heinzi ist ein bissel cholerisch. Genaugenommen sogar ziemlich cholerisch.« Chili wackelte mit dem Kopf: »Wenn ich ganz ehrlich sein soll, und das bin ich eher selten: Der Heinzi ist ein gelernter Irrer, mit langer Berufserfahrung. Dementsprechend sind auch seine Mitarbeiter. Lauter Abrissbirnen, die er da um sich geschart hat. Na ja, ein normaler Mensch wie ich würde für einen wie den Schirmer Heinz eh nicht arbeiten. Pass auf: Ich will nicht, dass der den geehrten Stadtrat und Bankdirektor Brunner aufschlitzt und ausstopfen lässt. Der Brunner hat 35.000 Euro Schulden beim Heinzi. Die kann er im Moment nicht zahlen. Und ich will sie nicht zahlen, so lieb hab ich den Brunner nun auch wieder nicht. Aber ich brauch ihn noch für die zwei Sachen. Also red mit dem Heinzi, sag ihm, der Brunner ist pleite, seine Alte ist ihm abhanden gekommen und er ist in einem Trauerkoma. Ich, der Chili, geb dem Heinzi meinen nächsten Leberkäs-Porno. Die Master-DVD, das Copyright und die Druckvorlage für das Cover. Er kann damit machen, was er will. Dafür streicht er die Schulden vom Brunner und wir sind alle wieder gute Freunde. Aber er muss dem Brunner Spielverbot in Österreich geben, mindestens drei Monate lang. Machst du das für mich?«

»Wer bezahlt?«

»Bezahlt was?«

»Den Risikozuschlag. Ich werde hier auf einen Geisteskranken losgelassen. Wenn's einfach und problemlos wäre, dann würdest du selber hinfahren. Oder die beiden da draußen mit einem Zettel losschicken.«

Chili kramte in der linken Schublade, zog ein paar Geldscheine heraus, legte sie auf den Schreibtisch und schob sie mit dem Absatz seines braunen, narbigen Westernstiefels in die Tischmitte: »Hier. Das ist ein 1.000er. Was meine Jungs anbelangt: Die kannst du nicht einfach so losschicken, das wirst du schon noch merken. Also, was ist, haben wir einen Deal?«

»Weiß der Brunner davon?«

»Dass er Schulden hat? Weiß er. Dass er nicht zahlen kann? Weiß er auch. Dass du ihm heute Abend den Arsch rettest? Weiß er nicht. Das sagen wir ihm auch nicht. Das kommt auf seinen Deckel, und wenn es so weit ist, dass er für mich die Immobiliensache durchziehen muss, dann kriegt er die Rechnung präsentiert. Mit Mehrwertsteuer.«

Der Auer Max kratzte sich am Kopf, dann nickte er und nahm das Geld. Er war schon fast aus dem Büro raus, da klatschte sich der Chili mit der flachen Hand auf die Stirn und rief ihm nach: »Hätt ich jetzt fast vergessen, Max. Schau dem Heinzi nicht auf das Glasauge, das mag er gar nicht.«

Max drehte sich um: »Was?«

»Ja, der Heinzi hat ein Glasauge. Das rechte. Das glotzt immer in alle möglichen Richtungen, weil es so locker in der Augenhöhle sitzt, dass er es bei Bedarf rausnehmen kann.«

»Er nimmt es raus. Interessant.«

»Nein, nicht, was du denkst. Aber manchmal, da kann er echt witzig sein. Wir waren mal in so einer Bauernwirtschaft beim Essen. Der Heinz hatte Obatzten, das ist der angemachte Käse, der auf dem Teller ausschaut, als hätte ihn grad vorhin schon mal jemand gegessen. Pass auf, es war so, dass dem Heinzi der Käs nicht geschmeckt hat. Deswegen nimmt er sein Glasauge raus, setzt es oben auf den Obatzten, sodass es traurig zur Decke starrt, und ruft die Bedienung. Er sagt: ›Fräulein, jetzt schauen S' einmal, was ich da auf dem Teller gefunden hab‹. Die Frau schaut dem Auge ins Auge, schreit und kippt ohnmächtig um. Wir haben dann woanders gegessen.«

Max grinste: »Der Mann hat Humor, echt jetzt. Bis später. Ich hol die Jungs hier ab. So um sieben rum.«

»Halb acht reicht vollkommen.«

Max schüttelte den Kopf: »Passt schon. Sieben. Ich will mir das Terrain vorher ansehen und schauen, was man so alles machen kann. Sicher ist sicher.«

Danny, Arnold und Manfred saßen immer noch in der Nische, und Danny sagte: »Und dann sagt die Tussi zu mir, ich habe einen Platten am Auto, vorne rechts, kannst du mal vorbeikommen? Ich sage: ›Der rechte Vorderreifen?‹ Und sie: ›Ja, aber platt ist er nur ganz unten!‹ Verstehst du, was ich meine? Nur ganz unten?«

Manfred lachte, Arnold grunzte und Manfred meinte: »Ich mag ja keine Blondinenwitze, aber warum sitzt eine Blondine in der Wohnung auf dem Heizkörper? Weil der Hausmeister gesagt, hat: ›Vorsicht, Fräulein, der eine Heizkörper im Wohnzimmer leckt!‹«

Max klopfte ihm auf die Schulter: »Los alter Mann, dein Mädel wartet.«

Und zu den anderen beiden: »Ich hole euch um sieben Uhr ab. Zieht euch was Warmes an, wir müssen vielleicht ein bisschen auf der Straße mit dem Schirmer Heinzi reden. Der Boss weiß Bescheid. Bis später.«

DIE WELT GEHT NOCH IN OASCH, WENN DES SO WEIDAGEHT

Auf der A8 war um 19.15 Uhr nicht mehr viel los. Ein paar LKWs, aber der Berufsverkehr war vorbei, ab und zu machte sich der Max den Spaß und rauschte mit 240 Sachen an einen Porsche oder einen großen BMW ran. Die Fahrer machten panisch Platz und schauten ungläubig dem alten, silbernen Mercedes nach.

Danny und Arnold saßen auf dem Rücksitz. Über ihren glänzenden Polyesteranzügen trugen sie knallrote Trenchcoats und blaue Kangol-Caps. Arnold hatte eine rosafarbene Sonnenbrille auf der Nase.

»Wo habt ihr nur die Klamotten her?« Max schaute lächelnd in den Rückspiegel.

»Das macht alles der Boss. Schicke Mäntel, was? Wenn du willst, kann ich den Chili mal fragen, ober er so einen in deiner Größe hat.« Danny beugte sich zwischen den Sitzen vor, sodass sein Kopf dicht am Nacken von Max war. »Der Boss hat noch einen ganzen Container voll mit Klamotten. Die hat er von einem Chinesen, der bei uns Spielschulden hatte. Wenn ich da mal was für dich tun kann …«

»Schon okay, danke. Ich bin farbenblind. Sag mal, der Dunkelbraune, der mit seinem ganzen Management da war, der ist für den nächsten Film eingeplant, oder? Ich meine, den Titel hast du mir ja schon verraten. Und die Handlung zum Teil auch.«

Danny nickte: »Der Boss sagt, das wird ein Knüller, eine große Nummer, sogar mit Text. Und der Hauptabnehmer hat auch schon vorgegeben, wer alles mitspielen muss. Ein Zitherspieler, eine Sängerin und eben der Braune. Der hat einen Lümmel, der geht ihm bis ans Knie, sagt sein Manager. So was sehen die Asiaten gerne. Das wird unser Durchbruch.«

»Wie viele Filme macht ihr denn so?«

»Einen oder zwei im Monat. Warum fragst du?«

»Nur so. Was anderes: Ihr beide kennt den Schirmer Heinzi und seine Truppe?«

Danny nickte grinsend: »Klar, der Schirmer kauft seine Jungs direkt aus dem Zoo, glaube ich. Die schauen brandgefährlich durch die Gegend, haben aber keine Ahnung von Taktik und so. Ich meine, wenn dich so einer in die Ecke drängt, dann ist Helm ab zum Gebet. Aber so weit wird es nicht kommen. Wir reden ja ganz friedlich, oder?«

»Von mir aus schon. Mal schauen. Hast du Artillerie dabei?«

»Auf dem Ohr höre ich schwer. Nur so viel: Mach du deinen Job und wir machen unseren.«

Auch gut, denkt sich der Max und schaute aus dem leicht geöffneten Seitenfenster. Sie fuhren von der A8 ab, auf die 1 in Richtung Walserberg, als das Handy des Kleinen losdröhnte. »Ja, lebt denn der alte Holzmichel noch« war sein Klingelton. Danny swingte ein bisschen zur Musik, dann hob er das silberne Ding ans Ohr: »Ja, Boss?«

Er verdrehte die Augen: »Warum denn? Osterfeldstraße wäre perfekt gewesen. Ich hab' mir das auf dem Laptop angesehen. Wo will er jetzt? Ach du Kacke. Und wo da? Auf dem obersten Parkdeck, verstanden. Was? Ganz hinten an der Betonbrüstung? Der Kerl ist doch krank. Was? Klar, wir machen das. Bis gleich, Boss.«

Danny steckte das Handy wieder weg, beugte sich zum Auer vor und meinte: »Regieänderung. Der Heinzi hat sich das anders überlegt. Kennst du das Designer Outlet in Salzburg? Gegenüber ist der Hangar 7 und so?«

Auer nickte und fuhr das Fenster hoch: »Warum das denn?«

»Ich sag's doch immer, der Kerl ist ein diplomierter Psycho. Also: auf das Parkdeck, ganz oben, Freiluft. Und dort ganz nach hinten an die Betonbrüstung. Das Auto mit dem Heck ganz an die Brüstung ran.«

»Hat der Angst, dass einer mit 'ner MP im Kofferraum sitzt? Dann geht der Deckel auf und … rrrrrt?«

»Der Heinzi ist dermaßen bematscht, der hat vor nichts Angst. Die Angst hat Angst vor ihm. Wir schaukeln das schon. Die Lage ist hoffnungslos, aber nicht ernst.«

Arnold knurrte und würgte ein paar Laute heraus und fuchtelte mit den Händen.

Auer schaute ihm im Rückspiegel zu: »Was meint er?«

Danny lachte: »Er sagt, sogar der Tod verliert seinen Schrecken, wenn man ihn erst mal kennengelernt hat. Damit meint er wahrscheinlich das Bärenweibchen.«

Ein Schwarm großer Krähen flog so tief über die Straße, dass Max abrupt auf das Bremspedal stampfte. Alle drei im Auto wurden trotz der Sicherheitsgurte nach vorne gedrückt, und Danny schaute durch das Heckfenster den schwarzen Vögeln nach. Dann beugte er sich wieder zu Max und sagte: »Als Kind habe ich mal so eine Krähe gehabt.«

»Du warst mal ein Kind? Ist ja ein Hammer.«

Danny klopfte ihm auf die Schulter: »Ehrlich jetzt. Die saß auf einem Baum vor unserem Haus. Es war saukalt, Schnee überall und an den Dachrinnen hingen ganze Batterien von Eiszapfen. Ich geh also wieder rein, hole ein altes Brötchen und renn wieder raus. Unter dem Baum habe ich die Semmel zerbröselt, dann bin ich zur Terrasse gegangen und hab mich hingesetzt. Die Krähe hat blöd geguckt, so wie die halt immer gucken, wenn die nicht wissen, was Sache ist. Dann hat sie sich mit drei oder vier Schwüngen vom Baum gemacht, ist auf den Boden runter und hat die Semmel gefressen, also, die Krümel. Das größte Stück hat sie mitgenommen und ist damit weggeflogen.«

»Echt spannend. Bist du hinterhergeflogen?«

»Blödmann. Pass auf: Am nächsten Tag war sie wieder da. Ich hab Apfelkuchen gehabt, den hab ich ihr gegeben. So ging das zwei Wochen oder so.«

»Immer Apfelkuchen? Das hält doch keine Krähe lang aus.«

»Mann, kannst du nicht zuhören? Irgendwann nach diesen zwei Wochen steh ich unter dem Baum und schau zur Krähe hoch. Die schielt zurück, macht ein paar Flattermoves und sitzt auf meiner Schulter.«

»Echt jetzt?«

»Wenn ich es dir sage. Von nun an hat sie jeden Morgen auf dem Baum auf mich gewartet. Ist auf meine Schulter gehüpft, und wir sind spazieren gegangen. In den Park, durch die Straßen, natürlich nur da, wo fast kein Verkehr war. Eines Nachts im Sommer, ich hab das Fenster in meinem Zimmer offen wegen der Hitze, da sitzt die Krähe doch glatt auf der Lehne des Stuhls vor meinem Bett. Ich werde wach, seh den Vogel und piss mich fast an. Oh Mann!«

»Und dann?«

»Der blöde Vogel ist so zahm geworden, dass er fast jede Nacht in mein Zimmer gekommen ist. Eines Tages kam der Kater vom Nachbarn auch ins Zimmer und hat dem Vogel in den Kopf gebissen. Das war's.«

»Und der Kater?«

»Das willst du nicht wissen, mein Alter.« Danny lehnte sich im Sitz zurück, und Max dachte sich, ich würde jetzt wetten, dass der kleine Kerl Tränen in den Augen hat.

Arnold neben ihm summte eine fürchterliche Melodie durch die Nase und klopfte den Takt dazu auf seinem Holzbein. Es klang schaurig und schlimm.

Danny beugte sich wieder vor, räusperte sich und sagte: »Wenn ich den so singen höre, da fällt mir ein: Hast du gewusst, dass es einen brasilianischen Froschlurch gibt, der heißt, warte mal, ja, genau, der heißt Brachylephalus …«

»Mit einem L oder mit zweien?«

»Warum hab ich bei dir immer das Gefühl, dass du mich verarschst? Nein, so heißt der. Mit einem L übrigens. Dieser Lurch, also, der quakt unheimlich melodiös. Erreicht aber damit keinen seiner Artgenossen, weil die alle taub sind. Genauso wie er, der Singelurch. Voll taub. Wie findest du das?«

»Soll das eine Anspielung auf Arnold sein?«

Danny schüttelte den Kopf: »Nein. Der Große freut sich und baut Wut auf. Der ist nur so richtig gut drauf, wenn er grantig ist. Da vorne, das riesige Eckhaus, das ist das Outlet. Die Einfahrt zu den Parkdecks ist um die Ecke. Bieg an der Ampel links ab.«

Schweigend fuhren sie die schmale Auffahrt zum obersten Deck hoch. Das war fast leer, und die wenigen Autos standen ziemlich nahe an der Auffahrt und den Ausgängen zu den Shops.

»Heute haben die bis neun Uhr abends geöffnet, normalerweise nur bis sieben. Wir haben noch eine halbe Stunde Zeit.« Max parkte den Benz vorsichtig rückwärts ganz nahe an der Brüstung. Arnold schaute sich um, drehte sich zu Danny, grunzte und fuchtelte mit den Händen. Danny nickte, fuchtelte zurück und sagte zu Max: »Er meint, er schaut sich mal um. Wir können hierbleiben. In zehn Minuten ist er wieder da.«

»Wo will er sich umschauen?«

»Auf den unteren Decks. Man weiß ja nie.«

Arnold hievte seinen massigen Körper schnaufend aus dem Wagen und ging leicht humpelnd davon. Danny drehte sich nach allen Seiten und nestelte umständlich an seinen Ärmeln rum. Nach ungefähr fünf Minuten kam Arnold zurück. Er beugte sich vor das hintere Fenster und klopfte. Danny ließ die Scheibe runter und Arnold brummelte etwas und bewegte schnell seine Hände.

Danny nickte. »Er sagt, sie sind schon da. Stehen auf dem Deck unter uns. Sie haben ihn nicht gesehen, sondern beobachten die Auffahrt. Im Auto sind drei Kerle. Der Heinzi und zwei von seinen Schränken. Heinzi hat seinen Tigermantel an und raucht. Die anderen zwei glotzen nur blöd. Arnold meint, die hätten sich wohl mal im

Zoo beworben, aber die wollten dort lieber was Wildes, mit vier Beinen.«

Danny und Arnold lachten, wobei das Lachen bei Arnold eher nach dem Röcheln eines Kerles klang, der gerade erwürgt wird.

Auer öffnete das Handschuhfach und nahm einen chromglänzenden Revolver heraus. Den steckte er in seine Jackentasche.

»Die werden dich filzen und finden den da sofort«, maulte Danny. Jetzt grinste der Auer und sagte: »Sollen sie ja. Genau deswegen ist er da, wo er ist.«

Es wird schnell dunkel, hier, vor den Alpen. Ein paar Regentropfen fielen lustlos aus den tiefen Wolken, und die weite Betonfläche sah im Licht der Neonröhren wie eine Eislaufbahn aus.

Von vorne an der Auffahrt, hörte man ein dumpfes Grummeln, und ein schwarzer Cadillac, vielleicht 15 oder 20 Jahre alt, kam im Schritttempo auf die Parkebene gerollt. Dunkel getönte Scheiben. Weißwandreifen, Felgen mit goldenen Speichen und zwei riesige Antennen am Heck, an denen hellbraune Fuchsschwänze baumelten, rundeten das Bild ab.

Der Schlitten rollte bis auf zwei oder drei Meter an den Benz heran. Der Achtzylinder blubberte im Leerlauf.

Auer und Danny stiegen aus und lehnten sich an den Kühlergrill des Mercedes'. Arnold lümmelte hinten neben dem Heck an der Betonbrüstung und kaute an einem Daumennagel. Er riss mit den Zähnen ein Stück ab und spie es aus.

Im hinteren Teil des Cadillacs rührte sich was. Ein massiger schwarzhaariger Kerl mit Undercut stieg aus. Vom

Typ her ein Libanese oder Ägypter. Schwer zu sagen. Eine blaue Madonna mit einem Strahlenkranz war auf seine Stirn tätowiert. Auf der rechten Wange hatte er zwei lange Narben, die wie aufgeklebte Strohhalme aussahen. All dies nahm Auer im Bruchteil einer Sekunde wahr.

Der Große schaute sich um, starrte die drei beim Mercedes an und zog mit einer schnellen Bewegung den Reißverschluss seiner ballonseidenen schwarzen Bomberjacke auf.

Auer atmete scharf durch die Nase ein. Die Luft war feucht, nach Grillspeisen und Asphalt duftend, und von der Straße hoch kam ein Zischen, verbunden mit einem brenzligen Ozongeruch, wenn die Oberleitung der Straßenbahn knisternde Funken versprühte.

So viele Eindrücke in einer Sekunde oder so, wirst du dir jetzt bestimmt denken. Aber es ist so, glaub mir das. Dein Hirn rast, und um dich rum geht alles wie in Zeitlupe. Das Adrenalin schießt dir durch den Körper, und du weißt, dass du vielleicht gleich loslegen musst.

Der Regen wurde dichter und zog mit dem aufkommenden Wind in Schwaden heran.

Der Große ging zur Fahrertür, das Fenster glitt etwas runter, und der Kerl sagte was in einer unbekannten Sprache. Der Motor des Caddy verstummte und der Fahrer stieg aus. Fast genauso groß wie der Undercutkerl, vielleicht etwas schlanker. Er hatte eine Stupsnase und einen viel zu kleinen Mund, der etwas offen stand: »Ah, Dick und Doof. Euch habe ich ja schon eine Zeit lang nicht gesehen. Und du bist der Auer?« Damit nickte er zu Max hin, der zurücknickte. »Lasst euch mal ein bisschen kitzeln«, sagte er und kam auf die beiden zu. »Der Chef kommt gleich raus. Er ist ein bissel nervös, das habt ihr vielleicht schon gehört, oder?«

Der Massige holte mit einer schnellen Bewegung einen schwarzen Revolver aus seiner Bomberjacke und hielt ihn dicht am Oberschenkel, Mündung nach unten.

»Wenn ich was finde, dann legen wir es in euren Kofferraum. Nach der Besprechung fahren wir zuerst vom Deck, und ihr lasst den Kofferraum zu, bis wir weg sind. Der Ali hier«, damit zeigte er mit dem Kinn auf den Schrank in Schwarz, »hat euch im Blick. Dick und Doof wissen ja, wie schnell er sein kann. Und du, Auer, willst es gar nicht erst wissen. So, wer hat was einstecken?«

Max hob die Hand.

»Hol es mit zwei Fingern raus. Langsam. Leg es auf die Motorhaube.«

Auer fischte mit Daumen und Zeigefinger seinen Revolver aus der Jackentasche und tat, wie ihm geheißen. Danny zeigte auf seinen linken Fußknöchel. Dann ging er langsam auf ein Knie nieder und holte vorsichtig eine kleine braune Automatic aus dem Knöchelholster und legte sie neben Auers Waffe.

Der Stupsnasige schaute Arnold an. Der zuckte mit den Schultern, fasste unter seine linke Achsel und seine Hand kam mit einem finnischen Wurfmesser wieder zum Vorschein.

»Sehr gut. Großer, mach den Kofferraum auf. Fass nicht hinein, nur aufmachen.«

Arnold drückte auf den verchromten Knopf und zog den Deckel hoch. Der Schlanke kam um sie rumgetänzelt, nahm die zwei Schusswaffen und das Messer, legte es in den Kofferraum und schloss ihn mit einem dumpfen Knall.

»Gut. Ich werde euch noch schnell abklopfen. Kann ja sein, dass einer von euch in der Eile was vergessen hat.«

Er tastete Arnold ab, der knurrte, dann Max. Mit gekonnten, schnellen Bewegungen strich er über den Körper. Dann stellte er sich vor Danny: »Nimm die Arme hoch, Zwerg.«

Danny hob beide Arme über den Kopf und sagte: »Bitte nicht die Achselhöhlen, ich bin kitzlig wie der Teufel.«

Der Schlanke verzog das Gesicht, durchsuchte Danny von den Schultern bis zu den Füßen und griff ihm abschließend prüfend zwischen die Beine.

Danny grinste. »Fühlt sich an wie fünf Kilo Kartoffeln, findest du nicht?«

»Sauber?« Das kam von dem Schrank mit der Waffe in der Hand.

»Ja. Der Chef kann rauskommen.«

Undercut ging mit zwei schnellen Schritten zur Beifahrertür, ohne die Szene aus den Augen zu lassen. Er zog die Tür auf: »Alles klar, Chef.«

Max sah einen Krokodillederstiefel, darüber ein schwarzes Hosenbein, dann kam der zweite Stiefel in Sicht, das zweite Bein, dann schwang sich der Schirmer Heinzi singend aus dem Auto: »Va', pensiero, sull'ale dorate; va', ti posa sui clivi, sui colli, jaja. Na, wen haben wir denn da?« Heinzi strich seinen Leopardenpelzmantel glatt, fuhr sich mit der Hand über das lichte Haupthaar und fummelte mit zwei Fingern in seinem Gesicht herum.

»Gefangenenchor aus Nabucco. Ein wunderschönes Stück. Soll ich weitersingen?« Er hob den rechten Arm über den Kopf, und zwischen Daumen und Zeigfinger hielt er nun ein blassblaues Glasauge, das er mit der Hand hin und her drehte wie das Periskop eines U-Bootes: »So, ich schau mich nur ein bissel um, dann können wir zur Sache kommen.«

Mit einer flüssigen Bewegung steckte er das Auge wieder in die leere Höhle in seinem Gesicht, klatschte in die Hände und kam schräg tänzelnd auf Auer zu: »Du bist der neue Neffe. Von der Friedl. Jaja. Gut schaust aus. Der Chili hat mir schon von dir erzählt. Ein gschasster Kieberer. Des san mir die Liabsten. Desillusioniert. Dankbar. Zuverlässig. Weil sie wissen, a zwoats Mal kannst es ned verkacken. Oiso, Oida, was is mit meine Flocken?«

»35.000, richtig.«

Der Heinzi klatschte wieder begeistert in die Hände, lachte und drehte sich zu seinen beiden Kerlen: »Habts es g'hört? Ich sag ja, gut, der Mann.« Und zu Auer: »Und jetzad?«

»Der Brunner kann nicht zahlen. Der Chili hat zwar für den Brunner gebürgt, aber nicht so. Trotzdem will er dir was vorschlagen.«

Heinzi lachte wieder, wischte sich eine Träne aus dem gesunden Auge, während das blasse Glasauge wie eine Murmel in der Augenhöhle lag und zum Himmel schaute. Dann breitete der Schirmer theatralisch die Arme aus, sodass sich der Leopardenpelz vorne öffnete und den Blick auf fünf oder sechs dicke goldene Ketten freigab, die auf seinem schwarzen Hemd glänzten: »Er will mir was vorschlagen. Eine Überraschung, wie? Ich liebe Überraschungen! Wir können das aber auch so machen: Du zahlst. Du hast doch als ehemaliger Staatsdiener eine dicke Pension, oder?«

Auer schüttelte den Kopf: »Die ham s' mir ganz bös gekürzt. Ich mach aber nächste Woche eine eigene Firma auf. Ein Startup. Sobald ich damit Geld verdiene, können wir über alles reden.«

»Was für eine Firma denn?«

»Einen Brennholzverleih. So was gibt's noch nicht. Läuft aber nur im Winter, glaub ich.«

Heinzi wieherte los wie ein Pferd. Das Lachen brach plötzlich ab, er zischte etwas Unverständliches, und der Schlanke hatte plötzlich ein Messer in der Hand. Keiner von den Rosenheimern hatte die Bewegung gesehen.

»Ich hab ihm bloß gesagt, er soll dir, mein lieber Neffe, die Ohren abschneiden und in den Kofferraum zu euren Ballermännern legen. De Oarwaschel, wie wir hier sagen. Dann sieht der Chili, dass sich der Schirmer Heinzi ned veroarschen lasst, host mi?«

Er trat ganz dicht an den Max heran und sprach langsam und leise: »Pass auf, Kieberer, ich … will … mein … Geld. So weit ois leiwand? Guad. Des Abschneiden tut ned besonders weh. Du kannst halt dann keine Sonnenbrillen mehr tragen, weil die dir immer runterrutschen.«

Dann trat er zurück und lachte wieder wie irre. Der Schlanke trat an Max heran: »Ist nichts Persönliches, Alter. Mach keinen Blödsinn, dann geht es ganz schnell.«

Danny trat langsam einen Schritt zur Seite: »Wegen dem Blut. Die Flecken kriegt man nie mehr aus dem Anzug raus.« Im Zeitlupentempo hob er die Hände über den Kopf.

Heinzi lachte immer noch und prustete los: »Du brauchst de Patscherl ned hochnehmen, Zwerg, dir tut keiner was. Im Moment jedenfalls ned.«

Arnold rutschte langsam mit dem Rücken an der Brüstung nach unten und saß mit gespreizten Beinen, an die Betonmauer gelehnt.

»Was hat der?«, fragte der Messermann und Danny sagte: »Er kann kein Blut sehen, wahrscheinlich wird er gleich ohnmächtig.«

Die drei Salzburger sahen sich an, der Heinzi prustete wieder los und schrie: »I scheiß mi an. Die Haberer san sensibel. Los, auf geht's, i mecht zum Fußball wieder daheim sein.«

Danny sagte zu dem Messermann: »Übrigens, hast du den Film gesehen, den mit dem Robert De Niro, ›Taxi Driver‹? Wo er zu dem Zuhälter sagt: ›You are talking to me? Tom me?‹«

Der Messermann sah Undercut und seinen Chef verständnislos an, alle drei starrten auf Danny.

Der sagte: »Nicht? Wie schade. Sonst würdet ihr das hier kennen!«

Ruckartig nahm er beide Arme runter und streckte sie von sich. In der rechten Hand hielt er einen flachen zweiläufigen Derringer: »Das war Roberts Trick, als er später in dem Haus mit den Kerlen aufgeräumt hat. Am Unterarm, in Schienen, da war die Kanone. Genau wie die hier. Gut, was? Du, schmeiß deinen Kracher weg, sonst hat dein Chef gleich noch ein weiteres Loch für ein Glasauge in der Rübe.«

»Des is ein Spielzeug, i sag euch, des is ein Spielzeug!«, schrie der Heinzi und ging auf Danny los. Der senkte einen Arm und schoss dem Heinzi in den Fuß. Peng.

Der Schirmer wirbelte durch die Wucht des Einschlages einmal um die eigene Achse und ging schreiend und mit den Armen rudernd zu Boden.

»Wer will noch mal, wer hat noch nicht? Ich hab zwar nur noch einen Schuss. Aber er hier …«, damit nickte er zu dem sitzenden Arnold hin, »er bläst euch alle mit seinem 12er-Schrot vom Parkdeck.«

Jetzt schaute auch der Max zu Arnold. Der hatte sein Holzbein abgestreift und hielt plötzlich eine abgesägte zweiläufige Schrotflinte in den Händen.

Der Heinzi wimmerte, und Max sagte zu dem Messermann: »Gib mir die Klinge. Ist übrigens eine ganz blöde Idee, mit einem Messer zu einer Schießerei zu kommen. Ach so, ja … heb deinen Chef auf. Ich muss ihm was sagen. Und ich bück mich so schlecht, irgendwas mit der Bandscheibe.«

Der Große glotzte, zeigte auf den sitzenden Arnold, wie er mit der Schrotflinte eine leicht kreisende Bewegung machte. Sein hellbraunes Holzbein lag neben dem Stumpf des linken Knies.

»Die Sau hat ein hohles Holzbein, das ist unfair«, sagte er anklagend.

Danny kramte mit der Linken in seiner Hosentasche: »Der Klügere lädt nach.«

Undercut zog den wimmernden Heinzi an seinem Leopardenfellmantel hoch und lehnte ihn an den Kühlergrill des Cadillacs. Murmelgroße Regentropfen glitten träge wie Schnecken über den schwarzen Lack. Heinzi wollte sich abstützen, rutschte aber an dem nassen Blech ab, und seine Finger hinterließen vier Bahnen auf der Kühlerhaube.

Max trat an ihn heran, hob ihm mit einer Hand das Kinn an und nahm den Unterkiefer des Mannes in einen festen Griff: »Warum lässt du mich nicht ausreden? Wie du siehst, zahlt sich unhöfliches Benehmen nicht aus. Was jetzt kommt, das sage ich nur einmal, also pass auf. Der Chili gibt dir die nächste Produktion, die er macht. Komplett. Mit Druckvorlagen für das Cover, die Mutter-DVD, die Rechte an der vollständigen Verwertung, alles, ohne Zeitlimit. Es wird eine gute Sache, wir denken, dass dir die DVDs um die 100.000 bringen können.«

Weiter unten an der Straße röhrten zwei Motorräder los. Harleys. Für einen Moment war der Lärm, der in der Straßenschlucht stand, allbeherrschend. Max und Heinzi schauten sich an. Danny hielt seinen nachgeladenen Derringer auf Undercut gerichtet, und Arnold saß immer noch da wie ein Straßenbettler und fixierte den Großen, der am Auto lehnte.

Der Schirmer Heinzi stöhnte laut auf und brach das Schweigen: »Du dumme Sau, warum hast denn des net glei g'sagt? Jessas, tut mir der Fuß weh.«

Max schaute über die Schulter zu Danny: »Wir haben einen Deal mit dem Mann hier. Geh und hol unsere Kanonen aus dem Kofferraum.«

Danny ging am Benz entlang, ohne den Arm mit der Waffe zu senken. Er drückte mit der Linken auf den Kofferraumverschluss, der Deckel glitt auf, und Danny fasste hinein. Er warf seinen Revolver zu Arnold, der ihn mit einer Hand auffing und neben sich auf den Boden legte. Dann schob er die Schrotflinte in die Höhlung des Holzbeines und schnallte sich die Prothese mit schnellen Bewegungen an den Kniestumpf. Mit einem Ächzen stand er auf, hob den Revolver vom Betonboden und ging zu Undercut. Er setzte ihm die Waffe in den Nacken und knurrte zu Danny, während seine freie Hand schnelle Bewegungen vollführte.

Danny grinste und sagte zu Max: »Arnold meint, er hätte gerne die Ohren von dem Mann mit dem komischen Haarschnitt. Ob wir noch so viel Zeit haben?«

Auer lachte, ließ den Heinzi los und rief dem Großen am Auto zu: »Pack deinen Chef in die Kiste und dann macht euch vom Acker.« Und zu Undercut: »Möchtest du noch ein bisschen hierbleiben? Ich glaube, du hast was, was unser Arnold gerne möchte.«

Undercut funkelte die drei an, ging auf die Fahrerseite des Caddys und stieg ein.

Heinzi saß jammernd auf dem Beifahrersitz und ließ das Fenster runter. Sein Glasauge rollte in der Höhle hin und her, und aus seinem gesunden Auge flossen Tränen: »Mir san no ned fertig, Burschi. Sag dem Chili, außer dem Deal zahlts ihr alles, was mit meinem Bein zu tun hat.«

Max beugte sich zu ihm runter: »Du bist doch bestimmt gut versichert, oder?«

Heinzi lachte trotz der Schmerzen los: »Hearst, du Trottel, wer versichert denn unser Berufsrisiko?« Und zu Undercut: »Grins ned und fahr los, du Inzuchtler, sonst rauch i dir no eine auf.«

Der Motor des Caddys drehte hoch, und der Wagen machte einen Satz rückwärts, drehte nach ein paar Metern und verschwand mit quietschenden Reifen in der Abfahrt.

Über den Alpen blitzte es, Gewitterwolken jagten heran und der Regen wurde stärker. Unten, auf der Straße, schrie eine Frau auf, und gleich darauf weinte ein Kind. Arnold lehnte mit einem Arm auf dem Dach des Mercedes', legte seinen schweren Kopf darauf, und sein ganzer Körper wurde von einem wilden, lautlosen Lachen geschüttelt.

Die Stille, verstehst du, die macht etwas mit einem. Wie wenn man in seinem eigenen Körper gefangen ist. Kennst du das? Für den Auer, während sie schweigend dahinfuhren, wurde die Welt immer kleiner. Auch das Innere des Autos ist plötzlich nicht mehr existent. Du kannst dich nicht an die Straße erinnern, du fährst wie in Trance. Deine Welt wird immer kleiner, bis sie nur noch aus deinen Gedanken besteht.

Der Max fuhr mit einer Hand am Lenkrad, mit der anderen kratzte er sich am Kinn. So unterbewusst zärtlich, wie ein Mann seine Frau im Schlaf berührt, wenn sie sich neben ihm bewegt.

Seine Gedanken überschlugen sich, und er fragte sich, ob es so ist, dass er die Gewalt anzieht oder umgekehrt. Wer lässt in meinem Leben die Würfel rollen, denkt er sich. Früher, ach was, so lange ist das ja noch gar nicht her, bei der Polizei, da schließt man unter seinesgleichen einen Bund, der nichts mit Freundschaft zu tun hat. Etwas ganz Besonderes, das es in anderen Berufen nicht gibt.

Versteh mich jetzt nicht falsch, Polizisten oder auch die Feuerwehrprofis, die sind nichts Elitäres oder Besonderes. Die wollen oder können halt nur ihre Erlebnisse und Erfahrungen nicht mit Außenstehenden durchsprechen. Wenn sie es täten, würde man ihnen vieles einfach nicht glauben.

Der Auer kannte da mal einen, der hat im Dienst drei Leute erschossen. Einer hat auf Knien um sein Leben gefleht, ein Kinderschänder, der zwei kleine Mädels umgebracht hat. Aber was soll's, das ist eine andere Geschichte.

Auf jeden Fall, ein paar Jahre später starb der Sohn dieses Polizisten an einer Überdosis. Mit grade mal 15. Der Kollege vom Auer Max glaubte, dass das jetzt die Strafe war für die drei Leben, die er genommen hat. Auch wenn's

Verbrecher waren, und auch, wenn er zwei in Notwehr umgelegt hat.

Seit dem Tod seines Sohnes waren die drei Seelen der Verbrecher in ihm und erinnerten ihn an jedem neuen Tag daran, was er gemacht hat. Und nachts saßen sie an seinem Bett oder spielten in seinen Träumen.

Warum ich das erzähle?

Weil es diese Gedanken sind, die dem Max jetzt durch den Kopf jagen. Weil er sich fragt, ob ihn auch mal eine Bürde heimsucht, die er ab dann tragen muss.

»Hey, Mann, wohin fährst du denn?«

Danny klopfte ihm auf die Schulter und riss ihn so aus seinen Grübeleien.

»Du hättest die Ausfahrt Rohrdorf nehmen sollen!«

»Was? Wie? Nein, ich fahr die nächste. Da sind wir schneller bei euch.«

DER? DER IST DOCH EIN KUGELFISCH

So gegen 21 Uhr, 21.15 Uhr kamen sie am »Wild Wild West« an. Der Parkplatz war schon ziemlich voll, und beim Reingehen dröhnte ihnen »Viva Las Vegas« entgegen. In der Fassung von ZZ Top, die ich persönlich eh für die Beste von allen halte. Elvis hat das ja immer so aus dem Unterleib raus genölt, aber bei den ZZ Top-Jungs, da knallt dir das ganze Las Vegas in den Kopf. Du siehst die vielen glänzenden Autos, die Menschenmassen auf beiden Seiten der Boulevards, die Lichter der gigantischen Hotels, die riesigen Neonreklamen, die Stars wie Jennifer Lopez, Rod Stewart oder die Back Street Boys ankündigen. Aber zurück nach Rosenheim:

Danny und Arnold gingen an die Bar. Arnold schob drei Typen zur Seite. Einer ballte die Faust und drehte sich schnell um. Dann sah er Arnold. Schnell hob er beide Arme, die Handflächen flach nach vorne und grinste dümmlich. Danny klopfte ihm auf die Schulter und ließ seinen Zeigefinger über dem Kopf kreisen: »Bier und Schnaps für alle am Tresen!«

Auer ging zwischen den voll besetzten Tischen durch und hämmerte zweimal an die Bürotür, bevor er sie aufschwingen ließ. Chili, hinter seinem Schreibtisch sitzend, die gestiefelten Füße auf dem Tisch, hielt sein Handy ans

Ohr. Mit erhobenem Zeigefinger gebot er dem Max, die Tür zu schließen und sich zu setzen, dann sprach er weiter: »Was? Nein, das war die Tusse von der Bar. Ich ruf dich an, sobald sie zurück sind. Nein, sie haben nicht hier angerufen. Was? Jetzt geh, Heinzi, ich kann sie doch nicht alle drei erschießen. Gut, den Max vielleicht, aber die anderen zwei? Weißt du überhaupt, wie schwer man heute qualifiziertes Personal bekommt? Was? Na also. Wir? Ja, klar. Die ganze Produktion hat er dir versprochen? Der spinnt doch. Was? Ja dann. Na servus, das kostet mich ein Vermögen.«

Der Chili legte das Handy auf seinen Bauch, holte eine Flasche Jack Daniels aus dem Schreibtisch und fischte ächzend zwei Gläser aus dem Regal hinter sich.

Dann drehte er den Verschluss auf, schob Max die Flasche rüber und kreiste mit dem Finger über den Gläsern, das Handy schon wieder am Ohr: »Heinzi, hallo? Bist du noch da? Ja, da war grade so ein statisches Rauschen und du warst weg. Aber jetzt verstehe ich dich wieder. Wie? Schon klar, wenn er das gesagt hat, dann stehe ich zu seinem Wort. Du kriegst alles in drei oder vier Wochen. Als Zugabe, Schmerzensgeld oder so gebe ich dir eine Roh-DVD, die ich letzte Woche gemacht habe. ›Geile Klempner beim Rohrverlegen‹. Echt gut. Mit Nachwuchstalenten. Was? Okay, du hörst von mir. Tschau, Heinzi. Wie? Ja, du mich auch. Gute Besserung. Over.«

Chili ließ zischend Luft aus seinem Brustkorb und nahm einen Schluck Bourbon: »Ahhh, jetzt geht es wieder. Sag einmal, warum wolltet ihr euch da drüben gegenseitig die Ohren abschneiden? Macht man das jetzt so?«

»Die haben damit angefangen. Der Heinzi ist ausgetickt, der ist in seinem Steifftiermantel rumgehüpft wie ein Derwisch und hat seinem Sklaven befohlen, mir an die Ohren zu gehen.«

»Ja, so was macht er gerne. Er hat halt einen schrägen Humor. Aber: Ich habe dich gewarnt. Der Typ ist von einem anderen Planeten. Gut, dass meine Jungs dabei waren.«

»Der Kleine mit seiner Robert-De-Niro-Nummer, der ist schon ein Hammer.«

Chili strahlte: »Ja, oder? Ich hab ihm die Szene gezeigt. ›Taxi Driver‹. Robert mit Irokesenschnitt. Die kleine Kanone mit einem Stück Vorhangschiene und auf Rollen. Wow. Hat der Kleine alles selber gebastelt, nachdem er sich die Sache im Film ein Dutzend Mal angesehen hat. Robert macht das ja glasklar vor. Hast du ›Taxi Driver‹ auch gesehen?«

Max nickte, den Mund voll mit Jacky D.

»Und der Große hat nicht geschossen? Mit seiner Schrotspritze?«

Max schüttelte den Kopf.

Chili kratzte sich am Ohr: »Komisch, macht er sonst gerne. Vielleicht war das Ding nicht geladen? Ist ja auch egal. Der Heinzi hat einen glatten Durchschuss im Oberschenkel. Die haben ihn zu einem Arzt gefahren, der auch zockt und die Brüder wieder auf Vordermann bringt, wenn was ist. Der Heinzi organisiert ja auch diese Boxkämpfe ohne Regeln und Handschuhe. Im Käfig oder in einer Grube. Da brauchst du als Arzt viel Fantasie, wenn du solche Kerle wieder auf menschliches Aussehen trimmen sollst.«

Chili strich mit den Fingern durch seinen strohblonden Pferdeschwanz und griff dann in eine Schublade. Aus der holte er zwei 500er, schob sie dem Auer rüber und klopfte mit dem Zeigefinger drauf: »Hier, Lärmzuschlag und Bonus. Hast du gut gemacht. So bin ich fein aus der Sache raus. Gschamster Diener, sagt danke. Der Spruch ist vom Heinzi. Diese Österreicher. Sind immer lustige Burschen, auch wenn sie ein zusätzliches Loch in den Kadaver gestanzt kriegen, was?«

Der Auer wollte aufstehen, aber Chili hob die Hand: »Bleib sitzen. Ich hab vorhin noch was aufs Handy gekriegt. Ein Video von der Sissi. Schau dir das an und sag mir, ob du dadraus schlau wirst.«

Chili fummelte an seinem Samsung rum, drückte ein paar Tasten und schob das Handy zu Max rüber.

Jetzt stell dir das mal vor: Displayfüllend das verheulte Gesicht von der Sissi. Die goldblonden Haare zerzaust, das Augen-Make-up verwischt, sodass sie aussah wie einer dieser Nachwuchsvampire aus »Biss zum Morgenrot« oder wie diese Filme heißen.

In der einen Hand eine Zigarette mit viel Asche dran, in der anderen ein Glas mit einer blassblauen Flüssigkeit. Max drückte auf »Pause« und schaute sich den Hintergrund an: Gelb-rote Blümchentapeten wie aus der Ex-DDR, weiter hinten eine mit einem Nachthemd oder so was Ähnlichem abgehängte Stehlampe. Das Bett fleckig und zerwühlt. Jedenfalls das, was man sehen konnte.

Max drückte »Play«, der Kopf von der Sissi ruckte wie bei einem Huhn, dann hörte er ihre Stimme: »Chili, Schatz, schau, wie i schau. Gut geht's mir nicht, aber es ist alles nicht so schlimm, wie du vielleicht meinst. Du machst dir wahrscheinlich wahnsinnige Sorgen, deswegen meld ich mich ja. Ich darf eigentlich mit niemandem sprechen, aber ich hab ihm vorhin sein Handy aus der Jacke gezogen. Chili, unternimm nix, lass deine Hunde nicht los, ich krieg das alles irgendwie in den Griff. Glaub auch nicht, was andere dir vielleicht erzählen, ja? Ich muss Schluss machen, unten geht wer die Treppe hoch. Tschau Schatz, ich hab dich ja so geliebt. Fast, jedenfalls, ich meine, du weißt schon. Bussi!«

Dann wurde das Display dunkel. Max spielte die Nachricht zurück und schaute sich das Video noch mal an. Und dann noch mal.

»Willst du es gerne auf Endlosschleife haben oder was wird das?«

Max nickte, ohne die Augen vom Display zu lassen: »Ja, gib mir das auf mein Handy. Der Hintergrund, ich weiß auch nicht. In München bin ich durch so viele Puffs marschiert, dienstlich und privat, aber … irgendwie, ich hab so das Gefühl, dass ich das Zimmer schon mal betreten habe. Ich will mir den Film auf den Laptop spielen und den Hintergrund rausarbeiten. War eine Nummer dabei? Irgendwas?«

Chili grinste: »Anonym, ist doch klar. Was hast du denn erwartet. Sag dem Brunner kein Wort davon, klar?«

Max schaute auf: »Dem mache ich morgen einen Überraschungsbesuch im Büro. Dann falte ich ihn auf DIN-A4, so wird der Knabe schnell kooperativ. Der muss was wissen. Und das wird er mir sagen. Bin ich den beiden da draußen was schuldig für die Nummer in Salzburg?«

Chili lachte und schüttelte den Kopf: »Spinnt du jetzt? So was wie heute gehört zur Jobbeschreibung. Außerdem freue ich mich, dass die beiden mal ein bisschen rausgekommen sind und Spaß hatten. Man muss seinem Personal ein angenehmes Arbeitsumfeld bieten, die müssen sich gefordert und bestätigt sehen. Psychologie, verstehst?«

Es wurde an die Tür geklopft, die ging einen Spalt auf, dann war der Kopf der Bardame zwischen Tür und Türstock: »Darf ich eine Sekunde reinkommen oder störe ich grade?«

Chili winkte ihr, und sie kam ins Zimmer. Nervös strich sie mit den Händen über ihren extrem kurzen goldglänzenden Mini: »Chef, ich hab da was Wichtiges morgen früh. Die Sonja übernimmt jetzt draußen für mich die Bar, und ...«

Chili nahm die Stiefel von Schreibtisch und beugte sich vor: »Ja, was ist denn? Red doch endlich! Hast du wieder mal Ärger mit deinem Kerl?«

»Mit dem Roberto? Den hab ich schon vor zwei Wochen entsorgt. Nein, es geht um den Carlo.«

»Schon wieder ein Italiener? Was haben die, was ich nicht habe, das vielleicht?« Chili hielt die Handflächen in einem Abstand von circa 30 Zentimetern vor sein Gesicht und grinste dreckig.

Auer stöhnte und schloss die Augen.

»Ach was, hör mir auf mit Kerlen. Der Carlo, das ist mein Kater. Der schwarze, den kennen Sie doch, Chef. Ich hab ihn auf der Weihnachtsfeier dabeigehabt und Sie haben ihn gestreichelt. Erinnern Sie sich?«

Chili überlegte: »Ja, klar. Und, was ist mit ihm? Soll ich ihn erschießen?«

Sie sagte: »Nein, ich hätte gerne, dass er heute hier im Büro übernachten kann, weil ich ja nach Niederbayern muss. Todesfall in der Familie. Da kann ich nicht mit einem schwarzen Kater auf den Friedhof gehen. Die sind doch alle so abergläubisch bei uns in der Familie.«

»Laura, dein Kater ist kein Kater, sondern ein fetter Kugelfisch. Weil du ihn zu Tode fütterst. Du hast dir einen Kugelfisch rangemästet. Und, siehst du hier irgendwo ein Aquarium? Schau ich aus wie einer, der mit fetten Fischen kuschelt?«

»Jetzt werden S' nicht gemein, ja? Der Carlo hat sein astrologisches Idealgewicht. Er ist muskulös, aber nicht fett. Neun Kilo für einen Kater sind heutzutage nicht unnormal. Nicht besonders, jedenfalls. Ich hab ihn samt Korb im Auto. Da bei Ihnen unter dem Schreibtisch, da tät es ihm bestimmt gefallen. Und morgen ist er wieder bei mir. Bitte, bitte, ja? Nur bis morgen Nachmittag, Chef?«

»Ich bin einfach zu gut für diese Welt. Bring das Monster und leg ihn hier ab. Wenn ich Flöhe krieg oder sonst was, dann ist er dran.«

Die junge Frau warf dem Chili eine gehauchte Kusshand zu, machte einen Knicks und verschwand.

Max stand auch auf: »Ich mach mich vom Acker. Mal schauen, vielleicht krieg ich aus dem Video was raus. Du hörst von mir. Servus.«

Chili wedelte müde mit der Hand und griff nach der Jack-Daniels-Flasche. Die Kneipe war mittlerweile brechend voll. Lichtblitze zuckten von den zwei alten Discokugeln über der winzigen Spiegeltanzfläche. An der Stange, die direkt auf dem Bartresen und oben an der Decke verankert war, tanzte eine blasse, üppige Rothaarige und verrenkte sich zu »Rockin' all over the World« von »Status

Quo«. In ihrem dunkelroten String steckten 10er, 20er und ein 100er.

Als Max hinter den Bartrinkern vorbeiging, vollführte sie eine gewagte Drehung, warf die Beine in die Luft, und ein Absatz ihrer Highheels rauschte bedenklich nahe an Auers Nase vorbei.

Danny und Arnold lümmelten an ihrem Zweiertisch nahe den Separees und winkten Max zu. Arnold verzog sein narbiges Gesicht zu einer fürchterlichen Grimasse, die man mit viel Fantasie als Grinsen interpretieren könnte.

GEH, ISS DOCH WAS ... ICH BIN EXTRA AUFGEBLIEBEN

Es ging auf 22 Uhr zu, als der Max die Wohnungstür aufschloss und leise in die Diele ging. Aus dem Wohnzimmer fiel Licht, und gleich darauf hörte er Friedls Stimme: »Bub, bist du das?«

»Ja, Tante, es ist ein bissel spät geworden. Tut mir leid.«

»Macht doch nix. Komm rein, Bub, und setz dich ein bissel zu mir. Ich glaub ich hab da was, das haut dich um.«

»Die Sissi? Der Brunner?« Max, immer noch in der Diele, hielt sich mit einer Hand an der Kommode fest, während er aus seinen Schuhen schlüpfte. Bitte nichts Neues mehr, dachte er sich, für heute ist wirklich genug zusammengekommen.

Die Friedl winkte ihn zum Tisch, deutete auf einen Stuhl, und Max sah, dass Besteck und eine Serviette vor ihm lagen.

»Wart, ich hol dir schnell ein kaltes Bier, dann isst du einen kleinen Happen, und dann erzähl ich dir was. Hast du ein bisschen Appetit?«

»Und wie. Essen passt immer. Ich hab seit dem Frühstück nichts mehr auf die Gabel gekriegt. Was gibt es Feines?«

»Der Manni und ich, wir haben schon gegessen, um sieben. Er hat sich einen Rinderschmorbraten in Biersoße gewünscht. Weil es da, wo er war, ganz wenig Bier gegeben hat, sagt er. Dazu ein paar schöne Brezenknödel. Das wird dir auch schmecken.«

Der Max hat natürlich schon gemerkt, dass der Manfred nicht zu sehen war. »Wo ist er denn?«

»Der Braten? In der Röhre, ich hab ihn dir warmgehalten. Ach so, du meinst den Manni? Der ist vorhin noch mal schnell weg, ein bisschen spazieren, hat er gemeint. Der kommt bestimmt gleich wieder. So, hier hast du dein Bier, ich bring jetzt den Braten. Der ist was ganz Spezielles, wirst schon sehen.«

Gut, jetzt denkst du dir sicher, ein Rinderbraten? Was ist so Besonderes an einem Rinderbraten? Kann schon sein, aber dieser hier, den koch mal nach, dann verstehst du, was die Friedl meint.

FRIEDLS DUNKELBIERBRATEN

Du brauchst: 1 Kilogramm gutes Rinderschmorfleisch, 100 g Tiroler Speck, 2 Zwiebeln, eine Flasche dunkles Bier, Suppengrün, Salz, Pfeffer und ein bissel Mehl.

So, jetzt brätst du den Speck aus, nimmst ihn aus dem Bräter und bräunst das Fleisch von allen Seiten. Schön braun, bei starker Hitze, wie Urlaubsbräune. Dann weniger Hitze, gib die geschnittenen Zwiebeln und das Suppengrün dazu. Und wenn das alles schön durchgeschwitzt ist, gießt du einen Viertelliter von dem Bier drüber. Jetzt salzen, Deckel auf den Bräter und zwei Stunden bei milder Hitze ziehen lassen. Dann den Rest des Bieres drauf, mit ein bissel angerührtem Mehl eindicken und in der Restwärme noch ein Viertelstündchen ziehen lassen. Zwiebeln und Suppengrün kannst du ruhig in der Soße lassen, weil du das Fleisch jetzt kurz rausnimmst und die Soße mit dem Blitzhacker bearbeitest. Nun noch nachwürzen (Salz und Pfeffer), das Fleisch in Scheiben schneiden, in die Soße legen und nach ein paar Minuten servieren.

Die Brezenknödel, die machst du genau wie Semmelknödel, nur mit alten, geschnittenen Brezen (gibt es in Bayern bei jedem Bäcker, man muss nur danach fragen = Brezenknödelbrot von 10 Brezen)

Das gibst du in eine große Schüssel, dann bräunst du eine gehackte Zwiebel in Butter und etwas Knoblauch, gibst gehackte Petersilie dazu und gießt mit einem Viertelliter Milch auf. Die warme Mischung über das Knödelbrot geben, dann vier Eier drüber, etwas Muskat und Salz und zwei Esslöffel Mehl. Alles vorsichtig durchkneten und zwei Stunden stehen lassen. Dann die Knödel formen, in viel Wasser circa 30 Minuten ziehen lassen und fertig. Supergut.

Aber zurück zum Tisch im Wohnzimmer bei der Friedl: Der Max, der es eigentlich nicht gewöhnt war, um diese Zeit noch so schwer zu essen, kaute langsam und schnitt das Fleisch in kleine Stücke. »Echt gut, einfach alles schmeckt super. Was wolltest du mir denn erzählen?«

Die Friedl legte ihre Hände flach auf die Tischmitte. »Wie gefallen dir die Fingernägel?«

»Ja hoppala, da sind ja kleine Glitzersteine drauf. Und die Farben erst. Mein lieber Mann. Trägt man das heute so, als spätverliebter Teenie?«

Das glaubst du jetzt vielleicht nicht, aber die Friedl wird rot und kichert wie ein Schulmädchen. Dann klopft sie dem Max auf den Handrücken, sodass das Stück vom Brezenknödel von der Gabel hüpft und wieder auf den Teller plumpst.

»Bub, red nicht so mit deiner alten Tante. Und jetzt pass auf. Ich geh ja alle paar Wochen mal zu meinem Asiaten in der Kaiserstraße. Nägel und so. Der hat aber diese Woche zu, also marschiere ich in die Färberstraße, denn da ist ein neues Nagelstudio. Stand vor ein paar Tagen in der Zeitung. Keine Kundschaft da, also komme ich gleich dran. Die Nagelöse oder wie man die nennt, die feilt an meinen Händen, und ich schau mir die an. Ein Rasseweib, so um die 30 oder ein bissel jünger. Sehr gut gebaut, und zwar überall. Wenn ich ein Mann wäre, dann tät ich bei so einer das große Kribbeln kriegen, am ganzen Körper, innen und außen, verstehst du, was ich meine?«

Max, mit vollem Mund: »Nicht ganz. Fährst du jetzt zweigleisig? Männlein und Weiblein? Soll ich sie für dich anquatschen? Die Brücke machen? Mit Frauen kann ich ganz gut.«

»Das wird nicht nötig sein, mein lieber Bub, weil ich glaube, du kennst sie schon. Und sie dich. Das hab ich ihr aber nicht gesagt. Aber mit dir wette ich jetzt und hier um eine Flasche Bombay-Gin und eine Kiste Schweppes, dass du morgen in der Färberstraße auf der Matte stehst.«

»Echt jetzt. Wieso sollte ich das tun?« Max legte sein Besteck ab, nahm einen kräftigen Schluck Bier und schaute die Friedl neugierig an.

»Erinnerst du dich an die Frau, die du vor ein paar Jahren mal über die Weihnachtsfeiertage mitgebracht hast? Du wolltest mit ihr in die Berge, hattest dienstfrei und warst so stolz auf sie, das weiß ich noch. Und der Otti, der Herr hab ihn selig, der hat abends neben mir im Bett gestöhnt und gesagt: ›Wo kriegt der Kerl diese Weiber her?‹ Die war aus Starnberg, glaube ich. Rosi. Die Rosi aus Starnberg. So, und was sagst du jetzt?«

Jetzt? Jetzt hättest du den Auer Max sehen sollen, ja, was glaubst du denn? Er hat geguckt wie ein Eskimo in der Wüste. Die Rosi. Mann. Eine Prinzessin aus dem Königreich der wilden Jahre.

Eine Haut wie ganz heller Milchkaffee, dunkle Haare, einen Busen, für den sie einen Waffenschein gebraucht hätte, lange Beine und tolle Hüften. Das Faszinierendste waren ihre Zähne. Weiß wie neuer Schnee, und die beiden Eckzähne etwas länger und spitz zulaufend wie bei einem Wolf. Damit hat sie so ein bösartiges Lächeln hingekriegt, das zusammen mit den tiefschwarzen, mandelförmigen Augen jeden Kerl umgehauen hat. Auch den Max, schon klar. Sie war Tänzerin, ihre Frisuren änderten sich nach Tageslaune, und die Welt war ihr Laufsteg. Der Max und die Rosi. Acht Wochen im Paradies. Aber diese Geschichte erzähle ich dir ein anderes Mal.

»Die Rosi? Wie kommt die nach Rosenheim? Die hat sich doch damals in München so einen Schicki-Micki-Typen angelacht. Einen, der jeden Monat mit einem anderen Porsche antanzte. Seitdem hab ich nichts mehr von ihr gehört. Warum auch. Na so was, die Rosi. Und sie sieht gut aus?«

»Wie schon der Name sagt. Warum habt ihr euch eigentlich getrennt? Jetzt kannst du doch drüber reden, oder?«

Max kratzte sich an der Nase und griff nach dem Bier. »Ich wollte sie heiraten. Sie war die erste Frau in meinem Leben, bei der ich gedacht habe, das ist sie, genau die.«

»Aha, und dann?« Friedl stand auf, ging mit schnellen Schritten in die Küche und kam mit einer kalten, beschlagenen Flasche Bier zurück, auf der das Kondenswasser über das Etikett lief.

»Dann? Hat sie gesagt, Junge, du bist bei der Bullerei. Mit denen bist du verheiratet. Glaubst du, ich will immer daheim sitzen und warten, ob einer deiner Kollegen kommt und sagt: ›Rosi, du musst jetzt ganz stark sein‹, und dann nehmen sie mich mit, weil ich dich identifizieren muss? Vergiss es.

Wir haben gestritten, und nach ein paar Tagen hab ich sie zum ersten Mal mit dem Porschedeppen auf der Leopoldstraße gesehen. Im offenen Cabrio. Auf meine Telefonate hat sie nicht reagiert. Das war's.«

»Hier, trink den Schaum ab, sonst läuft der auf mein Leinen. Also, sie erzählt so, und ich frage, ja, wo kommen Sie denn her, sind Sie von hier? Und sie sagt, nein, ich bin eigentlich aus Starnberg, hab aber in München gelebt. In München, sag ich, ja da schau her. Und warum geht man von München nach Rosenheim? Dabei hab ich mich eigentlich schon geärgert, dass sie mich nicht wiedererkennt. Bin ich so alt und hässlich geworden oder was. Andererseits, ihr wart ja nur kurz bei uns und seid dann weiter, in ein Liebesnest in den Bergen. Und so verturtelt, wie ihr gewesen seid, da hat mich die Dame vielleicht gar nicht richtig angesehen. Ich verzeih ihr insgeheim und rede weiter, ich sag, ja, was ham S' denn gemacht in München? Ach, sagt sie, ich war mal Tänzerin. Ist schon lange her. Dann hab ich mir ziemlich überstürzt einen Kerl geschnappt, einen Autoverkäufer. Eigentlich hab ich das nur gemacht um einen anderen, den ich sehr gemocht habe, zu ärgern. Verstehen Sie das? Ich nicht.«

Friedl wedelte mit der Hand vor dem Gesicht vom Auer: »Mach den Mund zu, Bub, es zieht.«

Max klappte den Unterkiefer hoch und wollte was sagen, aber er bekam nur ein Krächzen heraus. Also nahm er einen heftigen Schluck aus der Bierflasche: »Und?«

»Nix und. Sie hat meine Nägel gemacht und hat mich nicht mal beim Zahlen richtig angeschaut. Und weißt du was? Ich hätte schwören können, dass sie feuchte Augen hatte, als sie mit ihrer Geschichte fertig war.«

»Welcher Geschichte?«

»Ist doch klar. Das mit dem Typen hat nicht lange gehalten, dann war sie wieder solo. Und München stand ihr plötzlich bis obenhin. Sie hat von dem Salon in Rosenheim gehört und ihn angemietet. Jetzt wohnt sie hinter dem Laden, in einer Zweizimmerwohnung. Alleine. Ist mir ein Rätsel, warum so ein Vollweib alleine wohnt. Aber was verstehe ich arme alte Frau schon vom Leben? Na, wie schaut's aus mit meinem Gin?«

»Schon gewonnen. Weil wir grade von feuchten Augen sprechen: Schau dir mal das hier an.«

Max holte sein Handy raus, spielte das Sissi-Video auf und gab der Friedl das Mobiltelefon über den Tisch. »Kam heute rein. Kommt dir die Tapete bekannt vor? Oder die Lampe? Oder sonst irgendwas in dem Filmchen?«

Friedl schlug sich mit der flachen Hand auf den Mund: »Heilige Maria, das ist ja die Sissi. Wie schaut denn die aus? Wo ist sie denn da? Wie geht's ihr?«

»Keine Ahnung. Der Raum, schau dir den Raum an. Was meinst du?«

»Also die Sakristei unserer Stadtkirche ist das nicht. Das ist in einem Puff. Typisch. Aber das Zimmer ist in keinem von unseren.«

Max verschluckte sich: »Was?«

Die Tante wedelte vor ihrer Nase: »Jetzt stell dich nicht so an. Der selige Otti hat ein paar Beteiligungen an solchen Etablissements hier in der Stadt. Die hab ich geerbt. Da musst du übrigens auch mal was machen. Nachschauen, Anwesenheit zeigen, du bist der neue Sheriff in der Stadt und so. Ich als alte Frau kann ja keinen mehr erschrecken. Warte mal ... die Augen ... da stimmt was nicht. Spiel noch mal die Stelle, wo sie so in die Kamera heult, wo man das Gesicht in Großaufnahme sieht.«

Max nahm das Handy, suchte die Einstellung und drückte auf die Stopptaste: »Das hier? Was ist damit?«

Die Friedl nahm das Teil, kniff die Augen zusammen und meinte: »Genau. Was fällt dir auf, wenn du dir die Augen anschaust und die Partie rund um die Augen? Was?«

»Keine Ahnung. Ich schminke mich relativ selten. Sie weint. Deswegen verläuft ihr die Schminke. Wo ist das Problem?«

Friedl lächelte nachsichtig: »Mei, Bub, du hast ja keinen Schimmer. Die Schminke ist der rund um die Augen verlaufen. Oben genauso wie unten. Wer heult denn hochkant? Und die Striche, die Linien, die wie kleine Blitze unterhalb der Augenbrauen nach unten verlaufen? Tränen gleiten gerade herunter. Da drängelt sich in echt keine vor, und die verteilen sich auch nicht nach diesem Blitzmuster hier. Noch was: Die Sissi schaut aus, wie wenn sie schielen würde. Den Effekt kriegst du nur hin, wenn du über die Kamera schaust. Wie auf einen Teleprompter. Ist dir noch nie aufgefallen, wenn du auf ORF1 oder ORF2 die Nachrichten schaust, dass die jungen Damen, diese Moderatorinnen, scheinbar alle schielen? So viel Gschiaglade gibt es nicht einmal in Österreich. Und das will was heißen. Weil wir gerade von Österreich reden: Hast du heute die Nachrichten gehört? Nein. Das sehe ich dir an. Also, die Chinesen haben Österreich den Krieg erklärt. Alle 15 Millionen chinesischen Soldaten werden das kleine Österreich innerhalb von 24 Stunden erreichen. Und der

Sebastian Kurz, der Oberösi, der hat dem chinesischen Botschafter in Wien am nächsten Tag gesagt, man hat reichlich drüber nachgedacht, und man kann das freundliche chinesische Kriegsangebot bedauerlicherweise beim besten Willen nicht annehmen. Weil, hat er gesagt, wir hier in Österreich einfach nicht genug Zellen für die 15 Millionen Gefangenen haben.«

Du wirst es in dem Moment, wo du das liest, nicht für möglich halten, aber jetzt ist der Auer Max schon ein bissel eingeschnappt. Er kann auch nicht über den Witz von der Friedl lachen, und das, obwohl er ihn nicht gekannt hat. Weil, er ist ja ein halber Österreicher, und tief in seiner Seele, da überwiegt das Österreichische in ihm.

Warum ein *halber* Österreicher, fragst du mich? Wie geht denn das? Na ja, er ist ein halber Bayer, genauer gesagt, ein Rosenheimer, durch seine Mutter. Und ein halber Österreicher durch einen guten Freund seines Vaters.

Aber zurück zur Friedl, denn die redet in einer Tour weiter: »Und dann die Lippen. Schau dir die Lippen an, Bub. Rot und rund, keine Klebestellen auf den Zähnen, wenn sie die Gosch'n aufreißt. Und erst die Wangen: Rouge, da wo es nach Schlägen aussehen soll. Und dann die Haare: supercool hingesprayt. Das sag ich dir jetzt mal so als Frau. Wenn du mich fragst, dann meine ich, dass es der kleinen Schlampe ganz passabel geht und dass ihr jemand hinter der Kamera den Text souffliert. Hier, bitte!«

Sie gab ihm das Handy über den Tisch. Der Max rieb sich das Kinn: »Das waren ein bissel viel Infos so nebenher beim Essen. Hat der Manni vorhin gesagt, wo genau er hinwollte?«

Friedl überlegte: »Durch den Salinpark, hat er gesagt. Dann rüber in den Riedergarten, da war er auch schon lange nicht mehr. Und, was hat er gemeint, ach so … ja, eine Halbe im Mailkeller nimmt er noch, und dann ist er wieder hier. Warum?«

»Hat er ein Handy?«

Friedl nahm den leeren Teller vom Tisch und stand auf: »Nein, hat er nicht. Bub, geh und schau, ob er im Mailkeller sitzt. Du brauchst etwas Bewegung, das sehe ich dir an. Trink noch was mit ihm und bring ihn dann mit heim. Ich geh schon mal schlafen. Bis morgen.«

Sie kam um den Tisch herum, küsste ihn auf die Stirn und verschwand in der Küche.

UND NUN: DER SCHÖNE HERRMANN

Den Mailkeller, den kennst du doch, oder? Nicht? Pass auf: Wenn du vor dem Burger King/Ecke Münchener- und Samerstraße stehst, dann geh einfach den Berg hoch. Als Kinder haben wir ihn den »Roxy-Berg« genannt, weil oben das Roxy-Kino war. Da gab's am Sonntag für 50 Pfennige immer die »Jugendvorstellung« mit Filmen wie »Fuzzy reitet nach Laramie« oder »La dolce vita«. Der war zwar ab 16, und da haben wir gelogen und getrickst, aber wir wollten unbedingt die Anita Ekberg mit ihrem nassen Riesenbusen im Trevi-Brunnen sehen. Und nachts feuchte Träume von ihr haben.

Das Kino ist schon lange weg, aber den Mailkeller an der Ecke, den gibt es immer noch. Gut, es ist ein bissel modernisiert worden im Lauf der vielen Jahre, aber drinnen herrscht eine altbayerische Eleganz. Dunkle Holzwände, Strahler, aufpolierter Dielenboden, dunkle Stühle und Tische mit hellen Holzplatten.

Die Köche machen dir da eine wunderbar knusprige Schweinshaxe, mit zwei Knödeln und einer unfassbaren Soße. Oder einen Zwiebelrostbraten, da leckst du dir die Finger ab. Der Mailkeller ist an und für sich auch kein Keller, sondern eine uralte, urige Wirtschaft mit einem riesigen Biergarten davor, in dem wuchtige Kastanienbäume stehen. Warum erzähle ich dir das alles? Weil es hier um ein Gasthaus geht, das eigentlich nur die Einheimischen kennen. Man trifft sich zum Schafkopfen oder Watten, es gibt ganz selten mal Streit, die Polizei ist demzufolge auch nie hier zu sehen.

So, und jetzt geht der Auer Max in die Gastwirtschaft, schaut sich um, und sieht den Manfred ganz hinten in der Ecke an einem Tisch mit einem Kerl sitzen. Die beiden, ein wenig über den Tisch gebeugt, unterhalten sich, und der Elegante hat was in der Hand, was er dem Manfred zeigt.

Warte, zu dem Kerl muss man noch was sagen: um die 55/60, schlank, sehr gut aussehende, scharfe Gesichtszüge. So, wie er da sitzt, würde ich mal denken, der Kerl ist um die 1,80, hat vielleicht 80 Kilo, aber keines mehr. Helle, fast weiße Haare, elegant geschnitten, schmaler grauer Schnurrbart. Und angezogen? Mein lieber Mann: Anzug, grau, sehr guter Schnitt. Dazu ein weißes oder eierschalenfarbiges Hemd und eine dunkelgraue Krawatte. Den Anzug würde ich jetzt mal auf um die 1.000 Euro einschätzen, eher mehr. Und die Schuhe, braun, auf Hochglanz poliert, mit so gestanzten Löchern drin, wie es die Engländer gerne haben. Auch sehr teuer. Und wahrscheinlich handgemacht.

Das alles sehen und taxieren die Polizistenaugen vom Max innerhalb von zwei, drei Sekunden. Aber jetzt nimmt er Fahrt auf und geht zum Tisch.

Manfred drehte sich halb und sagte mit erstauntem Gesicht: »Ja, Max, Servus. Was machst du denn hier?«

Und der Elegante ließ ziemlich schnell seine Hand, in der er irgendwas Kleines hatte, in der Jackentasche verschwinden. Auch er guckte den Max erstaunt an.

Der schnappte sich einen Stuhl, setzte sich und schaute die beiden abwechselnd an: »Störe ich? Dann setze ich mich an den Tresen.«

Manfred zwang sich ein Lächeln ab: »Nein, nein. Bleib nur. Das ist mein alter Freund …?«

Damit zeigte er auf den Grauhaarigen, der aus seiner Erstarrung erwachte, sich halb von der Sitzbank erhob und dem Max eine gepflegte schmale Hand hinhielt: »Wie unhöflich von mir. Verzeihen Sie. Mein Name ist Oswald Fürchtegott von Wieselau. Baron Freiherr von Wieselau, genau genommen. Sehr erfreut.«

Max schüttelte die Hand: »Auer, Max Auer, angenehm. Was führt denn einen Baron nach Rosenheim? Oder sind Sie von hier und ich habe Sie nur noch nie gesehen?«

Der Mann schüttelte den Kopf und winkte eine Bedienung heran. »Meine Teuerste, würden Sie dem jungen Herrn hier bringen, was immer er will, und es mir später berechnen?«

Die Serviererin, eine robuste Mittvierzigerin mit harten Gesichtszügen, schaute den Max an, der sagte: »Eine Halbe vom Fass, bitte.« Die Frau schaute den Oswald an: »Kann ich für Sie noch was tun?«

Der strahlte: »Ja. Lächeln Sie, meine Schöne, lächeln Sie. Dann machen Sie mich glücklich.«

Die harten Züge der Frau verwandelten sich in ein strahlendes Lächeln, und sie schwebte davon.

»Dein Freund weiß, wie man mit Frauen umgeht«, sagte Max zum Manfred, und zu Oswald Fürchtegott Dingsbums, Freiherr von und zu: »Sie wollten meine Frage beantworten?«

Der strich über seinen Bart, drehte sein Glas und schaute den Max an. »Ich war für einige Zeit im Ausland, jetzt bin ich geschäftlich in München. Der Manfred hat mich über einen gemeinsamen Bekannten gesucht und gefunden, und jetzt bin ich hier.«

»Klingt ja toll. Und was machen Sie so?«

Der Baron verzog sein hübsches Gesicht ein bisschen, denn so was fragt man in seinen Kreisen ja nicht. »Eigentumsübertragungen aller Art. Diskret und individuell. Sehr diskret, wenn Sie verstehen.«

Und der Max verstand. Weil, und das ist jetzt interessant, weil der Max schon die ganzen paar Minuten überlegt hat, wo er das Gesicht schon mal gesehen hat. Einmal Bulle, immer Bulle. Da hast du halt ein paar Angewohnheiten, die legst du nicht mehr ab. Du denkst wie ein Computer, in deinem Hirn laufen blitzartig alle Infos ab, die zu so einem Gesicht passen. Bei Zuhältern ist das zum Beispiel nicht so schwer. Da hat mal ein altgedienter Kommissar gesagt: »Am Gang und an den Haaren erkennst du sie nach all den Jahren«, und da ist was dran, an dem Spruch.

So hat eine jede Berufsgruppe, auch bei Kriminellen, ihre Eigenheiten, die der geschulte Polizist kennt.

Aber der Elegante, der überhaupt nicht nervös wurde und dem Max kaltlächelnd starr in die Augen schaute, ohne zu blinzeln, der war schon mal irgendwo, wo der Max auch war.

Die Bedienung stellte ihm das Bier hin, strahlte aber nur den Baron an, der mit tadellosen weißen Zähnen zurücklächelte, ohne den Max aus den Augen zu lassen.

Der Manfred zuckte ein bisschen vor sich hin, dann nahm er sein Glas hoch: »Prost.«

Und dem Auer Max kam die Erleuchtung. Weil er sich den Baron mit dunkelbraunen Haaren und einer anderen Augenfarbe vorstellte. Ohne Bart, mit ein paar Kilos mehr auf den Rippen.

»Herr von Wieselau, darf ich bitte mal Ihre linke Hand sehen?«

»Nein. Was soll das jetzt?«

»Ich kann sie mir auch holen. Hand auf den Tisch. Jetzt.«

Der Mann legte vorsichtig die Linke auf die Tischkante, Max griff rüber, zog die Hand in die Tischmitte und drehte sie um. Im Handteller, da, wo du deine Lebenslinie hast, da hatte der feine Herr eine kleine, runde, aber tiefe Narbe.

»Da hat mal ein Eisstichel dringesteckt, gell, Herr Baron? Der hat sie an den Tisch genagelt, der Stichel. Zu was wütende Frauen fähig sind, du glaubst es nicht. Kennen Sie das Gedicht: ›Gefährlich ist's, den Leu zu wecken. Verderblich ist des Tigers Zahn. Doch der größte aller Schrecken ist ein Weib in seinem Wahn.‹«

Der Baron zog ruckartig seine Hand zurück: »Was soll das? Wie sprechen Sie überhaupt mit mir? Kennen wir uns? Nicht dass ich wüsste.«

Manfred saß sprachlos da, wurde immer blasser, während Max mit den Fingern schnippte, auf den Kerl zeigte und grinste: »Genau, jetzt hat's geblitzt. Das Wiesel. Du bist das legendäre Wiesel. Der Nosferatu unter den Heiratsschwindlern. Das ist es. Na, was sagst du jetzt?«

Der Herr Baron Freiherr sagte erst mal nichts, sondern holte mit beleidigter Miene eine goldene Geldklammer mit einem Diamanten drauf aus der Brusttasche seines Sakkos, nahm aus dem dicken Bündel einen 20er und legte ihn auf den Tisch. Im Aufstehen meinte er herablassend: »Manfred, mein alter Freund, verzeih, dass ich dich so früh verlasse. Aber das hier ist entwürdigend.«

Und zum Auer: »Mein Herr, unter normalen Umständen würde ich Sie jetzt um Satisfaktion bitten. Wenn Sie mich jetzt entschuldigen wollen? Sie sind natürlich meine Gäste. Bonsoir.«

Der Auer schlug ihm unter dem Tisch mit dem rechten Bein die Füße weg und fauchte: »Mach Platz, sitz und halt die Schnauze!«

AUSZEIT / ANFANG

Wenn du dir jetzt denkst, ja, was soll denn das, dann lass mich ganz schnell Folgendes erzählen: Ossi das Wiesel ist einer der letzten echten Heiratsschwindler. Einer vom alten Schlag, wenn man so will, und die sterben ja leider wie so vieles langsam aus.

Heutzutage geht ja nur noch alles mit Gewalt, mit Erpressung, schnell und brutal. Alles muss zack, zack gehen, man schaut nur auf die flotte Rendite.

Ungefähr so: Da pirscht sich einer an eine superreiche Erbin aus, sagen wir mal, einer Autodynastie ran. In einem feinen Hotel natürlich. Dann umgarnt er die ein bissel, lockt sie auf sein Zimmer und legt sie flach. Nach allen Regeln der Kunst, schon klar. Und jetzt denk dich mal in die reiche Erbin rein: Die ist natürlich verheiratet, auch mit einem reichen Kerl. Zusammen sind sie noch reicher, aber da haben sie nichts davon. Denn wenn du so superreich bist, da musst du auf den Golfplatz, zum Polo, in Opern, zu Vernissagen und natürlich zum Pferderennen. Ohne Pferde geht schon mal überhaupt nix, wenn du reich bist. Ohne Pferd nimmt dich ja keiner ernst. So, und das ist ganz schön anstrengend. Wenn die zwei dann in einem 50.000-Euro-Springboxbett liegen, nebeneinander, und sie sagt: »Che ne dici di amore?« (Das ist jetzt Italienisch, weil, diese Leute reden ja immer in einer Fremdsprache, rein schon wegen der Eleganz, verstehst?), meint sie damit also: »Alter, geht noch was?«

Und der Göttergatte, dessen Gesicht vom Bildschirmblau des Laptops leuchtet, schaut sie über die Lesebrille an und sagt auf Französisch oder Lateinisch: »Gib eine Ruhe, du siehst ja, ich bin grad bei der Dividendenhochrechnung. Mach dir einen Termin, Schatz, ja?«

So, da hat sie jetzt überhaupt keinen Bock drauf, also nimmt die Autodynastiefrau eine Auszeit in einem ganz teuren Hotel. Im Süden. Weil, man muss ja trotzdem irgendwie unter sich sein, gell? Und genau da taucht der fünfsprachige Hengst auf, erzählt was Süß-Saures, haut sie in die Federn und lässt sie jubeln. Und alles wird gefilmt. In Farbe und Stereo. Am nächsten Morgen ist der Hengst weg, die Superreiche ist sauer, aber sie denkt sich, pfeif drauf, das war besser als nix.

So, und eine Woche später kriegt sie eine Kopie vom Film zu sehen und der Hengst sagt, du hast mich doch irgendwie sehr enttäuscht, und deswegen musst du mir jetzt 20 Millionen geben. Die gibt sie ihm, weil, alles andere wäre schlecht fürs Geschäft, für die Dividende, für die ganze Autoproduktion und überhaupt.

Wenn du dir jetzt hingegen das Wiesel anschaust, wie der arbeitet, da musst du zugeben, das hat Stil. Ich habe das zufällig selber einmal erlebt. In Leukerbad, das ist ein sehr exklusiver Thermalbadeort in der Schweiz. Da hast du zehn verschiedene Thermalbäder, von 28 bis 43 Grad Celsius, da hast du Wellness, Champagnerfrühstück, Weindegustationen von früh bis spät, ja, was denkst du denn? Mit Aqua-Mystica-Show, privaten Opernvorführungen, einfach alles, was das reiche Witwenherz begehrt, voll im 5-Sterne-Plus-Bereich selbstredend.

In so einem Haus steigt das Wiesel ab. Er kommt nicht mit der Bahn oder so, nein, sondern mit dem Heli-Service aus Zürich. Mit alten, aber gediegenen Koffern, auf denen man das Louis-Vuitton-Logo sieht. Er in einem beigen Mantel von Ermenegildo Zegna, im Maßanzug, mit Weißgolduhr aus Glashütte am Arm.

Den Hotelpagen gibt er gleich am Hubschrauber je einen 100er (Franken natürlich). Beim Piloten verabschiedet er sich mit Politikerhandschlag, dann stolziert er hinter seinen Koffern, die von sechs Pagen getragen werden, zum Säuleneingang. Ein paar neugierigen älteren Damen, die ihn vom Restaurant aus beobachten, winkt er mit seinen maßgeschneiderten Lederhandschuhen elegant zu und lupft elegant seinen handgemachten Strocci-Hut.

In der Suite, die er gebucht hat, wartet er, bis nur noch einer der Pagen da ist, und winkt ihn mit einem Fingerschnippen zu sich heran: »Sagen Sie, mein Guter, ich habe da ein Problem. Mein Freund, der Fürst Silberstein, der hat mich gebeten, nach einer Freundin der Familie zu schauen. Sie muss um die 70 sein, Witwe, schlank, und hat ein Faible für sehr exklusiven Schmuck. Helfen Sie mir? Ich könnte den Fürsten natürlich anrufen. Aber dann müsste ich gestehen, dass ich den Namen seiner lieben Freundin vergessen habe.«

Jetzt drückt er dem Pagen ganz diskret 200 Franken in die Hand und schaut ihn mit hochgezogenen Brauen an.

Der arme Kerl überlegt, weil er ja die Kohle behalten will. Reich sind die alten Schildkröten hier alle. Ein paar sind mit verschrumpelten Männern hier, die meisten aber alleine. Und weil er den netten, eleganten Herrn, den Baron von Wieselau, nicht verärgern möchte, denkt er einfach nach, wer die reichste unter den alleinreisenden Schrullen sein könnte.

»Herr Baron, ohne Namen ist es schwer, aber nach Ihrer Beschreibung könnte es eigentlich nur die gnädige Frau Vollersdorff sein. Ihr Mann, der Bankier Vollersdorff, ist im letzten Jahr gestorben.«

Das Wiesel schnippt mit Daumen und Zeigefinger, schaut zur Decke und sinniert. Dann schnippt er mit den Fingern: »Genau, das ist es. Vollersdorff. Vollersdorff, mit zwei ›f‹, ja? Ich meine, da klingelt was. Vorname?«

»Paul, Herr Baron.«

Das Wiesel zieht die Brauen hoch: »Nicht Sie, mein Guter, die Dame!«

Der Page wird rot und stammelt: »Doris, Herr Baron. Doris Vollersdorff, von der Privatbank Vollersdorff & Storchenwinkel in Frankfurt.«

Ein wohlwollend lächelndes Wiesel klopft dem armen Pagen auf die Schulter: »Jetzt entspannen Sie sich, ist doch alles in Ordnung. Ist von den Storchenwinkels einer da, da kenne ich nämlich den Dings, wie heißt er gleich?«

»Den jungen Herrn Fritz? Nein, der ist in Peru, bei seinen Polopferden. Und der Herr Storchenwinkel senior ist ja auch schnell von uns gegangen, vor ein paar Monaten. Auf dem Golfplatz in St. Moritz. Peng und tot.«

»Jajaja. Fürchterlich, ich erinnere mich so langsam wieder. Haben Sie vielen Dank. Sie können gehen, mein Lieber. Und«, da legt das Wiesel seinen Finger auf die Lippen, »das bleibt aber schön unter uns. Dass ich den Namen vergessen habe, ja?«

Der Page verbeugt sich, dreht sich um, und das Wiesel ruft ihm hinterher: »Aber die Doris, die hab ich doch grade gesehen, oder täusche ich mich?«

»Vielleicht nicht, Herr Baron. Die Dame sitzt im Restaurant an der Fensterfront, an dem Tisch unter dem Kristallleuchter.«

Eine Viertelstunde später schreitet das Wiesel in das Restaurant, grüßt im Gehen links, verneigt sich leicht nach rechts und ist auch gleich am Tisch von besagter Dame. Er deutet eine Verbeugung an, lächelt und sagt: »Verzeihen Sie meine unverschämte Art, gnädige Frau, aber Sie müssen Doris sein, Doris Vollersdorff, ja?«

Die Frau, eine schlanke, rüstige Mittsiebzigerin, funkelt wie ein Christbaum voller Gold und Diamanten. Sie starrt ihn aus leicht kurzsichtigen Augen an, holt dann ein goldenes, mit Brillanten verziertes Monokel aus ihrem Ausschnitt und schaut sich das Wiesel an. Der lächelt, bis ihm die Zähne wehtun, und säuselt: »Und der werte Gatte beim Polo oder beim Golfen?«

Eine Träne läuft über das teuer zurechtgeschnittene Gesicht bis runter auf die Entenlippe: »Mein Rudolf ist tot. Seit fast einem Jahr.«

Das Wiesel täuscht einen Schwächeanfall vor, lässt sich auf den golddurchwirkten Brokatstuhl darniedersinken und bedeckt sein Gesicht: »Nein, nein, nicht der Rudolf. Mein Freund Rudolf. Warum habe ich das nicht erfahren? Warum? Oh nein.«

Dann nimmt er die Hand vom Gesicht, schnieft vorsichtig und dreht sich nach den Kellnern, die wie Wachhunde in der Nähe des Eingangs stehen, um. Sofort kommt einer angetrabt: »Der Herr Baron wünschen?«

»Eine Flasche Dom Pérignon Rosé. Aber einen 96er, kalt und schnell. Mein Herz flimmert.«

Und zu der Dame: »Erlauben Sie, dass ich kurz hier sitzen bleibe? Der Schreck ist mir in die Beine gefahren. Würden Sie ein Glas mit mir nehmen? Bitte!«

Sie nickt, der Kellner geht, und das Wiesel greift nach Doris' Hand, nimmt sie in seine beiden wohlmanikürten Patscher und flüstert: »Ich war sehr krank. Lange. An der Schwelle des Todes, könnte man ohne Übertreibung sagen. Und mitten in Kolumbien, auf meinen Plantagen, da ist man schon ein bisschen aus der Welt, meine Liebe. Können Sie mir meinen unfassbaren Fauxpas vergeben? Oh, moi miserable, Madame.«

Doris lächelt, befreit ihre Hand und tätschelt seine: »Nein, das stimmt nicht. Sie sind bestimmt kein schlechter Mensch, Herr …?«

Das Wiesel verzieht sein Gesicht: »Was für eine Unhöflichkeit von mir, Gnädigste. Gestatten: Oswald Fürchtegott Baron von Wiesel, aber nennen Sie mich bitte Oswald, liebe Doris.«

Der Dom Pérignon kommt, der Maître zeigt die Flasche, Oswald schaut auf das Etikett 1996. Dann auf den grauhaarigen Bediensteten: »Danke. Der 96er ist der Einzige, den ich vertrage. Das Herz, verstehen Sie?«

Der Maître nickt, öffnet den Champagner und gießt den beiden vorsichtig ein. Mit einer Verbeugung stellt er den DP in einen silbernen Standkübel und geht rückwärts und leicht gebückt vom Tisch weg.

»Sie haben meinen Mann also gekannt?«

Wiesel nickt zerstreut, immer noch sichtlich erschüttert. »Ja, wo ist denn Fritz? Doch nicht wieder in Peru bei seinen Pferden und lässt Sie ganz alleine hier?«

Doris lächelt wehmütig: »Ja, der Fritz. Er liebt sie halt, seine Pferde. Mehr als er die Menschen liebt, glaube ich so manches Mal. Jetzt müssen Sie mir aber erzählen, warum ich Sie nicht kenne.«

»Ach, Doris, auch ich finde es sehr bedauerlich, dass mir der Rudolf so einfach seine zauberhafte Frau vorenthalten hat, der alte Fuchs. Aber wir hatten eigentlich mehr am Anfang unserer Geschäfte miteinander zu tun. Mit dem Storchi, verzeihen Sie, dem Herrn Direktor Storchenwinkel, habe ich einige von meinen Überseegeschäften getätigt.«

Das Wiesel holte ein seidenes Taschentüchlein mit einem goldgestickten Wappen aus der Brusttasche seines Anzuges und reichte es der Doris: »Eine Träne in Ihrem Auge, meine Gnädigste. Sie sieht aus wie eine wertvolle, einzigartige Perle, direkt aus den Tiefen der Südsee.«

»In was für Geschäften waren Sie denn bei uns?«

»Oh, nicht der Rede wert. Es ging um meine Kaffeeplantagen in Kolumbien. Im Triangulo, in den Anden, etwa 200 Kilometer westlich von Bogota.«

»Dort muss es sehr schön sein.«

Das Wiesel seufzte sehnsuchtsvoll und schloss kurz die Augen: »Oh ja, wenn der Tag in den frühen Morgenstunden noch ein kühler Schatten ist, der Horizont violettgrau schimmert und darauf wartet, dass die Sonne ihr fahles Feuer schickt, dann ist es wie im Paradies. Aber jetzt, im November, da haben wir den Übergang zum Winter. Da schneidet die feuchte Kälte in die Finger und das baumlos-karge Hochland leuchtet immer noch voller Energie. Oh, wie ich das alles vermisse. Ich hatte ein Grammofon auf der Terrasse und spielte abends Mozart. Ich wollte mein Leben nie nach den Vorstellungen von anderen leben. Und jetzt bin ich hier. Aber ich darf nach all den Jahren Sie endlich sehen, liebe Doris, und jetzt weiß ich, dass ich fähig bin, alles zu ertragen.«

Ihr kommen wieder die Tränen. Aber der Baron von Wieselau ist noch lange nicht fertig: »Ich glaube, dass ich bald am Ende meiner Reise angelangt bin. Physisch und psychisch. Ich war überall, bei den besten Spezialisten in ganz Europa. In London, Prag, Paris, München und Mailand. Aber immer öfter kommt der Schmerz in meine Brust, heftig, wie eine Horde wilder Tiger, die ein Lamm auf der Wiese stellen und es zerfleischen. Am Rand der Wiese steht in meinen Träumen der Tod und winkt mir zu. Er ist da, ein dunkles Wesen, nicht Mann, nicht Frau, exzentrisch und unheimlich. Wir sind vertraut miteinander, reden, und manches Mal ist er sogar ein bisschen witzig. Jetzt habe ich erfahren, dass es noch diese eine Chance für mich gibt. Im Centro Cordiale in Bogota. Ist das nicht ein schlechter Scherz des Schicksals, meine Teuerste? Ausgerechnet nahe bei meinen geliebten Plantagen kann man mich vielleicht retten. Also, sehr vielleicht, man muss noch sehen, ob man die Spezialisten aus aller Welt zusammenbekommt. Ich warte täglich auf den rettenden Anruf.«

Was? Du denkst, das kommt dir jetzt aber ein bissel bekannt vor? Kann schon sein, denn sein gesamtes Wissen über Plantagen, Safaris, karges Hochland und so, das hatte das Wiesel alles aus seinem Lieblingsfilm »Jenseits von Afrika«, was glaubst du denn? Und was soll ich groß erzählen? Das ging noch ein paar Tage so weiter, dann sagt das Wiesel eines Morgens, dass er jetzt wegmuss. Der Anruf ist gekommen. Aus der Spezialklinik in Bogota. Man sei jetzt sicher, dort könne man mit einem völlig neuen und spektakulären Operationsverfahren sein Leben retten.

Vorher müsse er aber nach Frankfurt, um etwas Kapital zu generieren, wie er sich ausdrückte. Weil das ja alles Unsummen kosten wird. So was geht heutzutage schnell in die Millionen. Dollars, natürlich. Weil die verschiedenen Teams halt aus aller Welt eingeflogen werden müssen. Da bringt ein jeder Professor, der was auf sich hält, seinen ganzen Stab mit. Und spezielle Apparate sind natürlich auch erforderlich. Tja, wenn denn der Storchenwinkel noch leben würde oder gar der Rudolf, Gott habe die beiden edlen Männer selig, dann wäre das alles kein Thema. Aber so …

Kurz und gut, er jammert herzzerreißend auf höchstem Niveau und lädt die Doris natürlich auf seine Plantagen ein, sollte er all das Medizinische überleben. Ja, er würde sie sogar von seinem Privatflieger vom Bogota-Airport abholen lassen, dem Privaten an der Avenida El Dorado, sie wisse schon. Aber ob er in seinem jetzigen Zustand die entwürdigende Sache in Frankfurt meistern könne, in seinem Zustand den schnöden Mammon und so, das wisse nur der Herrgott alleine.

Kurz und gut, die Doris bietet ihm zwei Millionen an, das Wiesel lächelt traurig, sie sagt drei, und er küsst ihre Hände.

Und was willst du jetzt hören? Genau: Sie sah ihn nach der eiligst in die Wege geleiteten Finanztransaktion nie wieder. Das Geld auch nicht. Und irgendwie ist bei der ganzen Händeküsserei auch noch einer von den vielen Diamantringen, die die Doris in Leukerbad trug, verschüttgegangen. Aber eine Frau wie die Doris regt sich über so was nicht auf. Und insgeheim trauert sie immer noch um den romantischen Baron.

Nummern wie diese hat das Wiesel etwas ein Dutzend durchgezogen. Erwischt wurde er nie, sehr zum Frust verschiedener Polizeiorganisationen in vielen Ländern. Obwohl ihn von dem guten Dutzend schwerreicher Witwen immerhin drei oder vier angezeigt haben. Aber jetzt zurück in den Mailkeller in Rosenheim, in die Jetztzeit.

AUSZEIT / ENDE

Das Wiesel saß also wie versteinert am Tisch und stotterte: »Was erlauben Sie sich hier für Unverschämtheiten? Das muss eine Verwechslung sein!« Er und Manfred starrten den Auer an, der, immer noch zornesrot im Gesicht, aber mit beherrschter Stimme kopfschüttelnd sagte: »Nein, ist es nicht. Ich weiß es, und ihr beide wisst es auch. Und ich habe da einen ganz, ganz schrecklichen Verdacht. Zeig mal her, was du vorhin in der Hand hattest.«

Das Wiesel schluckte trocken: »Ein, äh, ein Feuerzeug. Dann ist mir eingefallen, dass man ja in Deutschland in Gaststätten nicht mehr … äh … raucht.«

Auer kniff die Augen zusammen: »Ich stehe jetzt auf, pack dich an den Beinen und schüttle dich so lange, bis dir samt dem Gebiss alles aus dem Kadaver fällt. Los geht's: Letzte Chance. Was ist in deiner rechten Jackentasche? Nimm es raus und leg es hierher!«

Max klopfte mit den Knöcheln auf das Tischtuch.

Das Wiesel griff in die Tasche, legte die Faust auf den Tisch und öffnete sie. Auf seiner Handfläche schimmerte und blitzte ein wunderschöner Diamantring. Weißgold mit ungefähr 30 Steinen und einem Diamantherzen in der Mitte. Auf den ersten Blick würde ich sagen, so um die 60.- bis 70.000 Euro unter Freunden.

Auers Gesichtsfarbe wurde noch dunkler. Mühsam presste er die Worte aus seinem Mund: »Ihr beide wollt die Friedl linken.« Er funkelte den Manfred an: »Dass du den Nerv hast, Alter, das ist ja ein Ding. Was habe ich mich in dir getäuscht. Aber das überlebst du nicht. Wenn ich mit dem da …«, er nickte zum Wiesel hin, »… fertig bin, dann bist du dran. Die Wohnung betrittst du nicht mehr. Und du, mein Freund Wiesel …«

Manfred legte dem Auer eine Hand auf den Arm: »Halt die Luft an. Ich wollte von meinem Freund hier einen Ring, habe aber so gut wie kein Geld. Das Wiesel und ich, wir kennen uns schon seit vielen Jahren und haben uns manchmal geholfen.«

»Ach ja, wie denn?« Der Auer versuchte, ganz ruhig zu atmen.

»Ich hab ihm den einen oder anderen Safe aufgemacht. Er hat mir entsprechend vorher gesagt, wann wo was ist, hat die Dame des Hauses ausgeführt, und ich hab dann in aller Ruhe die Klunkern und das Cash geholt. Evakuieren, haben wir das genannt. Und wir beide, wir waren die Spedition WiMa.«

Jetzt erwachte auch das Wiesel wieder zum Leben: »Sag mal, spinnst du? Du erzählst einem Bullen hier von uns? Da gibt's ein paar Dinger, die noch nicht verjährt sind. Hallo?«

Manfred winkte ab: »Exbulle. Der Max ist gefeuert. Jetzt kümmert er sich um die Geschäfte seiner Tante. In die ich mich verliebt habe. Erzähl dem Max, warum wir hier sitzen.«

»Erst brauch ich noch ein Bier.« Das Wiesel winkte zur Theke hin, hob drei Finger in die Luft und ließ dann den

Zeigefinger kreisen. Die Bedienung nickte lächelnd, und das Wiesel sagte: »Ich habe mich am Starnberger See zur Ruhe gesetzt. Nettes Haus mit Seeblick und Hausdame. Ab und zu fahre ich nach München zum Pokern. Da, während einer Pokerrunde, hat mir einer erzählt, dass mich der Manfred sucht. Ich habe meine Nummer weitergegeben, der Manni hat mich angerufen und gesagt, dass er einen schönen Ring bräuchte für seine große Liebe. Ich hab ja immer noch das eine oder andere Schmuckstück rumliegen, und der hier ist sauber. Einigermaßen jedenfalls. Da. Ist deiner. Für die alten Zeiten.«

Die Biere wurden gebracht, und die drei Männer hoben die Gläser. Max räusperte sich: »Nix für ungut. Aber ich liebe sie auch. Anders natürlich.«

Das Wiesel trank sein Glas in einem Zug fast leer, stellte es auf den Tisch und schob seinen Stuhl zurück. »Wenn die Herren mich jetzt entschuldigen, ich glaube, für heute reicht es mir.«

»Moment!« Max holte einen kleinen Schreibblock und einen Kuli aus der Tasche: »Schreib mir deine Nummer auf. Kann sein, dass ich in nächster Zeit was für dich habe. Weißt ja, eine Hand wäscht die andere. Und jetzt, wo du ja fast zur Familie gehörst …«

Das Wiesel lächelte gequält: »Ich wollte zwar immer eine Familie haben, aber so eine? Na ja, seine Verwandtschaft kann man sich halt nicht aussuchen, oder?«

An der Theke bezahlte er, sagte was zu der Bedienung, die kicherte los wie ein kleines Mädchen und das Wiesel ging aus dem Lokal.

»War das jetzt nötig?« Manfred schaute beleidigt, und Max klopfte ihm auf die Schulter.

NIMM DIE FINGER VON DEM SCHWANZ!

Mein Gott, hat sich die Friedl gefreut, ihre beiden Männer wiederzusehen. Und sie hat sich gedacht, ist das schön, dass die sich so gut vertragen. Weil, insgeheim, da wollte sie so langsam schon wieder einen Mann im Haus, und wenn's geht, auch im Bett.

Man sagt ja, dass der Sex im Alter genauso erotisch und schön sein kann wie in jungen Jahren. Apropos jung, einen jungen Kerl wollte die Friedl aber auch nicht. Zu ihrer Freundin hat sie neulich gesagt, bleib mir weg mit den jungen Burschen. Die wissen doch noch gar nicht, was sie mit einer Frau tun sollen. Und die Freundin, die solch einen jungen Lover hat, die sagt, kann schon sein, aber sie tun es dafür die ganze Nacht. Aber was rede ich? Für die Friedl wäre der Manfred ein Geschenk des Himmels. Ein schöner Mann in besten Jahren, vorzeigbar und moralisch so flexibel, dass er sich auch nahtlos ins Familiengeschäft einfügen würde.

Sie haben alle noch ein Glas unter dem Heizpilz auf der Terrasse getrunken, dann hat man sich zurückgezogen. Der Max ist sofort eingeschlafen, um 1 Uhr oder so ist er aber kurz aus seinem Traum gerissen worden, weil aus Friedls und Manfreds Schlafzimmer ein hoher, spitzer Schrei gekommen ist. Und dann noch ein paar. Es hat sich aber mehr nach positivem Lärm angehört, sodass der Max sein Kissen über den Kopf gelegt hat und grinsend wieder weggedämmert ist.

Fast drei Stunden später hat ein permanentes, aufdringliches Geräusch den Auer Max wieder aus einem schönen Traum geholt. Mit der Hand tappte er auf dem Nachttisch bis zur Lampe, machte Licht und schaute sich um. Auf dem Lesetisch neben dem kleinen Sofa unter dem Schlafzimmerfenster drehte sich langsam und summend sein Handy. Wie ein großer Käfer, den man auf den Rücken gelegt hat. Das matte Licht vom Display schickte blasse Schatten durch das Halbdunkel an die Zimmerdecke.

Max stand fluchend auf, schnappte sich das tanzende Telefon und hob es ans Ohr: »Ja?«

Rauschen, dann eine Stimme: »Max?«

»Nein, hier sind die anonymen Alkoholiker. Was liegt an, Bruder?«

»Hör auf mit dem Scheiß und komm her. Ins ›Wild West‹, geh hinter das Haus und komm durch das offene Bürofenster.«

»Warum? Sind die Türen kaputt? Und außerdem: Da hinten hast du Gitter vor den Fenstern, schon vergessen?«

»Jetzt nicht mehr. Komm her, pronto, das ist ein Notfall!«

»Chili, bist du verletzt?«

»Ja, und wie, aber das siehst du, wenn du es siehst. Jetzt beweg deinen Arsch her, verdammt noch mal. Das tut bei jedem Wort weh.«

Die Verbindung wurde unterbrochen und Max suchte seine Kleidung zusammen, die auf dem Sofa verstreut rumlag. Leise ging er aus der Wohnung, fuhr mit dem Lift in die Tiefgarage und schwang sich in den Mercedes.

Um 4 Uhr früh ist ja in einer Stadt wie Rosenheim nicht mehr viel los. Ein paar besoffene Nachtschwärmer, ein oder zwei Autos auf der Münchener Straße und ein Lieferwagen vom Münchener Großmarkt mit einem riesigen aufgemalten Wirsing auf der Fahrertür. In der Nähe des Bahnhofs stieg ein Mann aus einem kleinen Wagen, nahm eine Mütze ab, fuhr sich über den rasierten Kopf, der im Licht der Straßenlaternen wie eine polierte Holzkugel aussah. Fröstelnd zog er die Mütze wieder über und ging weg.

Es ist wieder eines dieser Jahre, in denen sich das Wetter an keine Regeln hält. Tagsüber, in der Mittagszeit, konnte man kaum durchatmen. Und in den kühlen, fast kalten Nächten wurden die Leinenstühle und Liegen auf der Terrasse schnell feuchtklamm.

Der Asphalt über den Brückenberg war nass und glänzte im Scheinwerferlicht, und vom Bahnhof her hörte man das Brausen und Quietschen von Eisenbahnrädern. Zwischen den tiefhängenden Wolken leuchtete manchmal ein orangefarbener Mond hervor wie ein riesiger nächtlicher Schmutzfleck.

An der Ecke vor dem »Wild Wild West« schaltete Max die Scheinwerfer aus und ließ den Benz im Leerlauf bis vor das Gebäude rollen. Niemand in Sicht. Keine Autos, keine verdächtigen Gestalten, nichts. Max nahm seine Pistole aus dem Handschuhfach, sah nach, ob eine Patrone im Lauf war, und steckte sich die Waffe hinten in den Gürtel.

Dann legte er den Schalter für die Innenbeleuchtung um, sodass kein Licht aufflackerte, als er ausstieg.

Mit drei schnellen Schritten war er an der Hauswand und lehnte sich mit dem Rücken dagegen. Er atmete durch den offenen Mund, und die weißen Wolken seines Atems stiegen an der Wand hoch wie Zigarrenrauch.

Tastend, mit langsamen, kurzen Schritten ging er bis zur Ecke, ließ sich auf die Knie nieder und schob schnell den Kopf vor und gleich wieder zurück. Nichts. Niemand. Er stand wieder auf, zog seine Waffe und schob sich um die Hausecke. Weiter vorne kam Licht aus einem der Fenster. Das musste das Büro sein.

Max machte in gebückter Haltung fünf schnelle Schritte, bedacht, keinerlei Lärm zu machen, und hielt den Revolver jetzt mit beiden Händen in Brusthöhe.

Das schmiedeeiserne schwere Metallgitter war mithilfe eines Wagenhebers an zwei Stellen seitlich aus der Wand gebrochen worden und hing jetzt zur Seite wie ein eiserner Fensterladen.

Ein roter Wagenheber lag am Boden unter dem Fenster. Eine der vier Scheiben war eingeschlagen, die beiden Fensterflügel schwangen nach innen auf, als Max sie anstieß, und einer der Flügel, der mit der zerbrochenen Scheibe, kam mit einem leisen Knarzen langsam wieder zurückgependelt.

Schnell schob Max den Kopf vor, schaute in den Raum, zog ihn gleich wieder zurück und stellte sich dann breitbeinig vor das Fenster, streckte die Hand mit der Pistole hinein und schwenkte die Waffe horizontal, während er blitzschnell die Lage checkte.

Jetzt musst du dir vorstellen, da liegt der Chili, mit der linken Hand in einer Handschelle unten an den Fuß des Schreibtisches gefesselt. Keine normale Handschelle, sondern so eine, die man in den Pornos sieht oder die man gerne mal daheim im Schlafzimmer verwendet. Mit rosa Plüsch um das Metall, die Kettenglieder zwischen den beiden Schellen mit Strasssteinen beklebt. Kitschig, aber solide. Chilis rechte Hand war frei, er saß auf seinem Hintern am Boden, sein Kopf lehnte in einer merkwürdigen Stellung und abgewinkelt oben an der Schreibtischplatte. Wie er da so breitbeinig und mit schrägem, unbeweglichem Kopf sitzt, mit einer Hand in der Luft rumfuchtelt und mit der anderen an der Puff-Handschelle rüttelt, da ist dem Max schon ein Lachen ausgekommen, das kannst du mir glauben.

»Was ist hier lustig, he? Hör mit der blöden Tanzeinlage auf und komm rein. Hier ist keiner.« Chili versuchte, den Kopf zu bewegen, verzog schmerzlich das Gesicht, und unter seinem rechten Auge bildete sich eine rötlich-blaue Geschwulst. Unter der Nase klebte angetrocknetes Blut.

»Komme ich zu spät zur Party?« Max stieg in den Raum, schaute sich noch mal um und schob die Waffe hinter den Gürtel. »Hier war ja richtig was los, wie? Wo sind denn all die Mädels hin?«

Der Safe unter dem Regal stand offen, DVD-Hüllen lagen auf dem Boden verstreut. Einer der Besucherstühle war zerbrochen, der andere lag in der Ecke neben Chilis Chefsessel, bei dem die Polster aufgeschlitzt waren, sodass die grüne Schaumstofffüllung wie gigantisches Popcorn aus den tiefen Rissen quoll. Die Poster waren von der

Wand gerissen und Bücher, Aktenordner und Nippes aus dem Regal lagen überall auf dem Boden.

Max ging auf die Knie, schaute sich das Plüscheisen an, rüttelte daran und meinte grinsend: »Wo sind denn die Schlüssel, Schatz?«

»Schatz hat keine Schlüssel. Beiß sie durch, Blödmann! Aua, tut das weh.« Seine freie Hand umklammerte erst seinen Oberschenkel und tastete dann hinter seinen Kopf.

»Das Patschhändchen in der Fessel? Ich hab nicht gewusst, dass du auf Domina Sex stehst, oder übst du für eine Rolle in deinem neuen Film? Wo sind die Büroklammern?«

»In der Seitenschublade links von mir, die unterste.«

Mithilfe einer zurechtgebogenen Klammer öffnete Max ziemlich flott das Schloss der Handschelle, die den Chili an den Schreibtischfuß fesselte.

»So, kannst du aufstehen?«

»Nein, der Scheißkerl hat meinen Kopf an der Schreibtischplatte festgeklebt, siehst du das nicht, du Blindfisch?«

Wie um zu beweisen, dass er nach wie vor fixiert war, bewegte der Chili den Kopf ein bisschen heftig und verzog wieder schmerzhaft das Gesicht: »Aua, verflucht noch mal. Der hat mich festgeklebt. Mit Sekundenkleber. Jetzt mach doch endlich was. Und hör auf, so zu grinsen, sonst erschieß ich dich.«

Max richtete sich auf, beugte sich über Chili und sah die ganze Chose: Der goldblond gefärbte lange Pferdeschwanz, Chilis ganzer Stolz, lag wie plattgebügelt und mit Kleber verschmiert quer auf der Schreibtischplatte.

»Das ist ja mal was ganz Neues. Da kommt einer statt mit einer Waffe mit einer Tube Sekundenkleber zum Überfall und sagt: ›Her mit der Kohle, oder ich klebe deinen Schwanz an die Wand.‹ Oder halt, wie in diesem Fall, auf den Schreibtisch. Echt originell, muss ich sagen.«

Chili funkelte den Max wortlos an und der hob die Hände: »Entschuldige vielmals, mein Freund, ich hab natürlich gemeint, das ist ja echt pervers. Hatte der im Ernst den Kleber dabei? Und die Puffschelle?«

»Nein, du Depp. Kleber und Handschelle hat der in der Schublade gefunden. Mach endlich was, ich hab Kopfweh und mein Rücken bringt mich um.«

»Du wirst langsam zu alt für diese Stunts, Kollege. Also, das in deinem Haar sieht tatsächlich aus wie Sekundenkleber, es riecht wie Sekundenkleber und es ist Sekundenkleber. Da drüben liegt die leere Tube. Uhu, vom Feinsten.«

»Sag ich doch schon die ganze Zeit. Und nun? Mach doch endlich was!«

»Ich hab mal gehört, das kann man mit einem Föhn probieren. Glaub ich aber nicht. Hast du zufällig einen Föhn hier irgendwo?«

»Nein. Und auch keine Tampons.«

»Gut.« Max schaute sich um, zog dann die Schubladen an der Seite des alten Schreibtisches auf und wühlte darin herum.

Chili versuchte, ihm mit den Augen zu folgen, konnte seinen Kopf aber nur sehr wenig bewegen. »Was suchst du?«

»Einen Hammer.«

»Spinnst du oder was? Willst du mir den Schreibtisch ruinieren?«

»Du hast recht. Moment, hier ist was, was ich brauchen kann. Mach mal die Augen zu und bewege dich nicht.

Augen zu, sage ich. Jetzt. Guter Mann, brav. Tut auch nicht weh, versprochen.«

Der Auer zog eine lange Büroschere aus der Schublade, beugte sich über den Schreibtisch und schnitt Chilis Zopf mit einer einzigen flüssigen Bewegung dicht über dem Nacken ab. »Geschafft, schau mal, ob du aufstehen kannst.«

Chili öffnete die Augen, bewegte den Kopf, stand langsam und stöhnend auf und schaute entsetzt auf die Schreibtischplatte. »Du Irrer. Du hast meinen Schwanz abgeschnitten. Bist du voll deppert? Meinen Pferdeschwanz? Ich bring dich um. Ich mach dich kalt.«

»Ja stimmt, das hat ja dein Besuch vergessen, mit dir zu machen. Dich umbringen, meine ich. Jetzt reg dich ab. Wo ist der Jacky?«

Chili, immer noch stöhnend und den Tränen nahe, zog eine Lade auf, holte den Jack Daniels hervor und nahm gleich einen tiefen Zug direkt aus der Flasche. Dann hielt er sie dem Max hin: »Hier! Bist du jetzt zufrieden?«

Max trank, rülpste und meinte: »Du kriegst da was durcheinander. *Du* hast *mich* angerufen. *Du mich* und nicht umgekehrt. Hast mich geweckt und gestöhnt, dass es ein Notfall ist. Also beruhige dich und erzähl, was los war.«

Chili hob einen Stuhl und seinen geschlachteten Chefsessel auf, ließ sich hineinfallen und deutete auf den Besucherstuhl. Dann schaute er sich in dem Chaos um: »Setz dich. Wo ist die Katze?«

»Ich hab hier keine Katze gesehen. Draußen auch nicht. Hast du keine anderen Sorgen? Oder bist du deswegen überfallen worden? Wegen einer blöden Katze?«

»Indirekt gesehen, ja. Ich bin nämlich heim, hab mich hingelegt, und um halb vier oder so bin ich noch mal rübergefahren, um zu schauen, ob das Katzenvieh alles hat. Wasser, Futter, ein paar Leckerlis, das Klo sauber, du weißt schon. Ich mag Tiere, aber ich kann das natürlich imagemäßig nicht so durchscheinen lassen. Wer hat schon Respekt vor einem, der Katzenbrekkies verteilt, nicht wahr? Das sind übrigens Testsieger, diese Brekkies, jetzt mal ganz unter uns, ja?«

»Ach ja? Ist ja toll.«

»Ach ja, genau. In diesen hier ist nämlich so gut wie kein Phosphor. Hab ich gegoogelt. Zu viel Phosphor führt zu Mineralstoffmangel und die blöde Katze kriegt Nierenprobleme. Mindestens. Die Brekkies hab ich vorhin an der Tanke in der Äußeren Münchener Straße noch schnell gekauft. Hat der die vielleicht auch mitgenommen, der Kerl, der mir eine verpasst hat?«

Der Auer schaute sich in dem verwüsteten Büro um. »Ich glaub also echt nicht, dass hier einer rein ist, um die Katze zu entführen. Der Safe ist offen, das Zeug liegt überall herum, deine Brekkies sind da drüben, neben der umgeworfenen Kommode. Willst du ein paar?«

Chili schüttelte den Kopf, fuhr sich mit der flachen Hand über den Hinterkopf und tätschelte wehmütig die Stelle, an der mal sein prächtiger Pferdeschwanz war. »Pass auf, das mit der Katze, das bleibt unter uns. Das darf keiner von den Jungs erfahren, sonst ist mein Image im Arsch. Ich und Katzen mögen, das geht ja so was von gar nicht.«

»Warum? Hitler hatte einen Schäferhund. Blondie. Stalin hatte einen Hamster. Und im alten Ägypten, da haben die damals Katzen angebetet. Ganz offiziell.«

»Echt?«

»Ja, aber was mich jetzt viel mehr interessiert, das ist, warum du mich angerufen hast und nicht deine Jungs?«

»Die schreiben das sofort als Überstunden auf. Außerdem brauche ich hier Intelligenz und keine Muskeln.«

Max nickte grinsend und setzte sich auf den Schreibtisch: »Okay, jetzt mal von vorne. Wie ist das hier abgegangen?«

Chili betastete seine Nase, besah sich das getrocknete Blut an seinen Fingern und deutete zur Tür. »Ich sperr vorne auf, geh durch den Laden, sperr die Bürotür auf und geh rein. In einer Hand die Schlüssel, in der anderen den Zwei-Kilo-Sack mit den Brekkies. Der Kerl steht hinter der Tür, haut mir mit dem Ellenbogen seitlich eine an die Backe, sodass ich Sterne gesehen habe. Dann nimmt er mich so was von schnell von hinten in den Würgegriff, weißt schon, den verbotenen Polizeigriff, drückt mir die Luft ab, und ich werde ohnmächtig. Dann komme ich wieder zu mir, kann den Kopf nicht bewegen und bin mit den Handschellen unten an den Tisch gefesselt. Der Kerl hält mir den Sekundenkleber unter die Nase und sagt, gleich pappt er mir die Augenlider zu und dann die Lippen. Den Rest drückt er mir in die Ohren. Außer ich sag ihm, wie der Safe aufgeht.«

»Weiter.«

»Na ja, ich sag, im Safe ist nur wenig Geld, das meiste hab ich schon zur Bank gebracht. Das interessiert ihn aber nicht, sagt er, das ist nur der Beifang. Was er will, das sind die DVDs. Die Master-DVDs, von denen man die Kopien zieht.«

»Und die waren im Safe?«

Jetzt grinste der Chili ziemlich schräg und blinzelte mit einem Auge: »Ich bin ja nicht ganz blöd, Alter. Logisch waren jede Menge DVDs im Safe. Aber Kopien, zum Verkauf. Manchmal kommen hier Leute rein, die von Leuten geschickt werden, die ich kenne. Fernfahrer, die nehmen dann 20 oder 30 Stück mit nach was weiß ich. Bezahlen bar und sind wieder weg. Für so einen Kunden hab ich heute 20 Stück gemischt im Safe gehabt. Aber der Trucker, der das Zeug holen sollte, ist einer von der nicht ganz so zuverlässigen Sorte. Der Kerl kaut Kat, diese arabische Pflanze, auf der man rumbeißt und dann high wird.«

»Kenn ich«, meinte Max, »du wirst aber nur mittelhigh von den Blättern, und das Zeug muss frisch gepflückt sein, sonst wirkt es nicht mehr.«

Chili sagte: »Das ist es ja. Der Bulgare, der Trucker, der hat das Grünzeug von Afrikanern in München gekauft, ist in Holzkirchen auf den Rastplatz gefahren, hat gekaut und ist in seinem Laster eingeschlafen, deshalb waren so viele DVDs im Safe.«

»Was noch?«

»Ein bisschen Geld. 2.000 und ein paar. Meine Joints und ein Revolver, ein 22er, mit Vogelschrot geladen.«

Max ging vor dem Safe auf die Knie und schaute rein: »Die DVDs sind alle weg. Das Geld und der Revolver auch. Da, ganz hinten, da liegen noch ein paar Joints. Willst du einen?«

»Ja, gib einen her. Das brauche ich jetzt für die Kopfschmerzen.«

Max reichte ihm eine dick gerollte kleine Tüte, Chili steckte sie an und zog den Rauch tief in die Lunge, hielt die Luft an und starrte zur Decke, dann stieß er eine gewaltige

Rauchwolke aus: »Der Kerl war nicht alt. So um die 30, denke ich mal. Weil er sich ziemlich geschmeidig bewegt hat. Vielleicht 1,80 groß, schlank.«

»Hautfarbe, Gesicht?«

»Haut hell, Gesicht hab ich nicht gesehen, weil er so eine Sturmmaske aufhatte, schwarz, mit Löchern für die Augen drin.«

»Wie hat er geredet? Dialekt?«

Chili zog wieder heftig an dem Joint und wedelte mit der flachen Hand vor seinem Gesicht: »Guter Stoff. Der nimmt den Schmerz weg. Geredet? Bayerisch, eher ein Hochbayerisch, wie die Münchner.«

»Ist dir was aufgefallen? Hinkt er? Ist er Linkshänder? Irgendwelche Merkmale am Körper?«

Chili stieß wieder eine graue Wolke aus und hielt dem Max den Joint hin. Der nahm einen tiefen Zug, schloss die Augen und reichte die glimmende Tüte zurück: »Wow, hast recht, was für ein Stoff. Also, was ist?«

Chili schüttelte den Kopf: »Jeans, Sneakers mit den drei Streifen, blau, Rollkragenpulli, eng, grau oder so. Keine Marke oder Aufdruck. Maske bis zum Hals runtergezogen. Die Hände? Schmal, blass, und ...wow!«

»Was?«

»An der rechten Hand, zwischen Daumen und Zeigefinger, da hatte der Kerl einen Stern tätowiert. Einen kleinen Stern, vielleicht einen Zentimeter oder kleiner im Durchmesser. Nein, warte, kein Stern, das war ... wie heißen die Dinger noch mal ... eine Windrose. Genau. Ich glaube, man hat die Buchstaben ganz klein gesehen, weißt schon, N, O, W, S.«

»Wann und wie hast du das gesehen?«

»Na, wie er mir den Kleber unter die Nase hält, da hab ich das kleine Tattoo genau vor den Augen gehabt.«

Max rekapitulierte: »Groß, schlank, um die 30, Rechtshänder, Tattoo zwischen Daumen und Zeigefinger. Hat Nahkampferfahrung, so wie er dich flachgelegt hat, als du ihn überrascht hast, denn er hat ja kaum auf dich gewartet, oder?«

Chili schüttelte den Kopf: »Nein, wusste ja keiner, dass ich noch mal zurückkomme. Der hat einen Bruch gemacht, ich kam ihm dazwischen, was ihm aber gar nicht mal so ungelegen kam, weil er den Safe vielleicht nicht alleine aufbekommen hätte.«

»Aber er hat gewusst, wo der Safe ist, oder besser gesagt, dass hier in dem alten Schuppen überhaupt einer ist. Er hat gewusst, was er holen soll. Das heißt, jemand, der dich und deine Geschäfte kennt, hat ihn geschickt. So sehe ich das.«

»Kann sein. Aber wer? Außer mit dem Heinzi in Salzburg hab ich mit keinem Stress. Im Moment jedenfalls nicht. Und der war's bestimmt nicht. Denn der kriegt von mir die neue Produktion und noch eine alte dazu. Und, seine Jungs stehen auf Ohrenabschneiden. Der Zopf interessiert die nicht. Meine Ohren hab ich noch.«

»Der Kerl hat keine Handschuhe getragen, oder? Dann ist er sich ziemlich sicher, oder du hast ihn so überrascht, dass er die nicht mehr anziehen konnte. Wo ist wohl ein besonders schöner Fingerabdruck von dem Knaben? Konzentrier dich mal, Junge. Denk nach!«

Chili nahm noch einen tiefen Zug, hielt Max den Joint hin, der winkte ab und schaute sich im Büro um.

Chili schnippte mit den Fingern: »Genau, da könnten welche sein. Es war ja so: Er hält mir die Tube unter die Nase und stützt sich mit der anderen Hand voll am Schreibtisch ab. Da vorne. Er sitzt mit einer Backe auf dem Tisch, beugt sich zu mir und stützt sich mit der anderen Hand ab. Genau hier!«

Chili ging zur Tischecke und zeigte auf eine Stelle.

»Ein Arschbackenabdruck hilft mir nix. Aber das andere … Hast du ein modernes Handy? Mit guter Kamera?«

Chili zog ein iPhone aus der Hosentasche und gab es dem Max. Der fotografierte die Tischecke von allen Seiten und aus allen Winkeln. Dann schickte er die Fotos auf sein Mobiltelefon: »Ich schick die Fotos heute noch einem Kumpel in München, der ist bei der Spusi, vielleicht können die einen guten Abdruck abnehmen und durch den Computer jagen. Wenn wir den Kerl im System haben, dann kriegen wir ihn auch bald am Kragen. Ich hau jetzt ab. Wollen wir versuchen, das Fenstergitter so hinzubiegen, dass es einigermaßen heile aussieht?«

»Nein. Wir suchen jetzt die Katze.«

»Spinnst du?«

»Pass auf: Die Laura ist eines von meinen besten Mädels. Die tanzt super an der Stange und macht auch in dem neuen Film mit. Und den dämlichen Kater Carlo, den liebt sie wie einen Kerl. Mehr noch. Wenn dem Carlo was passiert, dann ist die Laura weg, und somit auch eine meiner biegsamsten und willigsten Hauptdarstellerinnen. So weit alles klar?«

Chili ging zum Fenster, beugte sich hinaus und rief: »Carlo … Mein Carlochen … ja, wo ist er denn, mein Carlo … Komm zu Papi, Carlo! Huhu, Carlo!!!«

Über den großen Wohnblöcken auf der anderen Seite

der Straße zog langsam und grau die Morgendämmerung heran. Hinter einigen Fenstern gingen die Lichter an, dann brüllte eine sehr verärgert klingende Männerstimme: »HALT DEINE SCHWULE FREEESSSEEEEE!!!!!! DU BLONDGESCHWÄNZTE SCHWUCHTEEEEEL!!!!«

Chili zog den Kopf ein und meinte: »Der gute Mann ist nachrichtenmäßig echt nicht auf dem letzten Stand, was meine sexuellen Präferenzen anbelangt.«

Max schaute sich im Zimmer um: »Hier ist er bestimmt nirgends. War die Tür zum Lokal lange offen? Durch die bist du doch hier reingekommen, oder?«

»Klar. Die war ganz auf, als ich ins Büro ging, dann hab ich eine verpasst bekommen, da war sie immer noch auf. Dann ist der Kerl von hinten auf mich los, da war sie auch noch auf, ja, und dann bin ich ja ohnmächtig geworden. Er hat die Tür wahrscheinlich zugemacht. Warum?«

»Weil der Kater in seiner Panik möglicherweise in die Bar rübergerast ist und sich jetzt da versteckt. Das ist ja alles neu für ihn. Oder war er schon öfters im Laden?«

Chili schüttelte den Kopf: »Nein, der war noch nie hier. Wir bedienen hier keine Katzen. Los, gehen wir schauen.«

Er ging hinter die Theke und schaltete die Putzbeleuchtung ein. Und ich muss jetzt schon sagen, so ganz hell und richtig klinisch ausgeleuchtet, da sieht so ein Stripschuppen schon schlimm und schäbig aus. Du siehst die verschrammten Bodenfliesen, die dreckigen Stühle, das versiffte rote Kunstleder in den Separees, die Brandflecken auf der Theke, weil sich manche Leute einen feuchten Dreck um das Rauchverbot scheren, einfach alles.

Der Chili rutschte auf Knien über die Tanzfläche und zwischen den Stuhlreihen hindurch, wobei er seltsame Gurrgeräusche von sich gab, bis der Auer sagte: »Wir suchen einen Kater und keine Brieftaube. Katzen kannst du nicht locken. Auch der eigene Name ist denen so was von scheißegal. Ich kannte mal einen, der hatte einen blinden Hund. Also, der Hund war blind, und der Kerl, wenn der mit dem Hund im Wald spazieren ging, dann hat er immer für ihn gesungen. Irgendwelche Lieder, das war dem Hund egal. Er wollte nur die Singstimme hören, daran hat er sich orientiert und ist so hinter dem Kerl hergegangen, verstehst du?«

»Nein.« Chili, der den Kopf in eines der roten Separees gesteckt hatte, schaute über die Schulter zu Max. »Der Carlo ist erstens kein Hund, und er ist zweitens auch nicht blind. Noch nicht einmal kurzsichtig, soweit ich weiß. Was willst du mir damit also sagen?«

Max öffnete den Mund, aber in dem Moment surrte Chilis Handy, das Max immer noch in seiner Hosentasche hatte. Er holte es raus, schaute auf das Display und meinte: »Ist bestimmt für dich. Kein Name, nur eine Nummer. Willst du?«

Chili kam angetrabt, nahm das iPhone und hob es ans Ohr: »Ja?« Dann hielt er sich das Telefon fest an die Brust, starrte den Auer mit großen Augen an und flüsterte: »Shit. Das ist die Laura, was sag ich der?«

Max machte ihm mit Daumen und Zeigefinger das Okay-Zeichen und wiegte ein imaginäres Baby in seinen Armen.

Chili schaute ihn verständnislos an, dann kapierte er und redete los: »Laura? Ja, wie geht's dir denn? Weißt du, wie spät es ist? Was? Du konntest nicht schlafen? Ja, das kenn ich. Wie? Der Carlo, wegen dem Carlo, jaja, verstehe.«

Chili verdrehte die Augen und wedelte mit der linken Hand vor seiner Brust herum, Max machte ihm mit Daumen und vier flachen Fingern das Zeichen für »weiterreden«.

»Laura? Hallo? Ja, da war grade so ein Rauschen in der Leitung. Was? Nein, hier ist alles okay, wie kommst du denn da drauf, dass was wäre? Aber du bist ja in Niederbayern, und da rauscht es gerne so ein bissel, gell? Du bist doch in Niederbayern, oder?«

Er hörte mit geschlossenen Augen zu, dann unterbrach er sie: »*Was* hast du geträumt, dass der Carlo *tot* ist? Wie? Natürlich nicht, so ein Blödsinn. Ich kann dir genau sagen, wo der ist. Genau hier ist der. Der Max ist da, und ... was? Warum der da ist? Ja, weil, der ... der konnte auch nicht schlafen, und ich schlafe ja auch nicht mehr so gut, da haben wir uns gesagt, wir gehen ins ›Wild West‹ und spielen ein wenig mit dem Kater. Solche Kater und so, die sind ja auch nachtaktiv. Wie wir. Und jetzt sitzt der Max mit dem Carlo auf dem Boden und sie spielen. Was die spielen? Na, irgend so ein Katzending. Der Max kennt sich da aus. Der hatte mal eine Schildkröte. Hier, das solltest du mal sehen, Laura. Was? Der Carlo spielt nicht? Überhaupt nicht? Na, das überrascht mich aber jetzt, ... mit dem Max spielt er nämlich schon. Männer, da weißt du nie, verstehst du? Was genau die machen? Ach so, also, der Carlo liegt auf dem Boden und der Max rollt ihn hin und her. Das gefällt ihm. Wie? Seit wann? Keine Ahnung. Du, Laura-Schatz, ich muss jetzt aufhören und den Max ein bissel ablösen, ja? Der Carlo hat ja ein Temperament, der schafft uns alle hier drinnen. Also, lass dir Zeit, kannst ruhig noch einen Tag bleiben, wenn du willst. Servus und over.«

Chili legte das Handy auf einen der Tische und schaute den Max an: »Und jetzt?«

»Hast du ein Foto von dem blöden Kater?«

»Nein, natürlich nicht. Warum denn?«

»Na ja, dann könnten wir in ein paar Stunden losziehen und einen kaufen, der so aussieht wie der Carlo. Oder mal ins Tierheim gehen und da schauen. Die haben ja auch viele Katzen dort.«

»Meinst du nicht, dass die das gleich merkt?«

»Keine Ahnung. Gehen wir zurück zu meiner Gesangstheorie. Setz dich an einen Tisch, konzentrier dich und sing was. Irgendwas, aber melodiös. Du musst ihn locken.«

Chili ließ sich auf einen Stuhl nahe der Tanzfläche nieder: »Ich kann nicht singen. Soll ich lieber die Musikbox einschalten?«

Max schüttelte den Kopf: »Das muss live sein, sonst wirkt das nicht. Los jetzt, stell dich nicht so an.«

Chili griff sich an den Hinterkopf, wo vor gar nicht langer Zeit noch sein Blondschopf hing, und fing ziemlich falsch zu singen an: »You picked a fine time to leave me, Lucille …«

»So wird das nichts. Da muss mehr kommen. Pass auf!« Max zog sich auf die Theke hoch, ging zu einer der Table-Dance-Stangen, die mitten auf dem Tresen und oben an der Decke verankert waren, und rüttelte daran. Zufrieden nickend hob er einen Finger zu Chili hin, griff mit beiden Händen nach der Stange und wirbelte seinen Körper einmal im Kreis, wobei seine Beine in der Luft herumstrampelten, dazu sang er »You can leave your hat on« von Joe Cocker.

Nach vier Umdrehungen und zwei Strophen hielt er inne, weil Chili die Augen weit aufriss, mit beiden Armen fuchtelte und auf etwas hinter und über Max zeigte. Und siehe da, über dem verspiegelten Flaschenregal, ganz oben, zwischen zwei Johnnie Walker Black Label und sechs Flaschen Southern Comfort kam ein wuscheliger Katzenkopf hoch und schaute den Max mit großen, misstrauischen Augen an.

Chili und Max brachen in Jubel aus, und Carlo tauchte wieder ab.

»Ich nehm ihn mit nach Hause«, sagte Chili, »und ich lass ihn nicht mehr aus den Augen, bis die Laura wieder da ist. Und du, Max, kannst bei mir jederzeit an der Stange anfangen. Du bist ein Naturtalent. Hilfst du mir, den Katzenkorb und die Brekkies zum Auto zu tragen?«

HIMBEEREIS ZUM FRÜHSTÜCK … KÄS-FONDUE IM IGLU

Es war schon hell draußen, und auch auf den Straßen regte sich der erste Berufsverkehr. Max fuhr in die Heilig-Geist-Straße und rannte zum Hintereingang vom Bäcker Bergmeister. Der Geruch von frischgebackenen Brezen und Semmeln, Brot und Kuchen stieg ihm wie Parfum in die Nase.

Mit einer Tüte Gemischtem trat er wenig später leise und vorsichtig in den Flur der Wohnung. Alle schliefen noch. Max legte das Frühstücksgebäck in die Küche, schlich sich ins Bad und war nach ein paar Minuten im Bett, dort fiel er ziemlich schnell in einen Tiefschlaf.

Der dauerte allerdings nicht allzu lange an, denn gegen 8 Uhr weckte ihn die Friedl: »Ja, Bub, du kannst doch nicht ununterbrochen pennen. Steh auf, Frühstück steht am Tisch, und ich muss dir was zeigen, da fällst du um.«

Natürlich weißt du, dass es nirgends so einfach ist, den Arglosen zu spielen, als auf der häuslichen Bühne. Aber Max spielte seine Rolle gut. »Was ist denn, Tantchen? Ich war vorhin schnell auf und hab Semmeln und Brezen geholt, da war alles ruhig hier drinnen. Deswegen hab ich mich wieder hingelegt. Ist was passiert?«

Die Friedl kniff ihn leicht in die Nase und lächelte selig: »Komm rüber, Bub, komm rüber.«

Am Tisch brannten Kerzen, das Frühstücksgeschirr aus Meißen (Modell Stripes-Elegance) stand auf dem Tisch, begleitet von Christofle-Silber-Bestecken, und das schon am frühen Morgen. Neben dem Tisch, in einem Hochständer, dümpelte eine Flasche Moët in einem Meer aus kleinen Eiswürfeln, die glitzerten wie kleine Diamanten.

Max fuhr sich durch die Haare, zog seine Pyjamahose hoch und strich sich über das T-Shirt: »Kerzen, ernste Mienen, teures Tafelsilber? Ist in der Zwischenzeit wer gestorben? Kenne ich den oder die?«

Manfred grinste wie ein Idiot, Friedl kam um den Tisch rumgewuselt und hielt dem Max ihre linke Hand dicht vor die Nase. »Schau! Hast du schon einmal so einen schönen Ring gesehen?«

Der Auer kniff die Augen zusammen, musterte den Ring und sagte: »Ja, den kenn ich. Der stand auf der Liste von einem Bruch bei einem Münchner Juwelier. Das war kurz bevor ich gegangen wurde. Den kannst du auf der Straße aber nicht tragen.«

Friedl gab ihm einen Klaps auf die Wange: »Mach nicht so blöde Späße mit deiner alten Tante. Den hat mir der Manfred geschenkt. Schau nur, wie der funkelt.«

Sie drehte die Hand mit dem Ring, blickte dann den Manfred an und meinte: »Der ist doch sauber, oder? Mir kannst du das sagen, ich bin einiges gewöhnt.«

Manfred nickte: »Ich hab ihn von einem Freund gekauft. Einem Baron aus Starnberg. Frag den Max, der ist mein Zeuge.«

Und Max sagte: »Das stimmt. Ich war dabei, das war gestern Abend. Obwohl der Baron in meinen Augen ausgesehen hat wie ein gut abgehangener Flamencogitarrist.«

Friedl huschte zum Manfred, drückte ihm einen Schmatz auf die Lippen und säuselte: »Du raubst mir den Atem.«

Und er: »Dann nimm doch solange meinen.«

»Wenn ich euch beim Turteln störe, kann ich ja in der Besenkammer frühstücken.« Max zog ein beleidigtes Gesicht, aber die Friedl nahm ihn am Arm und brachte ihn zum Stuhl. »Jetzt setz dich hin, Bub. Ich muss dir nämlich noch was sagen.«

»Eigentlich habe ich für heute früh genug Neuigkeiten. Was ist denn noch?«

Friedl lächelte: »Der Manfred und ich werden ein paar Tage wegfahren, nach Österreich, an den Hallstätter See. Weil es da so romantisch ist. Du bist also ab morgen alleine hier drinnen. Heute Abend koche ich noch was Feines, wenn du dann später wegfährst, dann schau beim Metzger Lohberger vorbei, da hab ich schon alles telefonisch bestellt.«

»Warum sollte ich denn wegfahren?«

»Ach so, ja, weil der Chili angerufen hat, du sollst bei ihm vorbeikommen. Privat. Er wohnt in der Kunstmühlenstraße, in einem von den neuen Häusern direkt am Kanal. Das im Toskana-Stil, das ist seins.«

»Au Mann, ich wollte ja …« Max schnappte sich zwei Butterbrezen und eine Tasse mit Kaffee und ging in sein Zimmer. Dort schloss er sein Nokia an den Laptop an und überspielte den Sissi-Film und die Fotos vom Schreibtisch. Dann rief er einen alten Kumpel bei der Spusi in

München an, erklärte ihm die Situation und schickte ihm Film und Fotos.

»Du weißt es selber sehr gut, Alter, dass es sauschwer ist, von Fotos so eine gute Auflösung zu kriegen, dass man da noch Fingerprints sieht. Verwertbare, meine ich. Und was soll ich mit dem Film, die Frau kennst du ja, wie du grade gesagt hast?«

»Schon, Alfred, aber vergrößere den Hintergrund, sieh zu, ob du irgendwas findest, was ich übersehen habe. Wo kann das Zimmer sein? Ist was auf dem Film, Hintergrundgeräusche oder so, vielleicht kann man Stimmen rausfiltern, die man beim normalen Abhören nicht mitbekommt. Ich muss dir doch nix erzählen, du kennst doch das ganze Programm besser als ich.«

Der Mann am anderen Ende der Leitung zögerte, dann sagte er: »Ich mach mich heute Nachmittag dran. Gib mir noch mal deine Handynummer, ich melde mich. Dann sind wir aber quitt, ja?«

»Passt schon, Alfred. Danke. Aber sieh es doch mal andersrum: Es könnte ja auch sein, dass ich mal wieder was für *dich* tun kann, mit meinen alten Kontakten und so. Noch was: Zu den Fingerabdrücken auf dem Schreibtisch gehört ein Kerl um die 30, schlank, mit einem Tattoo zwischen Daumen und Zeigefinger, so eine kleine Windrose ist das wohl. Rechts. Das hilft dir vielleicht weiter. Könnte ein alter Bekannter sein. Also, bis später.«

Max schaute kurz ins Wohnzimmer zu den beiden Verliebten und sagte: »Ich muss weg, bin bis Nachmittag wieder da und bringe alles mit, was du bestellt hast, Friedl. Bis später, macht ihr beide jetzt nichts, was ich in dieser Situation nicht auch machen würde. Denn der liebe Gott sieht alles.«

Pass auf, ich geb dir einen Tipp: Wenn du mal wieder an der Mangfall spazieren gehst, dann musst du dir unbedingt das Haus vom Chili Glasl anschauen. Man sieht es vom Weg aus ganz gut. Eine gelbliche Toskana-Villa, mit großen, bodentiefen Glastüren und Fenstern, auch im ersten Stock. Um das Haus herum ist alles schön gefliest, über der großen Terrasse zum Wasser hin schweben cremefarbene Sonnensegel, und drei oder vier braune Sitzgruppen sind über die Rasenfläche verteilt.

In einem dieser bequemen Rattansessel fläzt der Chili. In der Hand hat er eine von diesen Flexi-Hundeleinen, die man bis auf 20 Meter oder so, glaube ich jedenfalls, aus der Trommel lassen kann. Dann drückt man einen Knopf, und die Leine rollt sich automatisch wieder auf.

Wenn du natürlich jetzt einen Kater wie den Carlo am anderen Ende der Leine hast, dann darfst du nicht auf den Knopf drücken, weil der Kater sonst den Flugschein macht.

Das hat der Chili aber auch nicht vor. Der Carlo und er sind sich in der kurzen Zeit ziemlich ans Herz gewachsen, und wie der Max so um die Hausecke kommt, hört er den Chili reden: »Da vorne ist der Kanal. Manchmal kommen Enten vorbei. Kennst du Enten? Das sind Vögel, die zu faul zum Fliegen sind, bis über den Arsch im Wasser hängen und den ganzen Tag vor sich hin paddeln. Gibt's übrigens auch als Katzenfutter. Ente mit Reis. Für heute habe ich aber Fisch mit Gemüsebällchen oder Wild mit Karotten. Was meinst du, Carlo?«

Der Kater, der den Chili überhaupt nicht beachtete, glitt über den kurzen Rasen, schnupperte an einem Maulwurfshügel und glotzte dann interessiert in ein Mäuseloch.

»Ich störe ja ungern, aber ich möchte gerne wissen, was ich hier soll.«

Chili drehte den Kopf und zeigte auf den Sessel neben sich: »Erst du. Hast du was erreicht?«

»Ja, heute Nachmittag wissen wir mehr. Und, hat sich bei dir was getan?«

Chili ließ mehr Leine aus der Rolle gleiten und zeigte mit dem Kinn auf den Kater: »Der ist sehr intelligent. Checkt hier alles ab und verjagt die Vögel. Die Leine bräuchte er gar nicht. Ist nur zur Sicherheit, dass er sich nicht verläuft. Die Laura hat schon angerufen, und ich hab ihr erzählt, wie gemütlich wir es hier haben. Sie kommt heute Abend wieder, aber vielleicht kann ich mir den Carlo ab und zu ausleihen. Der hat so was Meditatives, findest du nicht auch?«

Max nickte und streckte sich im Sessel aus: »Beeindruckend. Sonst noch was?«

Chili seufzte: »Oh ja. Das waren die guten Nachrichten. Jetzt kommen die weniger guten. Ich hab den Heinzi angerufen, der ist zwar noch mächtig sauer, aber er schwört Stein und Bein, dass er mit dem Überfall nix zu tun hat. Das glaube ich ihm sogar. Warum sollte er so was machen? Wenn er Rache an dir oder mir will, dann schaut so was beim Heinzi ganz anders aus, das kannst du mir glauben. Außerdem kriegt er ja was von mir, da hab ich ihn dran erinnert, und das hätte ich mal lieber nicht tun sollen.«

»Warum?«

»Weil er meint, eigentlich wär ich ihm zusätzlich zu den Vereinbarungen noch einen großen Gefallen schuldig. Als Schmerzensgeld sozusagen.«

»Ah ja. Und was will er? Wie viel?«

»Kein Geld. Er will, dass seine Alte in dem neuen Streifen mitspielt. Die beiden gehen ja in Swingerklubs und so. Der Heinzi macht nichts, ich meine, wer würde sich schon von dem freiwillig einen reinstecken lassen? Nein, nein, der Heinzi schaut zu, wie es ein paar präpotente junge Hengste seiner Frau besorgen. Er sucht die Burschen selber aus, denn seine Alte ist grottenhässlich. Ein behaartes Monster.«

»Verstehe. Bezahlt er die Burschen?«

»Nein, aber dem Heinzi gehören die Clubs. Da traut sich keiner, Nein zu sagen. Die saufen sich das Monster in Rekordzeit schön, und dann wird zum Angriff geblasen.«

»Prost Mahlzeit. Und wo willst du die Alte jetzt mitmachen lassen? Bei der neuen Produktion mit dem tollen Burschen, den ich neulich bei dir im Laden gesehen habe?«

Chili schüttelte den Kopf: »Das macht der nicht. Der ist sensibel, und wenn's mir den wegen so was in eine Depression haut, verlier ich echte Kohle.«

»Kann man die Alte irgendwie maskieren oder so?«

Chili seufzte: »So eine große Maske gibt es auf der ganzen Welt nicht.« Er kratzte sich am Kinn: »Eine Burka vielleicht? Nee, geht auch nicht. Die hat Augen wie der leibhaftige Teufel. Das kannst du drehen und wenden, wie du willst. Ein normaler nüchterner Mann kriegt bei der keinen hoch. Was mach ich bloß?« Er schaute den Max an: »Du warst doch jahrelang bei der Sitte und hast die ganzen Sauereien gesehen, die es so gibt. Hast du eine Idee?«

Max fuhr sich mit der Hand über das Kinn: »Mach einen Zombieporno draus. Pass auf: Die Almhütte in Großaufnahme. Kamera fährt näher, schaut durch das

Fenster. Drinnen, eine Frau von hinten, die was trinkt, was sie in einer Höhle unter der Hütte gefunden hat. Jetzt: Musik wie beim ›Weißen Hai‹ oder so, die Frau stöhnt, schreit, reißt sich die Klamotten vom Leib und wird zum Zombie. Nein, noch besser, zum nackten, nymphomanischen Lederhosen-Zombie. Die Lederhose muss sie erst mal anbehalten. Drunter ist sie nackt. Unter der Hütte ist eine Höhle, eben die, wo sie die uralte Flasche gefunden hat. In der Höhle versteckt sie sich ab sofort tagsüber, und nachts schleicht sie durch den Wald und schnappt sich den Förster, einen Nachtwanderer, ein paar Studenten, was weiß ich. Sie muss das machen, sie ist ununterbrochen sexsüchtig, und wenn sie nicht zum Orgasmus kommt, dann beißt sie ihren Opfern das Genick durch oder frisst sie auf oder was weiß ich. Zombies fressen ja bekanntlich alles. Dem Heinzi erzählst du, das ist große Kunst. Wie Dracula, Nosferatu oder der Glöckner von Notre Dame oder so. Na, was meinst du? Der Quentin Tarantino, der hat auch so ähnlich angefangen.«

Max schaute zum Chili rüber, der ihn mit offenem Mund und weit aufgerissenen Augen sprachlos anstarrte.

»Hallo, Erde an Chili, ist in dir jemand zu Hause? Hey, das war jetzt nur Spaß, ja?«

Chili hauchte: »Das ist grandios. Dafür krieg ich einen Oscar, ach was, ein halbes Dutzend. Du bist ein Genie, unglaublich. Für den Film geboren. Kannst du mir ein Drehbuch schreiben? Der Heinzi schenkt dir einen Rolls mit Chauffeur, wenn ich ihm das sage. Du bist ein Filmgott. Unfassbar. Das wird mein großer Durchbruch.«

Jetzt kannst du dir denken, dass der Max blöd schaut.

Für den war das ja bloß ein Witz. Aber der Chili, der ist fix und fertig. Der bindet die Leine vom Kater um ein Tischbein, rennt ins Haus und kommt mit einem großen Block und einem Kuli wieder. Dann fängt er an, wie verrückt zu schreiben, wobei er die Lippen lautlos bewegt und den Max und den Carlo voll vergessen hat.

Der Auer stand auf, klopfte dem Chili auf den Rücken und sagte: »Ich muss dann mal wieder. Heute Nachmittag, sobald ich was Neues hab, ruf ich dich an.«

Aber der Chili nickte nur abwesend und schrieb wie besessen. Dann hielt er inne, schaute abwesend zum Himmel und kaute murmelnd auf dem Kuli: »Die dauergeile Lederhosen-Zombine, die kann ja auch zur Kannibalin mutieren. Es gibt ja auch diesen Schmetterling, der sein Weibchen auffrisst, wenn sonst nix Passendes rumliegt, oder?«

Max setzte sich wieder: »Du meinst die Schwarze Witwe. Das ist eine Spinne. Die bumst ihr Männchen und frisst es dann auf. Das Männchen ist kleiner als die Witwe.«

Chili grinste: »Genau das mein ich doch. Das ist bei uns im Film genauso, weil jedes Männchen kleiner ist als die Monsteralte vom Heinzi. Ich kann die Szene direkt vor mir sehen: Das halbnackte Lederhosen-Zombieweib hat den Förster bis zur Besinnungslosigkeit gevögelt, dann steckt sie ihn nackt in einen riesigen schwarzen, gusseisernen Kessel, den sie vor der Hütte aufgestellt hat. Auf einem Dreibein. Der Kessel ist voll Wasser. Der Förster, oder das, was von ihm übrig ist, kommt langsam wieder zur Besinnung. Die Zombie-Nymphomanin macht derweil ein Holzfeuer unter dem Kessel. Die Flammen schlagen am Kesselrand hoch, der Rauch, begleitet von Funkenflug, steigt in den Nachthimmel. Das Monsterweib spielt sich an den riesigen Brustwarzen rum, weil, sie könnt ja schon wieder. Aber der Förster ist platt und fertig. Gammelfleisch. Er schaut sie aus trüben Augen flehentlich an, und sie lacht und sagt zu ihm: ›Kennst du diese Teekessel, die zu pfeifen anfangen, wenn das Wasser kocht?‹ Der Förster nickt mit letzter Kraft, und sie: ›Würdest du das für mich bitte machen? Pfeifen, wenn das Wasser kocht?‹ Dann kreischt sie wie irre los vor Lachen, und dann, Kameraschwenk. Aus. Nächste Szene: Sie steht mit blutigen Lippen vor dem angebrochenen, trüben Spiegel in der Hütte, hat noch einen Arm vom Förster in der Hand, kaut daran herum und …«

»'tschuldige«, unterbrach ihn der Max, »aber ich muss jetzt echt weg. Schreib du mal weiter. Das wird ein Knaller. Der Quentin wird sich in den Hintern beißen, dass er die Idee damals nicht hatte. Aber der musste ja auch nicht mit der Alten vom Heinzi drehen, sondern hatte die Salma Hayek.«

»Meinst du wirklich? Ohne Scheiß? Ich meine, dass das eine gute Story ist?«

Max klopfte ihm auf die Schulter: »Du bist ein Naturtalent, Chili. Mach den Film. Auf so was hat die Welt gewartet!« Dann ging er grinsend und kopfschüttelnd um das Haus herum zu seinem Benz.

JA LECK MICH, DER AUER MAX!

Wenn du ein bissel nachdenkst, dann musst du zugeben, dass tatsächlich ein paar Regisseure so angefangen haben. Mit einer absolut irren Idee, über die alle anderen gelacht haben. Dann hat dieser irre Regisseur einen noch irreren Kerl mit Geld gefunden, der ihm den Schwachsinn finanziert hat, und so sind dann tatsächlich Filme wie »From Dusk till Dawn« oder »Der Exorzist« entstanden. Das sind Streifen, wenn du so einen gesehen hast, dann musst du für eine Woche ins Schlaflabor.

Der Auer Max erledigte schnell die paar Sachen, die ihm die Friedl aufgetragen hatte, und kaufte beim Winkler noch einen schönen Tulpenstrauß. Weil er sich dachte, die Tulpe an und für sich ist eine völlig unverfängliche Blume. Die kannst du deiner Frau mitbringen, einfach so. Sie ist happy und weiß, dass du nichts angestellt hast. Oder wenn du zum Beispiel einen Krankenbesuch machst. Da bringst du ja auch keine Lilien, weil das den Anschein macht, als würdest du den zu Besuchenden schon tot sehen. Oder bring einen Kaktus mit. Da fragt sich der Beschenkte: Was zum Teufel will der von mir?

Aber Tulpe ist total anfrageneutral. Warum? Bring einer Frau einen Strauß Rosen. Da freut sie sich im ersten Moment, denkt dann aber sofort: Der will mir an die Wäsche. Oder bei Eheleuten, siehe oben, besteht sofort der Generalverdacht einer Tat, für die man sich als Mann präventiv entschuldigt. Ein schöner Rosenstrauß unter Liebenden wiederum ist eine vertikale Anfrage für eine horizontale Angelegenheit. Meistens jedenfalls.

Also ging der Max mit 18 verschiedenfarbigen Tulpen und ein bissel Grünzeug dazwischen auf den Nagelsalon in der Färberstraße zu.

In der Färberstraße, die nach den Fellgerbern und Färbern benannt wurde, stehen noch viele alte Häuser. Gelblich gestrichen, mit großen halbrunden Fenstern oder Schaufenstern, drinnen immer noch alles altes Gewölbe.

In so einem renovierten Gewölbeladen von vielleicht 70 Quadratmetern war besagtes Studio. Alles in Weiß, viel Glas, helles Licht aus LED-Spots, eine Theke aus trübem Glas und ein paar Regale, in denen Flaschen, Tuben und anderes Kosmetikzeugs standen.

Mitten im Raum ein Zahnarztstuhl oder so was Ähnliches, jedenfalls in mattem Weiß. Die Rosi saß, mit einem Mundschutz versehen, hinter der Theke und polierte was mit einem kleinen elektrischen Gerät. Als der Max eintrat, schaute sie hoch und gleich wieder zu dem Dings, das sie bearbeitete. »Bin gleich bei Ihnen, Moment.«

Dann schaltete sie das Dings aus, nahm den Mundschutz ab und stand auf. Der Max hielt ihr die Blumen hin, und die Rosi wurde bleich unter der hellen Bräune: »Ja leck, der Max. Wo kommst du denn her?«

»Durch die Tür. Ich wollte, weil … ich meine, ich bin grad zufällig … hey, du schaust so was von super aus. Hier, für dich.«

Sie beachtete die Blumen überhaupt nicht. »Vergiss es. Was willst du hier?«

Der Max, das weißt du ja schon, das ist ein knallharter Typ. Wenn dem einer blöd kommt, der ist im Handumdrehen ein Fall für die Notaufnahme in der nächsten Klinik. Aber mit Frauen, wenn er verknallt war, da hat er immer schon Probleme gehabt. Und die Rosi ist eine, die bringt jeden Mann aus der Fassung. Einfach so. Da muss sie nicht einmal was sagen oder tun.

Er räusperte sich, legte die Blumen auf die Glastheke und sagte: »Meine Tante, die Friedl, die war vor ein paar Wochen bei dir. Sie hat mir erzählt, dass du hier einen Laden eröffnet hast. Und jetzt bin ich hier.«

»Die Friedl, jetzt ist mir klar, woher ich die Frau gekannt hab, die Friedl, klar. Ich hab sie ja früher nicht so oft gesehen, wir beide waren ja nur ein- oder zweimal kurz in Rosenheim. Und hier im Job, da schaust du nur auf die Nägel und nicht den Leuten ins Gesicht. Also, was willst du?«

»Dich. Nein, das war jetzt blöd. Ich mein, dass wir zwei … oder so … vielleicht heute oder morgen, oder generell … Was meinst?«

»Du hast mich verlassen, bist abgetaucht, und jetzt stehst du wieder hier? Rotzfrech? Ja, spinnst du?« Das Blasse verwandelte sich in Zornesröte, die Mandelaugen von der Rosi versprühten die Feuer der Hölle und ihr sehr ansehnlicher Busen wogte. »Schleich dich, Auer, mach dich vom Feld, bevor ich meinen Freund anruf!«

»Du hast keinen. Sonst tätst dich nicht so aufregen. Außerdem hast *du mich* verlassen. Schon vergessen? Für den Porscheheini. Für Geld. So was hätt ich nie von dir gedacht.«

»Denken? Du redest von denken? Mit was denkst du denn? Mit deinem Schwanz? Ja, ich hab Schluss gemacht. Weil ich eigentlich schon gerne heiraten wollte. Dich, du Depp. Aber weil du nie genug Zeit für mich gehabt hast. Weil du mich nicht oft genug gefragt hast, ob ich dich heirate. Kein einziges Mal.«

»Hab ich doch!«

»Okay. Einmal. Ein einziges mickriges Mal. Und das so nebenbei, wie wenn du sagen würdest, Schatz, hast du meine Socken gesehen. Bei einer Frau, da macht man was Romantisches. Was Außergewöhnliches. Kauft einen tollen Ring, versteckt den in einer Pizza. Was weiß ich. Gehst du nie ins Kino?«

Max schüttelte den Kopf, und die Rosi wurde immer wütender.

»Du Arsch, du fragst, ich sag nein, und das nicht einmal besonders laut. Und du? Rennst raus, knallst die Tür zu und tauchst drei Tage ab. Wenn eine Frau leise nein sagt, dann heißt das, die Verhandlungen sind eröffnet. Dann hakt man nach, Kumpel. Und dann? Deine Spezl haben mich immer angerufen und mir erzählt, unter welcher Theke du grade wieder rumliegst. Und dein Vorgesetzter, der Semmelreich, der hat mich auch angerufen und gesagt: ›Jetzt heiraten S' den Trottel doch endlich, sonst passiert noch ein Unglück.‹«

Da hatte der Max aber jetzt schon einen Einwand, den er mit leiser Stimme vorbrachte: »Ich hab nach ein paar Tagen deine Freundin getroffen, die Julia. Und die hat gesagt, dass du mit dem Typen, dem die Porschevertretung gehört, nach Venedig gefahren bist. Molto Amore mit der bella Ragazza auf der Matrazza. Im Porsche mit 'm Schorsche. Das ist er doch, Georg, wenn ich mich recht erinnere, ja?«

Das Folgende kann ich jetzt gar nicht so schnell beschreiben, wie es passiert ist. Ob du mir das jetzt glaubst oder nicht: Die Rosi, die ja schon immer das Temperament einer kompletten andalusischen Zigeunerband gehabt hat, die greift hinter sich, schnappt sich die Tulpen und haut sie dem Max links und rechts um die Ohren. Zack, zack. Verschiedenfarbige Blütenblätter sind durch die Luft geschwebt, was eigentlich sehr romantisch ausgesehen hat. Der Max, der wie versteinert dasteht, vergisst sich zu wehren. Die Rosi, die nur noch die Stiele und das bissel Grünzeug in der Hand hat, steckt das dem Max vorne ins Hemd und zischt: »Da! Nimm dein Suppengrün und verschwinde. Aus meinem Laden, aus meinem Leben, aus dieser Stadt, von diesem Planeten. Hau einfach ab.«

Bei jedem Satz haut sie jetzt dem Max mit der flachen Hand auf die Brust, sodass das ganze Gestiele, das er unter dem Hemd hat, flach und matschig wird.

Schweigen. Sie funkelte ihn an: »Noch was?«

Und er: »Ich liebe dich.«

Ihre Nasenflügel bebten, sie schaute sich um, wie wenn sie noch was bräuchte, was sie ihm auf den Kopf schlagen könnte, dann hielt sie die Hände vor das Gesicht und schluchzte: »Ja. Ich war mit ihm in Venedig. Aber da war nix. Und er war so sauer, dass er am zweiten Tag heimgefahren ist. Und mich in dieser Stadt gelassen hat. Mich, alleine, unter all diesen Leuten, denen die Straßen absaufen und die singen auch noch dabei. Zum Kotzen. Und er war auch kein Porschehändler, sondern nur ein Verkäufer, und hat ab und zu einen Vorführwagen gekriegt. Ich wollt dich doch nur ärgern. Aber dich kann man ja nicht ärgern, weil du nix kapierst, du dämlicher Esel.«

Sie kam einen Schritt näher, Max nahm sie in die Arme und dachte, gleich heul ich auch. Dann gab er ihr einen Kuss auf die Stirn: »Ich geh jetzt heim und zieh mich um. Wann machst du hier zu?«

Rosi schniefte, wischte sich vorsichtig die Tränen aus den Augen und schaute auf sich herab: »Schau, wie ich ausschau. Überall, wo du auftauchst, da tobt das Chaos. Du hast dich überhaupt nicht verändert in all dieser Zeit.«

Max lächelte: »Und du bist noch schöner geworden. Ich hätte nie gedacht, dass so was geht, aber du bist echt so was von …«

Sie lachte: »Hau ab. Ruf mich heute Abend an, ja? Aber bild dir bloß keine Schwachheiten ein. Ich mach das nur, weil … Hau jetzt ab, Max, sonst heul ich gleich wieder los.«

Max nickte, drehte sich um, und sie rief: »Hier, nimm eine Karte mit. Und danke für die Blumen.«

VERGISS ES, MANN!

Der Abendhimmel im Westen war mit Streifen durchzogen. Ein leichter Regen hatte vor ein paar Minuten eingesetzt, und Max stand unter dem Schirm am Rande der Dachterrasse. Mit einem Gin Tonic in der Hand schaute er nach unten. Dort, auf der Münchener Straße, hatte sich die übliche Gemeinde versammelt: Verkäuferinnen, die auf den Bus warteten. Ein paar junge Leute mit »Migrationshintergrund«, um das jetzt politisch korrekt auszudrücken. Die standen in kleinen Gruppen zu dreien oder vieren zusammen, lachten, pfiffen den Mädels nach und tranken Red Bull. Zwei oder drei alte Menschen auf Fahrrädern klapperten die Abfallbehälter ab und suchten nach Dosen oder Pfandflaschen. Die ersten Autoposer kamen in glänzenden Kisten mit blubberndem Motor angekrochen. Junge Typen, die dunklen Haare kurz geschnitten und gelglänzend wie Mahagoniholz, in ihren hochglanzpolierten BMWs, VWs, Audis, Skodas und Mercedes. Mit Doppelauspuffanlagen, getönten hinteren Scheiben, die Autos tiefer gelegt, die breiten Reifen mit Chromfelgen glänzend im Licht der Schaufensterbeleuchtungen und Straßenlaternen.

Manfred kam mit einem Bier in der Hand raus, stellte sich neben den Auer und schaute auch nach unten. Er nahm einen Mund voll aus dem Glas, spülte das Bier im Mund hin und her, schluckte runter und schaute den Max an. Der leckte sich über die Lippen und strich sich mit der Hand über das Haar. Dann sagte er: »Wenn einer so viel auf dem Kerbholz hat wie du, dann wird einer wie ich schnell misstrauisch. Ich selber bin ja auch nicht der Saubermann des Jahres, aber, na ja, ich sag mal so, wenn du sie liebst und sie dich, dann ist es halt so, wie es ist, oder?«

Manfred wischte sich mit dem Hemdsärmel ein paar Regentropfen aus dem Gesicht. »Schau mal, der schwarze Golf da unten. Der mit dem weißen Streifen über dem Dach und den Chromfelgen. Der Knabe am Steuer und der daneben, das sind eindeutig Araber, Libanesen oder so. Warum, und das frage ich dich jetzt allen Ernstes, warum haben die einen riesigen Tannenbaum als Luftverbesserer, Duftspender oder wie man das heutzutage nennt, am Rückspiegel hängen? Siehst du, welchen ich meine?«

Max beugte sich vor, schaute nach unten und meinte: »Na ja, vielleicht waren Halbmonde an der Tanke alle ausverkauft?«

Schweigend standen sie noch ein paar Minuten an der »Reling«, wie die Friedl das Geländer der Dachterrasse nannte, dann hörten sie ihre Stimme: »Männer, Essen ist fertig, reinkommen!«

Dass die Friedl gut kocht, dass hast du bestimmt schon bemerkt. Der selige Otti hat immer zu ihr gesagt: »Du bist so ein Engel und kochst wie der Teufel«, da hat sie dann ihm zuliebe irgendwann das Folgende entwickelt:

ENGELS TEUFELSFLEISCH MIT BRATKARTOFFEL-PÜREE

Ich rate dir unbedingt, dieses Gericht nachzukochen. Du brauchst dazu, in diesem Fall für 3 oder 4 Leute, circa 600g Rinderlende, eine große Zwiebel, Salz, Pfeffer, drei Knoblauchzehen, Öl oder Bratfett, 1 TL Kümmel, ½ TL Zucker, je 1 EL Senf und Tomatenmark,1 Essiggurke, 6 Kapern, ¼ Rotwein trocken, 1/8 Wasser, 1 EL Mehl, saure Sahne und Schnittlauch. Und vielleicht noch eine Sardelle, wenn eine da ist.

Das Fleisch der Länge nach in Streifen schneiden, vielleicht 3 mal 4 Zentimeter oder so. Dann quer zur Faser blättrig schneiden. Gut pfeffern, mit Knoblauch, dem Kümmel und den Zwiebelwürfeln mischen. Im heißen Öl oder Fett das Fleisch scharf anbraten, mit Salz und Zucker würzen. Tomatenmark, gehackte Kapern, Senf und gehackte Essiggurke dazu, ebenso die gehackte Sardelle. Jetzt 1 EL Mehl drüberstreuen, anschwitzen, Rotwein und Wasser angießen, Deckel drauf und circa 20 Min. ziehen lassen.

So, jetzt das Fleisch herausnehmen und mit ein bisschen gehackter Petersilie und Schnittlauch bestreuen, auf den vorgewärmten Tellern anrichten (wenn du Petersilie und Schnittlauch nicht frisch hast: gefrorene Kräuter tun es auch). Nun die Soße mit etwas saurer Sahne andicken, über das Fleisch geben. Schmeckt teuflisch gut.

Für das Bratkartoffel-Püree: gekochte Kartoffeln (vom Vortag) schneiden, genau wie Bratkartoffeln zubereiten (knusprig und saftig, mit Zwiebeln und Knoblauch). Wenn sie fertig sind, von der Pfanne in einen Topf geben, warme Milch (ca. ¼ Liter) und etwas Butter drüber, stampfen, sodass Püree entsteht.

Auf die Teller zum engelsgleichen Teufelsfleisch und ab auf den Tisch.

TELEFON!!!

Kennst du das? Du sitzt beim Essen, bist gut drauf und dann läutet das Telefon. Die anderen am Tisch schauen sich an. Keiner sagt was. Dann: »Jetzt geht doch mal einer dran!«

Friedl schüttelte den Kopf, Max ebenso, und Manfred, der mit vollem Mund gesprochen hatte, zuckte mit den Schultern. Nach fünf oder sechs Klingeltönen schaltete sich der AB zu, und man hörte aus der Diele die leicht verzerrte Stimme des Anrufers: »Ja, Max, hallo? Bist du da? Nicht, oder? Ich bin's, der Alfred. Pass auf: Ich hab den Knaben identifiziert. Den mit der Windrose an der Hand. Es ist …«

Aber der Auer Max war an dieser Stelle schon mit einem Usain-Bolt-Sprint am Telefon, riss es aus der Halterung und sagte: »Grüß dich, Alfred, hier bin ich. War grade mit dem Hund im Treppenhaus, wir wollten noch eine Runde …«

»Seit wann hast du einen Hund?«

»Eigentlich noch nicht, aber ich trainiere schon mal. Erzähl, was hast du?«

»Schreib mit: Eddy Torreck, wohnhaft in Miesbach, Kamperstraße 7, 2. Stock.«

»Und du bist dir sicher, dass der da wohnt?«

»Ja, der ist auf Bewährung raus und hat Meldepflicht und so. Der nimmt jetzt sein freiwilliges asoziales Jahr.«

»Weswegen ist er eingefahren?«

»Körperverletzung, Einbruch, Betrug, die ganze Speisenkarte. Ist von seinen 33 Jahren fast zehn Jahre im Bau gewesen. Der hat drinnen mehr Freunde als draußen. Sollen wir uns den Burschen krallen? Dann geb ich das an die Kollegen weiter, wenn du mir die Fallnummer der Anzeige geben kannst.«

»Äh, nein, kann ich nicht. Lass das mal liegen, ich melde mich wieder. Hast was gut bei mir. Du bist ein Genie, Alfred. Danke. Ach warte, halt: Das Handyvideo, hast du da was rausbekommen, wo das Zimmer sein könnte? Nein? Gar nichts? Okay, danke.«

Max schlenderte wieder ins Wohnzimmer, setzte sich und wich Friedls vorwurfsvollen Blicken aus. »Schade um das gute Essen, war das jetzt wirklich so wichtig?«

»Nein, Friedl, entschuldige bitte. Das ist halt eine alte Gewohnheit von mir.«

Und wie es der Teufel will, läutet das Telefon ein paar Minuten später noch mal. Max winkte ab, Manfred tat so, als würde er es nicht hören, und Friedl knallte die Serviette neben den Teller und stand auf. »Deinem Freund werde ich jetzt mal Manieren beibringen.«

In der Diele nahm sie den Hörer ans Ohr und bellte: »Ja, was ist denn noch? Wir sind beim Essen!«

Dann wurde ihr Tonfall plötzlich weicher: »Alois, was hast du denn? Schnauf erst mal durch, ganz ruhig. Der Max? Ja, der ist hier. Aber der junge Mann hat keine Lust, vom Esstisch aufzustehen, wenn das Telefon läutet. Da muss die alte Friedl ihre morschen Knochen bewegen.

Was? Ja, natürlich kannst du ihn sprechen. Und, Alois, wenn ich was für dich tun kann, sag es mir. Und beruhige dich, ja?«

Sie kam mit dem Telefon in der Hand zum Tisch, hielt es dem verdutzten Max unter die Nase und fauchte: »Hier, für dich. Wenn du bitte so freundlich wärst?«

Der Auer kaute, schluckte, und nahm das Gerät ans Ohr: »Ja, hallo?« Er hörte zu und unterbrach nur für ein paar kurze Fragen. »Wann?« »Wie lange?« »Erkennen Sie die Stimme?« und »Ich bin in einer halben Stunde bei Ihnen. Wo sind Sie? Nein, kenne ich nicht, aber die Friedl weiß bestimmt, wo das ist. Bis gleich.«

Die Friedl ging zur Kommode, nahm einen Block heraus und schrieb was drauf. Dann riss sie das Blatt ab und gab es dem Max. »Da. Das ist hinten am Stocket, die Hoppenbichlerstraße rein, und dann musst du schauen. Rechts, nach vielleicht 100 oder 200 Metern, ich war schon so lange nicht mehr dort. Das letzte Mal mit meinem Otti. Das hat uns gut gefallen, gell, Otti?«

Sie ging zur Sanduhr, die heute zur Abwechslung mittig auf der Mahagoniplatte der Anrichte stand, und drehte das Glas um, sodass die Asche langsam zu rieseln begann. Der Manfred verschluckte sich, wurde bleich und schaute den Max an. Schulterzuckend und grinsend faltete der den Zettel zusammen. Manfred deutete mit der Gabel, an der noch ein Stück Fleisch hing, auf die Sanduhr und sagte zur Friedl: »Mal im Ernst jetzt, hab ich da jetzt was falsch verstanden … das da drin ist doch nicht der …?«

Sie ging um den Tisch rum, beugte sich über den blassen Mann und küsste ihn auf die Wange: »Nein, nur das, was von ihm übrig geblieben ist. Außer den Zähnen und ein paar Knochenresten, die hab ich wegnehmen lassen. Es verbrennt ja nicht immer alles, weißt? Wie findest du das Fleisch?«

Manfred starrte auf das Stück an seiner Gabel, legte das Besteck ab und meinte: »Und wenn's mich … erwischt, komm ich dann neben den Otti?«

Friedl kniff ein Auge zu: »Das könnte schwierig werden. Wo kriegst du heutzutage noch so eine schöne, handgemachte Sanduhr her? Ach was, uns wird schon was einfallen, wenn's so weit ist.« Und zu Max: »Schau nach einer großen Walmdach-Villa, weiß, Rauputz, die Hausmauern von unten beleuchtet. Weiße, niedrige Putzmauer mit Schindeln oben drauf zur Straße hin. Wenn das Tor offen ist, siehst du rechts vom Haus, ein bisschen nach hinten versetzt, einen großen Pool, ebenfalls beleuchtet. Außen rum Birken, viel Gras. Du kannst das Haus nicht verfehlen, mir fällt nur grade die Nummer nicht ein. Wenn du auf das Grundstück fährst, bohr nicht in der Nase oder so, der Brunner hat mehr Kameras um und im Haus als das Rosenheimer Polizeipräsidium. Und weil …«

Jetzt werden wir aber nie erfahren, was uns die Friedl noch sagen wollte, denn das Telefon, das ja eh immer noch auf dem Esstisch lag, läutete schon wieder. Friedl gab dem Teil einen Schubs, sodass es zu Max hin rutschte. »Ja, sag einmal, sind wir denn hier in einem Taubenschlag? Kaum hab ich zwei Kerle im Haus, geht's hier zu wie in einem Erotik-Callcenter. Geh schon ran, das ist bestimmt der Brunner noch mal.«

Er war es aber nicht, sondern der Bergmeier, du erinnerst dich, der Imbisskerl und Teilzeitlude, der der Friedl noch kräftig Geld schuldet.

»Was ist?« Max war nicht gerade freundlich, als er merkte, wer dran war.

»Ich hab' heute einen guten Tag gehabt, meine Mädels auch, und ich kann 2.000 abdrücken. Soll ich sie vorbeibringen?«

Der Auer drückte das Telefon an die Brust und sagte zur Friedl: »Der Bergmeier will abdrücken, kann er zur Tür kommen?«

»Auf keinen Fall. Geschäft und Privates wird getrennt. Hier hat der nix zu suchen.« Sie schaute den Manni an: »Geh du dann runter in den Laden, dich kennt er ja schon. Und sag ihm, um diese Uhrzeit wird hier nie mehr angerufen, klar? Aber iss erst fertig, mein Lieber, ja?«

Manfred schüttelte den Kopf und wischte sich den Mund ab. »Danke, ganz lieb von dir, aber irgendwie ist mein Hunger jetzt weg, ich weiß auch nicht, warum. Ich geh schnell runter.« Und zu Max: »Sagst du ihm, dass ich gleich komme?«

Max nickte: »Bergmeier? Mein Freund kommt gleich in den Laden? Was? Genau! Ja, der Mörder. Was? Nein, du kannst dir nicht aussuchen, wer zu dir kommt. Wir sind doch kein Escortservice oder so was. Gib dem Manfred den Umschlag, aber reize ihn nicht, dann bleibt er auch relativ ruhig. Also, ja, und noch was: Ruf um diese Zeit hier nicht mehr an, sonst kann es sein, dass der Manfred sauer wird. Und was dann ist, das willst du besser nicht wissen. Servus und Ende.«

Manfred stand auf: »Ich bin dann mal weg. Bis gleich.« Und Max rief ihm nach: »Der Kerl hat eine Höllenangst vor dir. Benimm dich entsprechend.«

Die Haustür schlug hinter dem Manni zu und Friedl

zog die Augenbrauen hoch: »Seit wann ist denn der Manfred ein Mörder? Hab ich da was verpasst?«

Max grinste: »Nein, alles klar, der Manni hat bloß so eine natürliche Ausstrahlung, die ihm Respekt verschafft. Ich geh jetzt auch. Warte nicht auf mich, es kann später werden.«

Sie küsste ihn links und rechts auf die Wangen, wobei sie sich auf die Zehenspitzen stellen musste, und flüsterte: »Dass mein Leben noch mal so schön wird, hätte ich nicht gedacht. Pass auf dich auf, Bub.«

VERBRECHEN LOHNT SICH NICHT, ABER MAN HAT EINDEUTIG DIE BESSEREN ARBEITSZEITEN

Das kann man jetzt so auch nicht verallgemeinern, denn der Max, wenn man das so betrachtet, der hat ja schon ein paar Stunden hinter sich. Mit Ermittlungen am Rande der Legalität. Und er wundert sich so langsam, warum keiner auch nur ein einziges Wort davon gesagt hat, die Polizei einzuschalten. Überleg mal: Eine junge Frau ist verschwunden, ein zugegebenermaßen zwielichtiger Bursche ist überfallen und beraubt worden. Einer hat eine Kugel in den Fuß bekommen. Obwohl, weil, wenn du dir das genau überlegst: Dass ein Kerl wie der Heinzi wenig mit der Polizei zu tun haben will, ist schon klar.

Diese und ähnliche Gedanken gingen dem Max durch den Kopf, als er in die Hopfenbichlerstraße einbog. Schöne Häuser standen da links und rechts. Alte, neue, renovierte, aber du merkst schon, wer hier wohnt, der hat Geld.

Die Informationen der Friedl, was die Entfernungen anbelangt, haben natürlich nicht gestimmt. Der Max musste die gesamte Straße zweimal abfahren, bis er die Villa vom Brunner hatte. Die Mauer hatte einen anderen Farbton als von der Friedl angegeben, und das Anwesen wurde auch nicht von Strahlern beleuchtet. Ein massives Tor aus dunklem Holz stand offen, und als Max die Auffahrt zum Haus nahm, sah er den Pool rechts hinten im Halbdunkel der Straßenbeleuchtung.

Der Brunner kam an die Tür, er musste wohl schon hinter einem der hohen Fenster gelauert haben: »Danke, dass Sie gleich kommen. Ich bin ziemlich verwirrt und weiß nicht, was ich machen soll. Hier lang, treten Sie bitte ein.«

Max ging an dem nervösen und verstörten Mann vorbei in eine geräumige und hohe Wohnhalle mit Galerie. Große Gemälde hingen an den hellen Wänden, von Halogenspots diskret angestrahlt. Raue, helle Steinquader bedeckten den Boden, hier und da lag ein Seidenteppich. Brunner ging voraus zu einer weißen Ledersitzgruppe, die um ein paar niedrige Glastische stand: »Bitte setzen Sie sich, was darf ich Ihnen anbieten? Cognac, Wein?«

»Wenn Sie ein kaltes Bier haben, gerne.« Max ließ sich auf einem der Sofas nieder und versank in den weichen Lederpolstern. Während Brunner in einen anderen Raum ging, schaute sich Max um. Vier Kameras alleine hier in der Wohnhalle. Eine in der Diele, zwei vor der Eingangstür, und Max war sich sicher, dass in den hohen Birken auf dem Grundstück auch diverse Kameras angebracht waren. Der muss einen Raum für all die Monitore haben, dachte sich der Max, während er dem Brunner entgegenschaute, der mit zwei Flaschen Pilsner Urquell und Gläsern aus dem Raum, der eine Küche sein musste, kam.

»Für mich kein Glas, danke!« Max nahm die Flasche entgegen, wartete, bis sich der Brunner eingeschenkt hatte und ihm gegenüber Platz nahm. Die beiden Männer prosteten sich zu, tranken, dann holte Brunner ein Handy aus der Tasche, tippte auf das Display und schob das Gerät über die Glasplatte des Tisches, der zwischen ihnen stand.

Max nahm das Telefon und besah sich den kurzen Film, den er kannte. Interessant ist jetzt, dass auf diesem Film die Stimme der Sissi nicht zu hören war. Sondern eine tiefe, offenbar verstellte Männerstimme: »Willst du sie wiedersehen? Lebendig und am Stück? Dann pass auf: Du zahlst eine halbe Million. Bar. Wie, wann und wo, das erfährst du innerhalb der nächsten 48 Stunden. In deinem Briefkasten liegt ein Handy. Hol es und trag es bei dir. Immer, auch wenn du aufs Klo gehst. Rufst du die Bullen, schick ich dir dein Mädel per Post. Aber Stück für Stück. Ende.«

Du kannst dir vorstellen, dass der Max jetzt verblüfft war. Weil, das ist ja exakt der Film, den ihm der Chili gezeigt hat. Nur der Ton ist weg und die Männerstimme will Geld. Was geht da ab?

»Sie … sie sagt was, ihr Mund geht auf und zu. Was sagt sie?«

Max schüttelte den Kopf: »Keine Ahnung, das Licht ist zu wenig, man sieht das Gesicht nie so richtig. Immer viel Schatten dazwischen.«

»Können Sie denn nicht Lippenlesen?«

»Nur, wenn die entsprechend rasiert sind. Sorry. War ein blöder Spruch. Wann kam das an?«

»Vor vielleicht …, ein paar Stunden oder so. Keine Ahnung. Ich bin durcheinander. Ich … hab lange überlegt, was ich machen soll. Zur Polizei kann ich schlecht gehen, schließlich habe ich Beteiligungen an einigen Geschäften, die, na ja, nicht hundertprozentig gesetzeskonform sind. Davon hat Ihnen die Friedl doch bestimmt erzählt, oder? Was soll ich denn tun? Was meinen Sie?«

Max lehnte sich zurück: »Erkennen Sie auf dem Video was? Irgendwas?«

»Ja, die Sissi. Sie ist verzweifelt und weint. Was meinen Sie, was soll ich erkennen?«

Max schob ihm das Telefon hin: »Schauen Sie noch mal ganz genau. Auf die Nebensächlichkeiten, die Tapete, die Lampe. Ist da irgendwas zu sehen, was Sie schon mal gesehen haben oder was Sie an etwas erinnert? Lassen Sie sich Zeit. Vielleicht kommt Ihnen was aus dem Unterbewusstsein hoch?«

»Glauben Sie mir, Herr Auer, ich will lieber gar nicht wissen, was mein Unterbewusstsein so alles weiß.« Der Brunner trank, stand auf und kam mit einer goldgefassten großen Lupe zurück. So einem Ding, wie es Briefmarkensammler gerne haben, nur eben nicht ganz aus Gold, wie diese hier.

Der Banker schaute sich das Filmchen zweimal an, mit der Lupe über dem Handy, dann blickte er zum Max hoch: »Ja, ich bin mir sicher, dass ich die Tapete schon mal gesehen habe. In einem Film. Einem vom Glasl, der hat früher im Keller seines alten Hauses gedreht, kurz nachdem er in das lächerliche Toskana-Ding hinter der Kunstmühle gezogen ist. Da war ich mal und hab zugesehen.«

Max stellte seine Flasche hart ab: »Was? Bei was zugesehen? Erzählen Sie mir davon!«

Brunner fuhr sich mit dem Finger zwischen Hals und Hemdkragen. Die Situation wurde sichtlich unangenehm für ihn, das merkte man der ganzen Körperhaltung und Mimik des Mannes an. »Ich brauch noch ein Bier und einen Cognac. Sie auch?«

Max hob seine fast volle Bierflasche und schüttelte den Kopf.

Der Bankdirektor schlurfte gebeugt zu einer Hausbar an der hinteren Wand des Raumes, und Max hatte Gelegenheit, sich etwas umzuschauen.

Kennst du den Geruch von altem Geld? Ich meine, wenn jemand ganz schnell ganz viel Geld verdient, dann schlägt sich das meist in seinem sozialen Umfeld nieder. Da muss dann ein Lamborghini mit Flügeltüren her, möglichst in quietschentengelb. Ich hab da mal einen gekannt, der sich nach einem Riesendeal einen roten Ferrari Testarossa gekauft hat. Der Kerl war dick wie das Michelin-Männchen. In den Wagen kam er zwar mit einiger Mühe rein, aber nicht mehr raus. Also ist er abends vor den In-Restaurants und Bars auf der Leopoldstraße mit röhrendem Motor vorbeigedröhnt, dass auch alle wissen, ah ja, der R. H. führt seinen neuen Ferrari Gassi. Dann hat er die Kiste in einer Nebenstraße geparkt, die Tür geöffnet und hat sich seitlich auf den Asphalt rausplumpsen lassen. Ehrlich, ich war selber dabei, kannst es mir also ruhig glauben. Dann sein Haus erst, oh Mann. Alles in Gold, die Sitzecke im Wohnzimmer nur die weiße Seide mit Goldfäden. Das Esszimmer: Gold, ja was glaubst du, so viel und an den unmöglichsten Stellen, sodass du gedacht hast, du wärst auf Schloss Herrenchiemsee. Schlimm. Und wenn du bei dem auf dem Klo die Wasserspülung betätigt hast, dann hat die »Time to say goodbye« gespielt.

Aber hier, beim Brunner? Alles anders: alte Villa, die ist natürlich technisch und optisch auf dem neuesten Stand. Hinten, bei der dezenten Hausbar, die Bilder. Großvater Brunner, Vater Brunner und Sohn Brunner, der jetzige. Auf dem Ölbild aber er als hässliches blondes, dickes Kind. Mit weißem Hemd, Schleife, grauer Schuluniform und blödem Gesichtsausdruck. Dieses Stoische, wie wenn das Nazi-Gen noch nicht so richtig weg ist.

»Ihr Vater und Großvater?« Auer deutete mit der Bierflasche auf die Gemälde im Hintergrund, als der Brunner mit Bier und Cognac zurückkam.

Der nickte: »Das links ist mein Großvater. Der hat die Privatbank Brunner und später dann ›Brunner und Sohn‹ gegründet. Die Bank war in einer wunderschönen Villa in der Münchener Straße. Erinnern Sie sich noch an die? Ein weißes Haus, mit königsblauen Läden, großes Grundstück? Hat bis 1930 einem gewissen Liebstöckel gehört. Der ging aus persönlichen Gründen nach Amerika. Die Villa gehörte uns aber nur 30 Jahre. Sie musste in den frühen 60er-Jahren verkauft, oder besser gesagt, rückübereignet werden. Es gibt halt keine Gerechtigkeit mehr. Früher war alles besser. Damals, in den 60ern, da war der Großvater aber Gott sei Dank schon tot. Meinen Vater hat das alles schwer getroffen, er starb auch ziemlich früh. Ich bin der erste Brunner in einem Angestelltenverhältnis.«

Max trank und sagte nichts. Wenn dein Gegenüber ins Reden kommt, musst du selber ruhig sein, dann redet der Kerl automatisch weiter. Aber jetzt nahm der Brunner einen kräftigen Hieb aus dem Cognacglas, das die Ausmaße eines kleinen Aquariums hatte. »Man sagt ja, die erste Generation schafft das Vermögen heran, die zweite pflegt es und die dritte verschwendet es. Dazu muss ich sagen, dass das in etwa auch auf uns zutrifft. Mein Vater war schon kein guter Bänker mehr. Er hat gespielt, gewettet und sich dann irgendwann im Suff erschossen. Klugerweise ist dieses Haus hier gleich in eine Stiftung gekommen, ebenso ein Teil des Vermögens. Kein sehr großer Teil, muss ich allerdings sagen. Und ich, ich bin so was wie ein Beamter. Gutes Gehalt, überschaubarer Job. Aber ich muss immer das Gesicht vom alten Ober-Nazi da hinten anschauen, und dann daneben das von meinem versoffenen Vater. Und jetzt ich, was soll jetzt nur werden?«

»Wie war das mit der Sissi?«

Der Brunner trank wieder aus dem Aquarium. Nein, man kann eher sagen, er pumpte ab. »Die Vorgeschichte ist, ich bin ein kranker Mann. Durchblutungsstörungen und so. Das führt zu erektiler Dysfunktion. Dem Verschwinden des letzten Beweises der Männlichkeit. Das große Schweigen in der Hose. Trotzdem hab ich mich in die Sissi verliebt. Schauen Sie mich nicht so an, Auer, ich sehe sonst zu deutlich, was Sie denken.«

Max senkte den Kopf und fuhr mit dem Finger über das feuchte Etikett der Bierflasche. Brunner stieß mit seiner Flasche leicht an die vom Max. »Ich biete dir das Du an. Du gehörst ja zur Familie, und ich irgendwie auch, weil ich ja beinahe der Mann von der Friedl geworden wäre.«

Max nickte: »Okay, na dann: Prost, Alois. Red weiter.«

»Na ja, schon klar, dass sich die Sissi in mein Geld verguckt hat. Oder das, was noch übrig ist. Wir haben einen Deal gemacht. Sie lebt mit mir und kann alles haben, was ich ihr bieten kann. Auch den Eintritt in die Rosenheimer High Schluffiety und in die Bussi-Bussi-Läden. Dafür spielt sie die liebende Ehefrau. Weil ich aber keinen mehr hochkriege und sie eine junge Frau im vollen Saft ist, hab ich ihr alle Freiheiten gelassen. Deswegen ist sie alle ein oder zwei Wochen mal für ein paar Tage verschwunden.

Ich wollte gar nicht wissen, wo sie sich mit wem das Hirn rausvögelt. Nur, und das war die einzige Bedingung, sie sollte mit keinem aus Rosenheim oder Umgebung rummachen. Ich bin ja auch im Stadtrat, wie du weißt. So war das.«

Ein tiefer Seufzer vom Brunner, dann redete er weiter: »Wenn sie länger als drei Tage weg war, und das ist ja auch ein paarmal vorgekommen, dann hab ich angefangen, mir Sorgen zu machen. Der Chili hat sie dann für mich gesucht. Und meistens auch gefunden und heimgebracht.«

»Hast du da keine Angst gehabt, dass da was hochkommt? Ich meine, der Chili ist ja auch einer, der gerne redet, wenn der Tag lang ist?«

Brunner schüttelte den Kopf: »Nein. Wir haben ja ein paar Geschäfte zusammen gemacht. Die drei Musketiere. Der Otti, der Chili und ich. Einer für alle. Alle auf einen.« Jetzt lächelte der Brunner traurig und hob seine Bierflasche über den Kopf: »Auf den Otti. Auf dass er da oben, oder wo immer er ist, gute Geschäfte macht. Weißt du, Max, der Otti, der hat immer auf mich geschaut. Alois, spiel nicht so viel. Alois, halt dich von diesen und jenen Leuten fern. Alois, das mit der Sissi geht voll nach hinten los, mach das lieber nicht. Und ich? Hab leider zu wenig auf ihn gehört.«

»Gut. Ich meine natürlich, für dich war das nicht so gut. Wie war das mit dem Zimmer, das du kennst? Das in dem Video?«

»Was denkst du denn? Ich wollte so eine Pornoproduktion auch mal sehen, miterleben. Das war ganz am Anfang. Der Chili hat zwei Schwarze und einen Chinesen aus München kommen lassen, und die haben ihm fast die Bude zerlegt, so haben die losgevögelt. Da bin ich für vielleicht eine halbe Stunde mit im Zimmer gewesen. Aber dann konnte ich das durcheinandertobende, klatschende Fleisch nicht mehr sehen. Das war damals eine der ersten Produktionen vom Chili. Ich glaub, der hat das mittlerweile voll vergessen, dass ich damals in dem Zimmer war. Meinst du, der hat die Sissi entführt?«

»Warum sollte er das machen?«

»Keine Ahnung. Er hat sie mir ja vorgestellt, sie war Bedienung. Oder … denkst du, die Sissi hat bei solchen Filmen mitgemacht? Glaubst du das?«

Max hob die Schultern, im Geiste sah er die Sissi, wie sie auf dem Tisch kniet und zwei Kerle gleichzeitig in sich hat, aber er sagte: »Das kann ich mir jetzt nicht vorstellen. Lass uns doch weitermachen. Gibt es eine Lösegeldforderung oder so was?«

»Nein. Ich hab nur den Film hier. Was soll ich denn jetzt tun? Natürlich werde ich bezahlen, wenn ich sie dafür wiederbekomme. Du bist doch vom Fach, wie läuft denn so was ab?«

Max kratzte sich am Hals: »Ich war beim Betrug und bei der Sitte. Mit Entführungen hab ich selber nichts zu tun gehabt. Aber es ist ja immer das gleiche Muster. Es kommen ein Bild oder ein Brief, dann ein Lebenszeichen vom Opfer, dann der Kontakt, meistens ein Anruf. Die Summe wird festgelegt, dann der Übergabeort und so. Meistens oder oft ist der oder die Entführte leider schon früh, vor der Übergabe, tot. Man wartet, bis alles klar ist, denn der Erpresste will ja ein Lebenszeichen, und dann …«

»Was? Sie ist tot?«

»Das musst du jetzt nicht als vorausgesetzt nehmen. Kannst du zahlen? Bist du flüssig?«

Der Brunner schüttelte den Kopf: »Nicht wirklich. Ich hab sogar Schulden. Auch Spielschulden.«

Max grinste: »Ich weiß. Die beim Heinzi in Salzburg haben wir annulliert. Du wirst es ja eh erfahren. Ich bitte dich, in nächster Zeit einen großen Bogen um solche Läden zu machen. Hast du sonst noch Dreck am Stecken? Wenn ja, sag mir das, damit wir wissen, wo wir stehen.«

»Wir? Wer ist wir?«

»Die Friedl und der Chili. Der hat nämlich auch ein starkes Interesse daran, dass das alles aufgeklärt wird.«

»Ach ja? Und warum ist dann das Video in seinem Exkeller gedreht worden? Und wann? Da macht er doch schon lange nichts mehr, oder?«

»Keine Ahnung, das überrascht mich jetzt selber. Pass auf, Alois, du bleibst ruhig, erzählst keinem was, auch dem Chili nicht. Vor allen Dingen nicht, dass wir das mit seinem Keller wissen, kapiert?«

Brunner senkte den Kopf: »Ja, aber was können wir denn jetzt machen?«

»Du machst nichts, hab ich doch grade gesagt. Wenn dich wer kontaktiert, rufst du mich an. Von einer Telefonzelle aus oder kauf dir ein Prepaidhandy, nur für diese eine Sache. Du hast ja die Mobilnummer vom Otti, meine auch, und so kommunizieren wir. Die lassen dich jetzt schmoren, und dann melden die sich.«

»Die?«

»Sagt man so. Manchmal ist es einer, manchmal zwei oder eine ganze Bande. Wichtig ist, die Sissi lebt. Ich fahr jetzt heim. Trink noch einen Schluck und leg dich hin. Mehr kannst du im Moment nicht machen. Mein Telefon ist immer in meiner Nähe, du erreichst mich rund um die Uhr.«

»Brauchst du Geld?«

»Darüber reden wir später. Jetzt schauen wir erst mal, dass wir die Sissi finden. Versuch zu schlafen, Alois.«

Der Auer stand auf, schaute sich noch mal in der Wohnhalle um und blickte hoch zur Galerie: »Wo ist das Zimmer von der Sissi?«

»Oben, dritte Tür. Wir haben getrennt geschlafen, eh klar. Durch ihr Schlafzimmer kommst du auch in ihr Bad. Wir haben natürlich auch getrennte Bäder, das war von Anfang an der Deal.«

Max ging die teuer aussehende Holztreppe hoch und öffnete die erste Tür. Ein Schlafzimmer, männlich, alles in dunklem braunem Holz, ein bisschen piefig. Auf dem Nachttisch: Bilder von der Sissi. Viele. Sissi im Abendkleid, Sissi im Badeanzug, Sissi, nackt in einem tiefgrünen See schwimmend, Sissi hier und Sissi da. Was für eine schöne Frau.

Vom Schlafzimmer aus führte eine Glastür in ein großes, braungekacheltes Bad: Dusche, Wanne, Waschbecken, Spiegelwand, Waage. Über dem Waschbecken: Rasierzeug, Zahnbürste, Creme, Rasierwasser, Kamm, das Übliche.

Max ging wieder auf den Gang und betrat Sissis Schlafzimmer. Alles in Weiß. Das breite, fast runde Bett, der Nachttisch, die Kommode, die Bilderrahmen, einfach alles. Interessant, dachte sich der Max, auch hier ist kein einziges Bild vom Brunner und der Sissi zusammen, als Paar. Max besah sich die Fotos und nahm eins von der Wand. Sissi, ganz klar, in einem weißen Skianzug auf einer flachen Piste. Mächtige Berge im Hintergrund, und neben der Schneekönigin drei Männer. Alle mit Helmen und großen Sonnenbrillen. Die Gruppe lachte in die Kamera. Alle, bis auf einen.

Einer der Kerle war der Chili, der andere sah aus wie ein Skilehrer, und der Dritte im Bunde strahlte die Sissi von der Seite an. Der Bursche war wohl so um die 35, groß, gute Figur, braungebranntes Gesicht, jedenfalls das, was man sah. Schneeweiße Zähne und ebenmäßige Züge. Ein gutaussehender Knabe. Und er kannte die Sissi offensichtlich ziemlich gut, das sah man an der Art, wie er sie anhimmelte.

Max öffnete den weißen Schleiflackrahmen und nahm das Bild heraus. Als er den Rahmen wieder zusammenstecken wollte, rutschte ihm das hintere Teil aus der Hand und fiel auf den weißen Holzfußboden. Max ging fluchend auf die Knie, um die beiden Teile aufzuheben. Wie er versuchte, die Steckverbindung wieder zusammenzuschieben, sah er ein zusammengefaltetes Stück Papier hinter dem braunen Pappeeinsatz. Ein Brief, A4, handgeschrieben und dann dreimal gefaltet. Max steckte den Brief und das Bild ein, klickte den Rahmen wieder zusammen und hängte ihn an die Wand.

Brunner kam ins Zimmer: »Was war das? Ist was runtergefallen?«

Der Auer nickte: »Ja, der Rahmen hier, ich konnte ihn aber wieder zusammenbekommen.« Dann zeigte er dem Brunner das Foto: »Schau her, diese Aufnahme möchte ich gerne mitnehmen und sie jemandem zeigen. Du bekommst sie natürlich zurück. Wo ist das denn aufgenommen? Warst du dabei?«

Alois schüttelte den Kopf: »Nein, da war sie in Davos, glaube ich. Der Chili hat sie zurückgebracht, weil sie ihren Porsche geschrottet hat. Sie war in behördlichen Dingen ein bisschen unbeholfen, deswegen hab ich den Chili gebeten, nach Davos zu fahren und alles, was mit dem Schaden zu tun hatte, mit der Polizei und so weiter abzuklären. Und er sollte sie wieder heimbringen.«

»Gut. Wer sind die anderen Männer?«

Brunner hob das Foto hoch und streckte es dann weit von sich: »Ohne Lesebrille sehe ich das nicht so gut. Der eine ist der Chili, schon klar, der andere, der mit der roten Jacke, das ist ein Skilehrer, hat sie mir erzählt. Und den anderen, den kannte sie nicht näher, der war halt da und ist irgendwie mit auf dem Foto drauf. Wieso, kennst du den Kerl?«

»Nein. Nie gesehen. Wo geht's denn dahin? Ins Bad?«

»Da ist ihr Ankleidezimmer, durch das gelangt man ins Bad. Komm mit.«

Der Alois schlurfte voraus, öffnete die weiß-matte Glasschiebetür, und beim Öffnen der Tür schaltete sich automatisch die indirekte Beleuchtung des circa 5 mal 5 großen Raumes ein.

Auf der rechten Seite deckenhohe, hellbraune Regale, gefüllt mit Schuhen. Bestimmt so an die 200 Paar standen da, schätzte der Max. An der Rückwand, rund um eine weitere, aber schmale Glastür, war das Badezimmer zu sehen. Um die Tür herum Regale und Fächer. Gefüllt mit Pullis, Blusen, Unterwäsche in allen Farben, Strickjacken und so weiter. Die linke Wand war halb verspiegelt, in zwei Reihen übereinander hingen Kleider, Hosen, Jacken, Mäntel und Lederjacken. Auf dem Regal über dem

Spiegel standen Handtaschen in allen Farben und Größen. Ein paar der Marken kannte sogar der Max: Louis Vuitton, Hermes, Gucci, vier Kelly Bags und ein Lederrucksack von Prada. Mein lieber Mann.

Max pfiff durch die Zähne, und der Alois hob die Schultern: »Sie kauft halt gerne ein. Ein bisschen hier, ein bisschen da. Ich hab dem Otti zwei von meinen Oldtimern gegeben, damit ich dies alles so nebenbei finanzieren konnte.«

»Gut. Ich gehe jetzt. Wenn dich wer anruft oder sonst irgendwie kontaktiert, dann melde dich gleich bei mir. Sprich mit niemandem über die Sache, okay?«

Der Brunner seufzte, nickte und legte dem Max die Hand auf die Schulter: »Du bringst sie mir wieder, ja?«

Max fuhr vom Grundstück, bremste an der Straße ab, und die Bremsbacken des alten Mercedes' pfiffen empört auf wie eine Herde Murmeltiere. Als er in die Prinzregentenstraße einbog, zuckte in der Ferne ein greller Blitz geräuschlos hinter den Wolken entlang und erhellte mit seinem gelben Licht die alten Bäume links und rechts der Straße. Kurz bevor das Licht des Blitzes wieder verschwand, sah Max eine schwarze Katze über die Fahrbahn huschen. Die Nachtluft war schwer und von einem unbestimmten Duft erfüllt. Ein leichter Wind wehte aus Süden, und Max griff zu seinem Handy und tippte die Nummer der Rosi ein.

Dazu muss ich sagen, dass die Rosi schon eine von der Generation 24-Stunden-online ist. Das heißt, das Telefon liegt neben dem Kopfkissen, und wenn sie nicht schlafen kann, dann surft sie ein bisschen oder schreibt was auf Twitter.

Gut, vielleicht nicht so viel wie der Trump, aber auch bei der Rosi kommt da einiges zusammen.

Du solltest vielleicht noch wissen, dass aber trotzdem keiner, der die Rosi näher kennt, es wagen würde, sie um Mitternacht anzurufen. Diese Kleinigkeit muss der Max wohl vergessen haben, dann verlinkte das Handy mit der Freisprechanlage und er hörte kurz darauf den Wählton aus den Lautsprechern.

»Ja, Kruzifix noch einmal. Hast du keine Uhr, du Arsch? Es ist mitten in der Nacht, verdammte Kacke.« Die Rosi live, kurz vor dem Explodieren.

Max unterbrach sie: »Wow, entschuldige, ich hab nicht dran gedacht, dass es so spät ist, ich bin's, der Max.«

Sofort und schlagartig änderte sich ihr Tonfall: »Maxilein, das macht doch gar nichts. Ich hab eh nicht geschlafen, jedenfalls noch nicht so richtig. Ja Maxi, das ist aber lieb.«

Wenn der Auer Max eines auf den Tod nicht verputzen kann, dann das, wenn ihn jemand »Maxilein« nennt oder »Maxi«.

Das weiß auch die Rosi, denn er hat mal zu ihr gesagt, so heißen nur dauerblonde Wünstler. Solche, die lachend, bis ihnen die Zähne wehtun, irgendwas trällern, von dem sie hoffen, dass es ein Hit wird. Und die so angesagt werden: »Und nun für Sie der bekannte Maxi, unser aller Maxilein.«

Und die Rosi hat gemeint, das heißt nicht »Wünstler«, sondern »Künstler«. Darauf hat der Max gesagt, nein, nein, das stimmt schon, denn Kunst kommt von Können und Wunst von Wollen.

Deswegen grinste er jetzt und dachte sich, jetzt schau dir dieses Luder an, die gibt dir sofort einen zurück, wenn du sie ärgerst, und er sagte: »Ja, also, ich meine, vielleicht sollten wir, weißt schon, zusammen … morgen Nachmittag auf einen Kaffee oder so?«

Durch die vielen Lautsprecher kam ein Schnauben: »Am Nachmittag, da trinke ich nur Salate. Aber Kaffee? Und vielleicht noch eine Zimtschnecke dazu? Schau ich aus wie ein Salzburger Nockerl? Ich sag dir was, Max Auer, Maxilein. Du tanzt morgen Abend um Schlag halb acht hier an und holst eine Dame ab: nämlich mich. Dann gehen wir nett was futtern, und dann …«

Einwand von Max: »Gerne sogar, ich wollte nur nicht mit der Tür ins Haus fallen, Rosilein.«

»Nenn mich nicht ›Rosilein‹. Haben sie dir ins Hirn gepupst? Und außerdem fällst du morgen nicht mit der Tür ins Haus, sondern mit deinem Kadaver in mein Bett. Aber erst nach dem Essen. Kapiert?«

»Kapiert. Du kannst dich immer noch so romantisch ausdrücken wie früher.«

Sie sagte zuckersüß: »Du mich auch, Maxi.« Dann war die Verbindung unterbrochen.

Der Max machte die Becker-Faust und schrie: »Jaaaa!!!«

INKASSO-MANNI

Max fuhr den Benz in die Tiefgarage und bemerkte ganz hinten, unter der letzten Leuchtröhre, zwei abgedeckte Autos. Das müssen die zwei Oldtimer sein, von denen der Alois grade erzählt hat, dachte er sich, während er den Mercedes abschloss und zum Lift ging.

Leise drehte er den Schlüssel in der Wohnungstür, sah aber beim Öffnen, dass im Wohnzimmer noch Licht an war. Die Friedl saß in der Ecke in einem der alten englischen Ohrensessel, mit einem Glas in der Hand. »Grüß dich, Bub. Willst du auch einen?« Sie hob die Hand mit dem Glas: »Wodka Lemon. Lecker.«

»Danke, ich hol mir ein Bier.« Max ging in die Küche, in der alles peinlichst sauber war. Aus dem Schlafzimmer hörte er den Manni schnarchen.

Nach einem schnellen Schluck im Stehen marschierte er zurück ins Wohnzimmer und setzte sich in den zweiten Ledersessel. »Was ist denn? Kannst du nicht schlafen? Es ist ja schon nach Mitternacht.«

Friedl schüttelte den Kopf, und Max sah, dass sie geweint hatte.

»Hat er dich geärgert? Habt ihr gestritten?«

Sie schüttelte den Kopf und trank. »Im Gegenteil. Seit der Manfred da ist, fühle ich mich ganz anders.« Sie schaute zur Sanduhr hinüber. »Brauchst jetzt gar nicht so entsetzt zu stauben, Otti, ich bin eine Frau in den besten Jahren. Na ja, leicht drüber, und mit hohem Kilometerstand. Aber mit einer gewissen Resterotik, und außerdem: Ich glaub, ich hab genug um dich getrauert. Da kannst du dich jedenfalls nicht beschweren. Also beruhige dich wieder. Sonst drehst du eine Ehrenrunde.«

»Tante Friedl, der Otti, wo immer er auch jetzt ist, möchte bestimmt nur das Beste für dich.«

»Wie du meinst. Er ist übrigens gleich da drüben, in der Sanduhr, falls du das mit ihm selber klären willst.«

Max lächelte: »Nein, ich meine jetzt seine Seele. Bestimmt ist er irgendwo und passt auf dich auf. Und er hat dir den Manfred geschickt, da bin ich mir ganz sicher.«

Sie schniefte und schaute ihn an: »Meinst du? Echt jetzt?«

»Ganz bestimmt. Aber warum sitzt du denn hier rum?«

Sie stand auf, drehte sich und setzte sich wieder hin. »Kinder, Betrunkene und Leggings sagen die Wahrheit. Der Manni nicht. Der erzählt mir, dass ich fantastisch aussehe. Meine Klamotten und der Badezimmerspiegel sagen mir da was ganz anderes. Also, warum macht er das?«

»Für ihn bist du fantastisch. Ihr kennt euch ja nicht erst seit gestern, sondern habt Monate zusammen auf einem Kreuzfahrtschiff verbracht. Da war doch alles okay, oder?«

Friedl lächelte verklärt, nippte an ihrem Wodka und sagte: »Er ist ein echter Gentleman. Wir waren zum Beispiel auf Grenada, das ist eine der schönsten Karibik-Inseln. Genau gegenüber des Anlegers, wo unser Kreuzfahrtschiff festmachte, auf der anderen Seite der Bucht, war ein palmenbewachsener, grüner Hügel. Und da oben, auf dem Hügel, stand ein Restaurant. Das »Nutmeg Special«, das hat uns einer der Reiseleiter erzählt. Ein echter Geheimtipp für Hummer und so ganz spezielle Drinks. Also sind wir mit einem Taxi rund um die Bucht gefahren, in den Palmenurwald hoch und saßen in diesem herrlichen Bretterbau von Restaurant an einem Tisch am Fenster. Die Fenster dort hatten aber keine Glasscheiben, und der ganze Bau war aus Bambus, Palmenholz und diesen Palmwedeldingern als Dach. Ein kleiner Bau war das, vielleicht 30 Sitzplätze oder so, und wir waren so ziemlich die einzigen Gäste, weil es erst 18 Uhr war. Hinten, im Restaurant, unter einem Loch im Dach, da stand ein der Länge nach durchgesägtes Ölfass. Da drin war Holzkohle, und auf dem Grill lagen Fisch, Hummer, alles Mögliche. Der Manni hat von den anderen Tischen die Vasen mit den Orchideen zusammengesammelt und alle bei uns hingestellt. Dann ist er mit mir zu dem Grill gegangen, und wir haben Hummer und Fische ausgesucht und genommen, was uns der Koch sonst noch empfohlen hat. Dazu haben wir einen Rumdrink mit verschiedenen Fruchtsäften und Muskat oben drauf gehabt. Und noch einen und noch einen. Wir waren schon gut angeglüht, da hören wir die Sirene vom Schiff drüben, und der Manni haut sich auf die Stirn und sagt: ›Au Kacke! Jetzt fährt das Schiff raus. Es ist halb acht, Abfahrt. Das kriegen wir nie, so schnell ist kein Taxi.‹ Und dann grinst er und meint: ›Bleib ganz ruhig, Liebling, ich mach das schon!‹«

Mit verträumtem Blick redete sie weiter: »Der Mistkerl geht zu dem Koch, erzählt ihm was und steckt ihm ein Bündel Dollars zu. Dann kommt so ein Rasta-Kellner zu mir an den Tisch, sagt: ›Don't worry, Madame!‹, und packt den Hummer und die anderen Reste in einen kleinen Pappkarton. Dann gehen wir alle vier, der Koch, der Kellner, der Manni und ich, quer durch den Palmenwald nach unten zum Wasser. Da liegt ein altes Motorboot. Mit dem fahren uns die zwei Grenadiner, oder wie das heißt, zum Schiff rüber. Der Kellner hatte uns noch zwei große Drinks in diesen To-go-Dingern gemacht. Wir sind noch rechtzeitig an Bord gekommen, haben uns die Ausfahrt oben am Deck in Liegestühlen angesehen, kalten Hummer gegessen und die Drinks geschlürft. So ist er, der Kerl, hat immer alles im Griff.«

»Und der Otti, der war ganz anders?«

Wieder schaute sie zur Sanduhr rüber, trank und meinte: »Der Otti, das war ein Genie. Hat überall mitgemacht, wo es Geld zu verdienen gab. Das war seine größte Freude, das Geldverdienen. Wenn der heimkam und ein paar dicke Geldbündel auf den Tisch legte, dann hat er gestrahlt. Manches Mal ist er auch ein bisschen zu weit gegangen mit seinen Methoden, aber so war er eben. Einige nennen das kriminell, er selber hat sich als ›kreativen Geldbeschaffer mit einem stabilen Durchsetzungsvermögen‹ gesehen. Und moralisch und so, da war er ziemlich flexibel.«

»Meinst du damit, dass er auch mal jemanden abgekragelt hat?«

Sie zuckte mit den Schultern: »Der Otti? Nicht dass ich wüsste. Schwer zu sagen. Aber wenn, dann hat er das bestimmt sehr human, freundlich und umweltschonend gemacht. Er war nämlich auch ein echter Menschenfreund. Dich hätte er gerne in der Firma gehabt, das hat er ein paarmal zu mir gesagt. Aber du musstest ja unbedingt ein

Polizist werden. Der Otti hat zwar gemeint, *ein* schwarzes Schaf, das verträgt jede Familie, und jetzt bist du ja hier. Was mich sehr freut. Aber was soll ich bloß mit dem Manni machen?«

Max kratzte sich am Kopf: »Er ist ein Dieb, das weißt du, oder?«

Friedl nickte und machte mit dem Glas in der Hand eine Schwenkbewegung: »Schau dich doch mal um. Alles, oder fast alles, was du hier siehst, ist auch geklaut. Mit Stil allerdings. Und der Manni, der könnte in die Firma einsteigen.«

»Als was denn?«

»Inkasso. Wir haben noch viel Außenstände. Und wir könnten das Geschäft mit Geldverleih und so wieder anfangen. Das wär doch was für den Manfred, meinst du nicht?«

»Inkasso-Manni? Warum nicht. Könnte ich mir gut vorstellen, ja.«

»Und du, Bub, was hast du denn für Pläne?«

»Willst du mich jetzt loswerden?«

Sie beugte sich über den kleinen runden Tisch und gab ihm einen Klaps auf die Wange: »Pfui. Du sollst hier bei mir bleiben, das will ich. Schau, ob du das eine oder andere Projekt vom Otti weitermachen willst. Nimm dir eine unserer Wohnungen, wenn du nicht bei deiner alten Tante wohnen willst. Alles, was ich habe, kannst du auch haben.«

»Was ist denn mit den beiden abgedeckten Autos, die ganz hinten in der Tiefgarage stehen?«

»Die hat der Otti vom Brunner gekauft. Jetzt gehören sie uns. Der eine, der rote Porsche, der ist richtig toll. Uralt, aber schaut aus wie neu. Ich ruf morgen den Schmidbauer von der Zulassungsstelle an, dann hast du bis Mittag Saisonkennzeichen. Der hat die für den Otti auch immer hier vorbeigebracht. Ach ja, du warst ja bei dem Brunner. Gibt's was Neues?«

Max schüttelte den Kopf und trank sein Bier aus. Dann nahm er das Foto aus der Brusttasche seines Hemdes und reichte es der Friedl: »Wen davon kennst du?«

»Moment!« Sie stand auf, ging zur Kommode und holte ihre Lesebrille. Im Vorbeigehen strich sie zärtlich über die Sanduhr und setzte sich dann wieder in den Ohrensessel. »So. Jetzt zeig her. Der eine, das ist der Chili, schon klar. Den anderen, den in der roten Skijacke, den kenn ich nicht.«

Max tippte mit dem Finger auf den Skilehrer: »Meinst du den hier?«

»Ja. Aber den anderen, den hübschen Bengel, den hab ich schon mal gesehen. Ich weiß nur nicht, wo. Lass mich noch einen Drink nehmen, das spült die alten Gehirnwindungen durch.«

Max nahm ihr das Glas ab, ging in die Küche und kam mit einem steifen Wodka-Lemon zurück.

Friedl hob das Glas, trank und meinte: »Wirkt augenblicklich. Der Hübsche da, der hat den Otti mal abgeholt. Im Auto vom Chili, dieser üblen Amischleuder mit den aufgemalten roten Blitzen auf der Motorhaube. Die sind dann zu einer Filmproduktion gefahren. Der Otti hat immer versucht, mir das, was die da in der Hütte machen, als ›Heimatfilme‹ zu erklären. Aber so ganz blöd bin ich ja auch nicht. Wie der Kerl geheißen hat, das fällt mir jetzt nicht ein. Vielleicht hilft ein bisschen nachschütten. Prost.«

Sie trank ihr Glas in drei tiefen Zügen leer und rülpste: »'tschuldigung, aber alles, was keine Miete zahlt, muss raus. Dave, genau. Der Knabe hat sich mit ›Dave‹ vorgestellt, als er hier an der Tür war. Frag den Chili, der Dave ist doch einer von seinen Stechern. Dass der was mit Lady Si gehabt hat, wundert mich gar nicht. Der Einzige, der keinen blassen Schimmer vom ausgeprägten Penetrationshintergrund der Sissi gewusst hat oder es nicht wissen wollte, das ist der Alois. Die triebige Dame hat dem ja Hörner aufgesetzt, so groß, dass der eigentlich durch keine Tür mehr passt.«

Friedl bekam einen leichten Schluckauf. »So, für eine alte Frau wie mich wird es jetzt Zeit, in die Kiste zu gehen. Und du solltest auch ein bissel an der Matratze horchen, Bub. Übrigens, wie läuft es denn mit der Rosi? Warst du bei ihr?«

»Ja. Und wir sehen uns morgen Abend. Mal schauen, was passiert.«

»Hat sie sich verändert, seit du sie das letzte Mal gesehen hast?«

Max lachte: »Sie flucht immer noch wie ein Bierkutscher, hat mir die Blumen um die Ohren gehauen und wahrscheinlich dabei überlegt, ob sie mir noch eine reinhauen soll. Rosi, wie sie leibt und lebt.«

»Ja dann.« Sie küsste ihn auf die Wange und sagte im Rausgehen: »Oma will ich aber so schnell nicht werden. Das macht optisch so alt, findest du nicht?«

WO, ZUM TEUFEL, IST DIE SISSI?

Das kennst du ja, bestimmt hast du diese Art von Träumen auch schon gehabt: Du bist irgendwo, wo du schon mal warst. In einem Dorf oder einer Stadt oder einem Haus. Egal, was oder wo es ist. Du kennst das sicherlich alles. Auf einem Bett liegend, siehst du die Tauben vor dem Fenster, und gegenüber, auf dem niedrigen schwarzen Teerdach der Baracke, sind nasse Streifen vom Regen. Die Risse an der Zimmerdecke starren dich an wie die Fratze eines anämischen Herrschers. Eben hat noch die Sonne geschienen, jetzt leuchtet der Mond. Blutrote Tropfen klatschen an die Fensterscheiben. Du liegst mit geöffneten Augen und willst dich bewegen, aber deine Glieder und dein Körper sind wie festgeklebt. Es gelingt dir nicht, auch nur einen Finger zu bewegen. Nur die Augen, die kannst du nach links und nach rechts schwenken.

Und dann siehst du sie. Eine schlanke, junge Frau in einem wallenden hellen Kleid oder einem Umhang. Sie scheint zu schweben, kommt an dein Bett und schaut dich mit glutroten Augen an. Sie beugt sich über dich und öffnet den Mund. Zwischen ihren Lippen steigt eine dünne Rauchfahne an ihrem blassen Gesicht hoch, und sie flüstert in einer Sprache, die du noch nie gehört hast. Aber du verstehst sie. Sie sagt: »Ich bin nicht da, wo du mich suchst. Wenn ich will, wirst du mich finden.«

Dann küsst sie dich auf die Lippen. Und, falls du ein Mann bist, so einer wie der Auer Max, dann spürst du, wie du eine Erektion bekommst. Du willst nach der Frau greifen, aber die Arme gehorchen dir nicht. Sie lächelt und flüstert: »Bis bald.« Dann verschwinden ihre Konturen. Du versuchst, aus dem Traum zu fliehen, rollst mit den Augen und …

Schwitzend saß Max im Bett und schaute sich um. Dann wischte er sich den Schweiß von der Stirn und hörte sein Herz klopfen. Die elektrische Uhr auf dem Nachttisch wechselte von 03.59 auf 4.00 Uhr, und Max legte sich wieder auf den Rücken und atmete tief durch. Langsam kam die Erinnerung an den Traum in ihm hoch: »Ich bin nicht da, wo du mich suchst.«

Wo suche ich denn, fragte er sich. Was übersehe ich? In seiner Zeit in München war es so, dass sich die ganze Abteilung ein- oder zweimal in der Woche zusammengesetzt hat. Im großen Büro. Da hatten sie die weißen Pinnwände mit den Fotos zu den aktuellen Fällen drauf, und die sprachen sie durch. Jeder erzählte, was bei ihm so ablief. Und ab und zu kam es vor, dass einer, der mit dem gerade angesprochenen Fall nichts zu tun hatte, den richtigen Input lieferte.

Manchmal kam es auch vor, dass der Auer Max mit fünf oder sechs von den Jungs auf ein Bier ging. In der Kneipe saßen sie dann meist hinten in der Ecke und redeten erst über Frauen, dann über Sport und Autos, und dann über die Fälle. Mehr als einmal kam von einem der Biertrinker dann ein Tipp oder ein Hinweis auf eine Querverbindung.

Auch der Max selber hat seinen Kollegen so manches Mal unbewusst wertvolle Hilfe geleistet.

Aber jetzt war er auf sich alleine gestellt. Von den anderen wusste er nicht, wo sie überhaupt stehen. Auch beim Brunner hatte er so das Gefühl, dass da nicht alles so war, wie der Herr Bankdirektor und Stadtrat das so von sich gab.

Und der Chili? Der kochte auch sein eigenes Süppchen und sagte nur so viel, wie er für richtig hielt. Er wird erpresst, damit er in Sachen Sissi stillhält, sagt er. Von wem? Warum denn stillhalten? Wer hat ein Interesse daran, dass die Sissi nicht gefunden wird? Warum ist noch keine Lösegeldforderung eingegangen?

Max stand auf, schlurfte in die Küche und holte sich ein Bier. Dann setzte er sich an den Küchentisch und drehte die grüne Flasche zwischen Daumen und Zeigefinger. Langsam trank er ein paar Schlucke und schloss die Augen.

Ein Gespräch, das er mit einem der Zielfahnder auf dem Gang im vierten Stock in Präsidium in der Ettstraße mal geführt hatte, fiel ihm ein. Der Mann war hinter einem Kerl her, der ein Meister der Tarnung und des Verschwindens war. »Wenn du einen Baum so verstecken willst, dass keiner ihn findet, wo tust du ihn hin? Ich sag's dir: in den Wald. Und wenn du ein Chamäleon in der Landschaft ausfindig machen willst, dann musst du die Landschaft verändern. So schnell, dass das Chamäleon mit dem Farbenwechseln nicht mehr mitkommt. So ungefähr arbeiten wir. Du musst dich in deine Beute reinversetzen. Was macht er? Warum macht er das? Was bringt es ihm?«

Max nickte, trank sein Bier aus und ging wieder ins Bett. Er konzentrierte sich darauf, die Frau aus dem Traum wiederzusehen, fiel aber schnell in einen tiefen, dunklen Schlaf.

WER KAUFT DENN SO WAS?

Gleich nach dem gemeinsamen Frühstück, das ziemlich schweigsam verlief, ging Max in sein Zimmer und rief den Chili an: »Ich weiß, wer dich überfallen hat. Und auch, wo er zu finden ist. Willst du immer noch keine Polizei, also die echte meine ich jetzt?«

Max glaubte, durch den Hörer das Kopfschütteln des Zopflosen zu spüren. Nach einer kurzen Pause sagte der Chili: »Wer und wo? Ich besuch den persönlich.«

»Wirst du nicht. Es hilft mir überhaupt nix, wenn du dem die Figur perforierst oder den so zurichtest, dass er im Wachkoma liegt. Ich mach das selber. Basta.«

Schweigen in der Leitung, dann: »Wenn du meinst. Dann nimm aber meine Jungs mit. Da bestehe ich drauf. Bitte.«

»Es ist ja schön, dass du dich um meine Gesundheit sorgst, aber mit solchen Situationen komme ich gut klar, glaub mir das.«

»Warte, warte, warte!«, Chili sprach jetzt schneller. »Man weiß ja nie, was auf einen zukommt. Nimm die Jungs mit. Die werden dich nicht stören, die bleiben ruhig und im Hintergrund, das werde ich ihnen einbläuen. Außerdem sehen sechs Augen mehr wie zwei. Willst du mir nicht wenigstens sagen, wo der Kerl ist? Doch nicht hier in Rosenheim, oder?«

»Nein, der wohnt in Miesbach, ich hab die genaue Adresse, alles.«

»Wie hast du das gemacht?«

»Einmal Bulle, immer Bulle. Setz deine Jungs in Bewegung, ich hole sie in einer halben Stunde im wilden Westen ab. Geht das?«

»Klar. Sag mir, wo in Miesbach der Kerl wohnt. Ich kenn da einen, der hat einen Spielklub, der kann doch mal vorbeischauen, ob der Bursche da ist, oder?«

Max grinste: »Guter Versuch, Mann. Ist aber nicht nötig. Ich weiß, dass der Bursche nachts arbeitet, also wird er jetzt wahrscheinlich zu Hause sein. Impf du jetzt deine Jungs, dass die ruhig bleiben. Sonst ist es vorbei mit der Freundschaft.«

»In Salzburg warst du aber ganz froh, dass sie sich bewegt haben, oder?«

»Jaja, ist ja gut. Übrigens, ich war gestern beim Brunner. Hat er dich schon angerufen?«

Wieder Stille, dann: »Äh, nein. Warum sollte er das machen?«

»Ich mein ja nur.«

»Hat sich was getan, hat sie sich gemeldet?«

»Kann man so sagen.«

»Lass dir nicht alles aus der Nase ziehen, verdammt noch mal. Oder bin ich ab jetzt eine Persona non gratis?«

»Non grata, so heißt das. Aber du kennst den Spruch ja«, sagte der Auer mit einem Grinsen im Gesicht, »zu laufenden Ermittlungen geben wir im Moment keine Informationen raus, da geht's um Täterwissen und so. Bis dann. Weck die Jungs auf.«

Eine gute halbe Stunde später stand der Max, an die

Fahrertür seines Benz' gelehnt, vor dem »Wild Wild West« und scharrte mit dem Fuß im Kies. Die Kneipe war zu, von den Jungs keine Spur.

Kurz darauf kam ein roter, verbeulter Golf angefahren mit Danny am Steuer. Arnold saß neben ihm wie ein Löwe im Käfig und nahm den ganzen Platz bis rüber zum Lenkrad ein. Die beiden stiegen aus und Max sah, dass sie beide wieder glänzende Anzüge trugen, diesmal in einem leuchtenden Froschgrün.

»Geile Klamotten«, sagte Max und nickte zu den beiden hin.

»Die sind abwaschbar«, meinte Danny, »bei so einem Auftrag weiß man ja nie.«

»Doch, weiß man in diesem Fall schon. Eurem Boss hab ich lang und breit erklärt, dass ihr hinter mir stehen bleibt, brav und züchtig wie zwei frischgeweihte Nonnen. Und sag Arnold, er soll diesmal sein Holzbein dranlassen. So, alle Mann rein hier. Danny, du vorne.«

Arnold riss die Augen auf, knurrte und bewegte seine Hände.

»Was will er?« Max schaute Danny fragend an.

»Er will nicht alleine hinten sitzen, sagt er. Sonst wird ihm schlecht. Warst du schon mal an den Niagarafällen?«

Max schüttelte den Kopf: »Warum?«

»Na ja, das ungefähr kommt auf dich zu, wenn er kotzt.«

Seufzend öffnete Max die hintere Tür und sagte: »Meine Damen, wenn Sie bitte einsteigen wollen?«

In Rosenheim ist immer gut Verkehr. Also, auf den Straßen, meine ich. Da kannst du fahren, wann du willst. Immer was los.

Max schlängelte sich zwischen den langsamer fahrenden Autos auf der Äußeren Münchener Straße durch. Über die Mangfallbrücke fuhren sie dann durch den Kreisel auf die Staatsstraße. Bis dahin waren seine beiden Fahrgäste ruhig. Dann konnte sich Danny nicht mehr halten: »Hey, Max, das, was du dem Chef da vorgeschlagen hast, das ist einfach genial. Und für uns beide eine Riesenchance.«

Max schaute in den Rückspiegel in das feixende Gesicht von Danny. Sogar Arnold hatte seine hässliche Visage in freundliche Falten gelegt.

»Was meinst du denn?« Jetzt spielte Max den Dummen.

»Na, das mit dem Film. Die zombige Lederhosen-Nymphomanin. Wow. Das hat uns umgehauen. Der Chef sitzt nur noch in irgendeiner Ecke und schreibt am Drehbuch. Und jetzt pass auf: Er hat Arnold und mir Hauptrollen vorgeschlagen. Wir werden Filmstars. Aber nur, wenn wir auch weiterhin für ihn arbeiten, sagt er.« Danny nickte und schlug Arnold begeistert auf die Schulter.

»Was spielt ihr denn?«

Danny zeigte auf Arnold: »Er spielt einen knusprigen Außerirdischen, der sich verbeamt hat. Oder verflogen, so genau haben wir das nicht kapiert. Auf jeden Fall, Ulu, so heißt der Arnold im Film, strandet da in der Nähe der Berghütte. Er ist fast nackt und bewusstlos. Die Zombine bringt ihn auf einer Sackkarre in die Hütte, rammelt ihn erst mal richtig durch und vergiftet ihn dann. Das heißt, eigentlich will sie ihn nicht vergiften, sie gibt ihm eine Pfannkuchensuppe, aber die Ulaner, so heißt der Planet, wo er herkommt, die sind allergisch auf Pfannkuchen. Also stirbt er. Vorher rammelt sie ihn noch mal. Dann hängt sie ihn an die Wand. Aber so, dass er immer im Bild ist, sagt der Chef. Der Arnold findet die Rolle super, weil er da nicht so viel Text lernen muss.«

»Klingt logisch«, sagte Max zum Rückspiegel. »Und du?«

»Ich komme erst so ziemlich am Schluss dazu. Dafür aber umso besser. Ich spiele einen asexuellen Waldschrat. Die Zombieschlampe fängt mich in einer Netzfalle, zieht mich in ihre Hütte und will mich bumsen. Das will ich aber nicht. Also beiß ich sie in die Titten, renne raus und finde in dem kleinen Schuppen neben der Hütte eine Kettensäge. Die schmeiß ich an, rase zurück in die Hütte und schneide die Alte in Stücke. Der Chef sagt, ich soll nächste Woche mal so einen Kettensägenkurs machen, damit das im Film dann realistisch rüberkommt.«

»Du schneidest sie echt in Stücke?«

»Das wissen wir noch nicht. Also, wie realistisch wir das dann machen werden. Da will der Chef vorher noch mit dem Salzburger-Heinzi reden. Das Monster ist ja seine Frau. Aber der Chef sagt, der Heinzi versteht was von Kunst, weil er ja immer diese italienischen Opern singt. Darum weiß er auch, dass man für die Kunst manchmal ein Opfer bringen muss. Wo sind wir denn jetzt?«

»Da vorne ist Bad Aibling.«

»Ah ja, und wo ist dann Good Aibling?« Danny lachte wiehernd los und stieß Arnold mit dem Ellenbogen in die Rippen. Der knurrte freundlich.

Der Auer zog das Foto, das er im Brunner-Haus von der Wand genommen hatte, aus der Tasche und reichte es Danny nach hinten: »Kennst du die auf dem Bild?«

Danny schnaubte: »Willst du mich verarschen? Die Tusse ist Lady Si. So nennt der Chef sie immer. Weil die

Sissi die Lady Di der Pornobranche ist. Immer eine Dame, egal wie viele Pimmel gerade in ihr stecken. Ich meine jetzt, die echte Lady Di war natürlich eine Dame, und so wollte die Sissi immer sein. Sie hat vor dem Spiegel diesen Blick von unten geübt, weißt schon. So, der eine ist der Chef, der andere Kerl, der mit der roten Jacke? Keine Ahnung. Nie gesehen. Aber den Burschen mit den Strahlezähnchen, den kennen wir ziemlich gut, was Arnold?«

Er hielt Arnold das Foto unter die Nase, und der Riesenkerl knurrte.

Max fuhr in den Aiblinger Kreisel und nahm dann die dritte Ausfahrt raus in Richtung Autobahn: »Ach ja? Wer ist denn das?«

Danny reichte das Bild wieder nach vorne: »Der Dave. Dave Dauensteiner. Einer der besten Hengste im Stall vom Chef. Der kann immer. Den weckst du morgens um vier auf, zeigst ihm eine Muschi und sagst: ›Fass!‹, und schon geht's ab.«

»Soso. Und warum fährt der Dave mit dem Chef und der Sissi in Urlaub? Wurde da wohl so nebenbei ein bisschen gefilmt?«

Danny schaute aus dem Fenster: »Keine Ahnung. Der Dave ist die Dauerflamme von der Sissi. Sie hat natürlich auch was mit dem Chef gehabt, der hat sie auch sehr gemocht, aber der Dave und sie, mein lieber Mann. Die Filme solltest du mal sehen, da ist echte Liebe mit drin.«

»Wo ist denn der Dave jetzt?«

»Na, daheim, denke ich. Der wohnt irgendwo in der Kastenau, da hat er sich einen Keller in einem alten Haus umgebaut. Wir haben ihn mal zum Dreh abgeholt. Warum?«

»Kannst du mir das Haus bei Gelegenheit mal zeigen?«

Danny nickte: »Klar.« Arnold grummelte und bewegte seine Hände.

Max schaute in den Rückspiegel: »Was will er?«

»Er fragt, ob es noch lange dauert. Vom Autofahren kriegt er immer seinen Reizdarm. Blähungen und so. Wenn der zu furzen anfängt, sitzen wir bis zu den Knöcheln in schwarzem Feinstaub. Wie lange fahren wir noch?«

Der Benz fuhr auf die A8 Richtung München und Max sagte über die Schulter: »Nächste Ausfahrt geht's schon wieder raus, und dann noch ein paar Kilometer bis nach Miesbach. Vielleicht eine Viertelstunde oder so. Geht das?«

»Ja. Weißt du, wo genau wir hinmüssen?«

»Hab ich mir auf dem Computer angesehen. In Miesbach nach vielleicht 500 Metern links, rein ins Gewerbegebiet, da ist die Kamper Straße. Wir müssen zu Nummer 7, 2. Stock. Das sind so alte Mietshäuser, so hat es auf Google-Earth jedenfalls ausgesehen. Mädels, ihr beide verhaltet euch vollkommen passiv. Es sei denn, der Kerl tickt aus, okay? Sind wir im Geschäft?«

Danny nickte ernsthaft mit seinem kleinen, runden Kopf: »Deal. Wir müssen ihm nur liebe Grüße vom Chef ausrichten, das ist alles.«

Max runzelte die Stirn und dachte, das bedeutete echt nichts Gutes. Überhaupt nicht.

Auch nach Miesbach rein war gut Verkehr. An einer der Ampeln bogen sie links ab und fanden die Kamper Straße ziemlich schnell. Max parkte den Benz vor Nummer 5 und schaute zur 7 rüber: »Da oben, im zweiten Stock rechts, dort, wo diese gammeligen Gardinen halb zur Seite hängen, das muss die Wohnung sein. Auf geht's.

Raus aus dem Auto, wir gehen ganz normal auf das Haus zu, unterhalten uns, und gehen in den Hauseingang. Die Tür steht offen, seht ihr?«

Jetzt ist dir natürlich schon klar, dass der Max zusammen mit einem kleinen Rundlichen und einem wandelnden Kleiderschrank, Letztere in Anzügen, die in der Sonne glänzten, keine normale Gruppe darstellen. Eine Frau mit Kinderwagen kam ihnen entgegen. Die Mutter war aber so mit ihrem Handy beschäftigt, dass sie ein wenig mit dem Arnold zusammenstieß. Genauer gesagt, der Kinderwagen knallte an Arnolds Holzbein, was einen hohlen, lauten Knall verursachte.

Die Mutter schaute auf, das Handy fiel ihr aus der Hand und es knallte wieder, diesmal leiser, als es auf dem Bürgersteig aufschlug. Dadurch wurde das Kind im Wagen wach, starrte den Arnold an und begann laut zu schreien.

Arnold bückte sich, das Kind schrie noch schriller, und die Mutter gab schluchzend-blökende Laute von sich wie ein panisches Schaf.

Max trat vor die Frau und zog den Kinderwagen von Arnold weg: »Entschuldigen Sie, gnädige Frau. Wir sind vom Zirkus Rübezahl und verteilen Freikarten. Leider hab ich keine mehr, alle schon weg. Aber ich gebe Ihnen 20 Euro, hier, sehen Sie. Dann komme Sie uns besuchen, und der freundliche Mann hier, der ist dann als Luftballonclown für die Kinder da. Na, werden Sie kommen?«

Die Frau nickte stumm, nahm ihren Kinderwagen und schob ihn schnell weiter. Sie schaute sich an der Ecke noch einmal um und bekreuzigte sich.

Arnold brummte und wischte mit den Händen herum.

Max starrte ihn an: »Was will er jetzt?«

»Er sagt, er mag Kinder. Aber die ihn nicht. Warum?«

»Ich erklär euch das auf der Heimfahrt. So, und jetzt gehen wir schnell den Eddy Torreck besuchen, bevor hier ein Trupp vom SEK auftaucht.«

Arnold grunzte noch einmal, und Danny sagte: »Jetzt meint er, in einem Zirkus wollte er früher immer gerne arbeiten. Er freut sich, dass du sein Talent erkannt hast.«

Max seufzte und ging mit schnellen Schritten zum Hauseingang Nummer 7.

Kein Lift. Im Flur roch es nach gekochtem Kohl, Fisch und noch irgendwas. Im ersten Stock stand ein Kinderwagen vor einer Tür. Im Wagen lag ein kleiner Berg mit schmutzigen Windeln, und Max wusste, wo der strenge Geruch herkam, den er unten nicht einordnen konnte.

Aus den Wohnungen drangen Musikfetzen, Stimmen, Gelächter und Applaus, die aus einem Fernseher stammten. Weiter oben stritt ein Paar in einer Sprache, die Max nicht einordnen konnte. Ein junger, schlaksiger Schwarzer in grauen gestreiften Adidas-Turnhosen und einem schwarzen Hoodie kam ihnen aus dem 2. Stock entgegen. Dicke weiße Kopfhörer verbargen seine Ohren. Er schaute Max in die Augen, ohne seine Mimik zu verändern, dann sah er Arnold, und seine Lippen formten ein lautloses »Oh shit«. Schnell trabte er mit gesenktem Kopf weiter.

Max blieb vor den Türen stehen. An einer fehlte das Namensschild, an der rechten Tür stand »Ayman« und an der linken, von einem Faustschlag eingedellten Tür, leuchtete ein aufgemaltes rotes »T«.

»Das muss er sein.« Auer hielt das Ohr an die ehemals weiße, fleckige Oberfläche und hörte Geräusche in der Wohnung. Ein Mann sprach sehr schnell, eine Frauenstimme keifte, und der Mann sagte laut: »Bitch!« Dann schrie eine zweite Frauenstimme: »Lass sie los, du Kuchenficker!«

Max drückte prüfend mit dem Handballen gegen die Tür, trat einen Schritt zurück und setzte einen Fußtritt genau unter das Schloss. Die Tür flog auf, Max ging schnell zwei Schritte in den Raum, Danny und Arnold folgten. Danny schloss die Tür und lehnte sich dagegen.

Sie standen in einem schmuddeligen kleinen Wohnzimmer. Links führte ein schmaler Gang zu weiteren Zimmern. In der rechten Ecke stand eine braune Couchgarnitur mit verschlissenen Polstern. Gegenüber an der Wand hing ein 50-Zoll-Flachbildschirm. Eine Serie, Columbo oder so, lief ohne Ton.

Auf dem schmutzbraunen Flokatiteppich stand ein schlanker Mann in Feinrippunterhemd und einer transparenten Unterhose. In der einen Couchecke eine junge Frau, brünett, vielleicht 25. In einem braunen T-Shirt, ebenfalls in Unterhose, die nach schwarzer Seide aussah. Vor dem Kerl auf dem Teppich stand eine Blonde um die 28 bis 30, mit zerzausten Haaren, im Tanktop. Und, du glaubst es nicht, in einem durchsichtigen Stringtanga.

Die Brünette schaute mit verheulten Augen auf den tonlosen Bildschirm. Dort lief im Moment eine Werbung für einen Powermixer, den man in bequemen Monatsraten abzahlen konnte. 24 mal 19,99 Euro, und du bist dabei.

Der Max war ja lange Polizist und so einiges gewöhnt, das kann ich dir sagen. Aber so was wie die hier, das siehst du auch als Bulle nicht jeden Tag. Zwei attraktive Frauen in fast oder komplett durchsichtiger Unterwäsche. Ich meine, bei der mit dem Stringtanga, der so knapp war, dass man ihren enthaarten Schritt und die Form der Muschi sehen konnte. Mann. Auf dem T-Shirt von Blondie standen die Worte PORN STAR und wurden von ihren unnatürlich großen Brüsten auch noch gedehnt. Sie sagte: »Scheiße aber auch«, drückte sich an Max vorbei und verschwand im Flur. Danny war mit zwei schnellen Schritten hinter ihr, packte sie und setzte den PORN STAR neben Braunlocke auf das hässliche Couch-Dingens.

Das alles passierte innerhalb von drei oder vier Sekunden: Erfassen der Lage, die Blonde einfangen und die Tür wieder fixieren. Der Kerl in der Unterhose kratzte sich am Gemächt, und Max sagte: »Eddy?« Der Dürre nickte, ohne das Kratzen einzustellen.

Max deutete mit dem Daumen hinter sich: »Die Tür war offen, da dachten wir, mal sehen, was Eddy macht. Wir hatten zufällig hier in der Gegend zu tun. Wie geht's dir? Alles easy?«

Eddy nickte wortlos, roch an der Hand, die er eben noch an seinem Pimmel hatte, und schaute die zwei Mädels auf der Couch an. Dann räusperte er sich und sagte mit rauer Stimme: »Yo Mann, was geht?«

Danny ging zum Fernseher, drehte den Ton an, und Columbo sagte, während er sich an einer Tür umdrehte und mit der kalten Zigarre in der Hand in die Kamera deutete, die andere Hand auf seinem Kopf: »Da fällt mir ein, eine Frage hätte ich doch noch.« Und er grinste, während sein Glasauge unbeteiligt in die Ferne schaute.

»Mann, ich liebe Columbo«, sagte Danny zu Blondie neben sich, die darauf nur verdutzt nickte. Braunlocke starrte von einem zum anderen und wischte sich die Tränen aus den Augen.

»Ich hoffe ja, wir kommen nicht ungelegen, Eddy, aber ich hab deine Telefonnummer verlegt. Sonst hätte ich dich natürlich vorher angerufen. Also, der auf der Couch, das ist Danny. Der Kräftige hier, das ist Arnold.«

Braunlocke schaute auf Arnolds Schritt und sagte: »Der muss ja ein Ding in der Hose haben, was?«

Und Danny beugte sich an den enormen Brüsten von Blondie vorbei und meinte: »Das kannst du aber glauben. Wenn Arnie nackt durch den Urwald geht, dann sagen alle Elefanten ›Chef‹ zu ihm. Hab's im letzten Urlaub selber miterlebt.«

Blondie sagte zu Danny: »Ach ja? Wo wart ihr denn im Urlaub? Bei dir zu Hause in Mittelerde, du Zwerg? Wie groß bist du? 1,50? Ich hab gar nicht gewusst, dass man Scheiße so hoch stapeln kann.«

Max klatschte in die Hände und rief: »So, Kinder, Schluss jetzt. Lasst uns mal übers Geschäft reden. Eddy, wo ist das Zeug, das du meinem Freund Chili geklaut hast?«

»Ich kenn keinen Chili, und ich klau kein Zeug von keinem nicht. Nicht mehr, jedenfalls.«

»Das war eine dreifache Verneinung, Eddy.« Max schüttelte tadelnd den Kopf und wackelte mit dem Zeigefinger vor Eddys Nase. »Wenn du etwas so oft verneinst, dann ist es ein doppeltes Ja, verstehst du? Wo ist das Zeug?«

»Was willst du, Mann? Kommst in meine Bude, störst uns beim Arbeiten und machst Stress.« Er fasste sich wieder wie Michael Jackson an seinen Pimmel und drückte zu. »Willst du Gras? Wir haben keins mehr. Geld haben wir auch nicht.«

Max nickte, Danny schaute fasziniert auf den Fernseher, den Ton hatte er wieder leiser gedreht. Arnold stand noch immer an der Tür hinter Max.

Der sagte: »Nein. Kein Geld und kein Gras. Ich will nur das Zeug, das du von Chili geholt hast. Chili in Rosenheim. Klingelt da was bei dir?«

Eddy bohrte mit einem Finger im Ohr und meinte: »Ich kenne keinen Chili aus Rosenheim. Wer soll denn das sein?«

Max schaute ungläubig zu Arnold: »Er kennt ihn nicht mal und klebt ihm trotzdem den Pferdeschwanz mit Sekundenkleber auf den Schreibtisch. Was sagst du dazu?«

Arnold knurrte, und Eddy ging einen Schritt rückwärts. Max folgte ihm und schubste ihn mit einer schnellen Bewegung an die Wand neben den Fernseher. »So, der gemütliche Teil ist hiermit vorbei. Danny, schau dir die anderen Zimmer an. Sag Arnold, wenn sich einer bewegt, soll er ihm irgendwas brechen. Mir egal, was, das könnt ihr euch aussuchen. Ich schau mich hier drinnen um. Und du, Eddy, wenn du auch nur furzt, dann hau ich dir eine in den Kühlergrill, dass der Rauch aufsteigt, klar? Nicke, wenn du mich verstanden hast.«

Eddy nickte, die zwei Mädels rückten zusammen und hielten sich an den Händen. Danny verschwand im Flur, und Max ging in die Knie und öffnete die Kommode unter dem Fernseher. Dort standen in drei Reihen übereinander DVD-Boxen. Im oberen Regal war ein Sony-DVD-Recorder & Player, von dem aus Kabel in kleinen Vierecken in der Rückwand der Kommode verschwanden.

Was ist das, denkst du dir jetzt? Da hat jemand Löcher in die Rückwand der alten Kommode gesägt, um Kabel durchzuleiten, die dann direkt in die Zimmerwand gehen? Wohin und warum? Das kann ich dir sagen, pass auf:

Danny kam grinsend zurück, lehnte sich an den Türstock und sagte: »Das eine Schlafzimmer ist mit Kameras verwanzt. Eine ist in der Deckenlampe und die andere in einer Kuckucksuhr an der Wand. In einer Kuckucksuhr, ich fasse es nicht. Das ist ja Tierquälerei, so was. Was machen die hier? Der Kerl und die Ficki-Ficki-Sisters?«

Eddy sagte: »Seid ihr von der Polizei?«

Und Max: »Viel schlimmer. Wir sind von einem Verein, da gibt es nur eine Regel, nämlich die, dass es gar keine gibt. Eddy, jetzt mal unter uns Mädels. Was ihr hier macht, das ist mir so was von scheißegal. Gib mir die DVDs, die du von Chili geklaut hast, und du bist uns wieder los. Einfach so. Gib sie mir nicht, und wir nehmen uns euch drei vor. Willst du das? Mit dir fangen wir an. Danny, gib mir das Messer von Arnold.«

Danny bewegte seine Hände, Arnold knurrte und fuchtelte ebenfalls.

Max schaute sich das an: »Was sagt er?«

»Er will es nicht rausgeben. Es ist ein spezielles Messer. Er meint, du sollst ihm sagen, was er damit abschneiden soll, dann macht er es lieber selber.«

Max nickte: »Den Schwanz von dem Kerl hier.«

Arnold stand auf und Eddy hob die Arme und kreischte: »Nein, nein, er soll sich wieder hinsetzen. Ich such dir die Sachen raus. Die sind hier zwischen meinen DVDs versteckt. Lass mich an die Kommode.«

Max trat zur Seite, Arnold setzte sich wieder hin, Eddy kniete sich vor die Kommode und griff hinein. Seine Hand kam mit einem 22er-Revolver wieder raus.

Er richtete ihn auf das Gesicht von Max: »Das hier ist eine Kanone, Arschloch. Siehst du? Wie ist es, wenn man in eine Mündung schaut? Ich meine, für einen, der eine so große Schnauze hat wie du? Und mit zwei Kreaturen hier ankommt, die er unter einem Stein gefunden hat, häh? Du nimmst jetzt Herman Munster und den kleinen fettarschigen Abgezwickten und verpisst dich zurück ins Gruselkabinett. Husch, husch, und ab mit euch. Hast du echt gedacht, du kannst Eddy Torreck austricksen, was?«

Arnold, immer noch auf der Couch, knurrte und krempelte sein Hosenbein hoch. Die Mädels sahen den hellbraunen, verkratzten Holzfuß und schrien auf. Eddy fuchtelte mit dem kleinen Revolver zu Arnold hin und brüllte: »Das Monster soll sich samt seinem Holzfuß nicht bewegen, verflucht noch mal. Ich hab hier die Scheißkanone, ich. Kannst du ihm das mal sagen, ja? Von was für einem verkackten Mistplaneten seid ihr eigentlich runtergefallen? Fuck!«

Arnold fing seelenruhig an, sein Holzbein abzuschnallen und es samt dem Schuh und dem weißen Wollsocken dran neben sich auf die Couch zu legen. Dabei knurrte er freundlich.

»Was zum Teufel will er jetzt wieder, was sagt er, Scheiße noch mal?« Eddy kreischte und war halb wahnsinnig vor Angst. Seine Augen flitzten im Zimmer umher und vor seinem Mund bildeten sich kleine Schaumbläschen.

Danny, der jetzt am Türrahmen lehnte, sagte: »Wenn ich das richtig übersetze, ungefähr das: Schau mal, Halbaffe, das hier ist eine echte Kanone. 12er Grobschrot. Peng. Der reißt dich mittendurch.«

Eddys Kopf flog von Danny zu Arnold, der grinsend seine abgesägte Schrotflinte in der Hand hielt und damit auf Eddys Schritt zielte.

»Leg den Spatzentöter hier in meine Hand, Eddy, lass uns wie vernünftige Leute reden. Ist ja gut, wir haben jetzt genug gelacht.« Max streckte die Hand aus, und Eddy gab ihm den kleinen Revolver.

»Braver Junge. Jetzt pack das ein, was du meinem Freund geklaut hast. Alles. Wenn du was vergisst, dann kommen wir wieder.«

Eddy nickte, während ihm der Speichel aus dem Mund auf sein schweißnasses Unterhemd tropfte. Vor der Kommode ging er mit einem Ächzen in die Knie und begann, DVD-Boxen auszusortieren.

Arnold knurrte Blondie an, die wieder aufschrie und zu Danny schaute. Der sagte: »Er will wissen, warum wir euch bei der Arbeit gestört haben. Dein Macker hat das vorhin gesagt. Welche Arbeit? Und warum rennt ihr alle in dem durchsichtigen Puff-Fummel rum? Haben wir euch kurz vor einem Gangbang gestört?«

Blondie versuchte zu reden, aber die Stimme versagte ihr. Braunlocke stammelte: »Nein. Wir verkaufen getragene Unterwäsche. Im Internet. Die hier auch, ist schon vorbestellt.«

»Was?« Danny kratzte sich am Kopf und schaute Max ungläubig an.

»Ja«, sagte sie, »Die Kerle zahlen echt Kohle für Slips und Tangas. Die müssen aber getragen sein. Und wenn's geht, mit ein paar Flecken drin. Pipi und so.«

»Und er ? Macht er die Bremsspuren rein?«

»Eddy? Der bedient die Schwulen. Da muss die Hose

aber mindestens nach Schwanz riechen, sonst zahlen die nicht.«

»Hey, Max, hast du das gewusst? Verarschen die mich? Kann doch nicht sein, oder?« Danny schaute fragend zu Max. Der schüttelte den Kopf: »Kenn ich, ist ein alter Hut. In Japan ist das zum Beispiel eine richtige Industrie geworden. Da kannst du getragene Schulmädchenschlüpfer mittlerweile aus Automaten ziehen, an U-Bahn-Stationen und vor großen Kaufhäusern. Mit Flecken nach Wahl. Pipi, Kacka, getrennt oder alles zusammen.«

Danny staunte: »Was machen die Kerle damit? Die, die das kaufen, meine ich. Brühen die sich einen Tee damit auf, kommt das in die Suppe oder was? Ist das eine verdorbene Welt geworden, mein lieber Mann. Gut, dass meine Mama das nicht mehr erleben muss.«

Arnold, immer noch mit der abgesägten Schrotflinte in der Hand, knurrte und fuchtelte mit der Linken in der Luft herum. Danny schaute zu ihm rüber, wedelte mit den Händen zurück und meinte: »Vergiss es. Was du da als Unterwäsche anhast, das sind kleine Zweimann-Zelte. Niemand auf der Welt gibt Kohle für ein angepisstes Zelt.«

Eddy meldete sich von unten: »Ich störe euch echt ungern, aber ich habe alles hier in der Tüte. Geht ihr jetzt wieder?«

Max nickte: »Columbo würde jetzt sagen: ›Eine kleine Frage habe ich noch.‹ Und zwar die: Wer hat dir den Auftrag gegeben, meinen Freund zu überfallen, und warum hast du ihm den Pferdeschwanz auf die Schreibtischplatte geklebt?«

Eddy stand langsam mit erhobenen Händen auf: »Das war Notwehr, echt. Den Blonden hab ich angeklebt, weil ich Schiss vor ihm hatte. Der Kleber war im Schreibtisch. Ich hatte Angst, dass der über mich herfällt, sobald ich den Safe ausräume. War nichts Persönliches, das kannst du ihm sagen. Hey, Mann, ich geh da rein, weil der Kerl, der mir den Job gegeben hat, sagt, da ist keiner um die Uhrzeit. Aber dann kommt der Pferdeschwanz, grölt da rum und schreit nach Carlo. Echt jetzt. Ich hör ihn noch rufen. ›Carlo … Carlito, komm her, ich weiß, dass du da bist!‹, schreit er. Ich denk, Teufel, da ist noch einer. Zwei Mann gegen mich alleine. In der Früh um vier, Scheiße noch mal. Dann rennt mir auch noch eine behämmerte Katze zwischen den Beinen durch. Ich schau hoch, und dann steht auch schon der Pferdeschwanz da. Und, ehrlich jetzt, ich mag Pferdeschwänze, kannst du ihm auch sagen.«

»Wo genau magst du Pferdeschwänze, toter Mann, im Mund?« Danny packte Eddy am Kragen: »Wir haben den Auftrag, dem Chef was von dir mitzubringen. Als Geschenk. Du darfst es dir selber aussuchen, sagt er. Ist nicht persönlich, sondern rein geschäftlich. Also, sag an. Ein Ohr, einen Finger, die Nase? Deinen Pimmel lass ich dir, damit du weiter deinen Geschäften nachgehen kannst. Ist doch schön von mir, oder?« Er schaute zu Arnold: »Komm jetzt rüber und schneid ihm was ab. Aber sau mir den Anzug nicht so voll wie beim letzten Mal, ja?«

Max sagte: »Ich geh schon mal runter. Habt ihr diesmal Beutel dabei, für das Abgeschnittene? Habt ihr doch, oder? Ich will das Zeug nicht so in meinem Auto rumliegen sehen.«

Eddy, dem die Panik jetzt voll im Gesicht stand, flehte: »Bitte nichts abschneiden, bitte nicht. Der Kerl, der mir den Job gegeben hat, den kenne ich nicht. Der kam zu mir, nach einem Pokerspiel. So ein älterer, leicht dicklicher Bursche mit Brille und wenig Haaren. Dicke Tränensäcke unter den Augen. War teuer angezogen. Der hat mir alles genau beschrieben. Hab's für 'nen 1000er gemacht. Hälfte vorher und die andere Hälfte soll ich mir von dem Geld nehmen, das im Safe liegt.«

»Wann solltest du ihm das geben?«

Eddy schluckte: »Er wollte mich anrufen. Hier, auf meinem Handy. Ich hab ihm die Nummer gegeben. Hier ist das Handy, nimm es mit, ich schenke es dir. Ehrlich. Wenn euch sonst noch was gefällt, ab dafür. Du kannst alles haben, was du willst. Alles. Aber nimm das große Ungeheuer weg.«

Im Treppenhaus schaute Max in den Beutel: Jede Menge DVDs, ein dünnes Bündel Bargeld und ein fleckiger Umschlag mit vielleicht einem Dutzend 10 x 13-Farbfotos.

Den Umschlag mit den Fotos nahm er heraus, sah kurz hinein und steckte ihn ein, den Beutel gab er Danny weiter.

WER IST HIER DER BOLO?

Am Benz lungerten drei Typen, so um die 16 oder 17 Jahre alt. Alle drei hatten glänzende Adidashosen mit Streifen an, trugen grellfarbene, weite Sweater und an den Füßen diese modernen hohen Basketballschuhe. Allerdings ohne Schnürsenkel und die Zungen der Schuhe waren weit herausgezogen. Der größte dieser Lümmel lehnte am vorderen Kotflügel und hatte sich mit einem Schuh am Blech des Autos abgestützt.

Alle drei grinsten, als sie Max, Danny und Arnold sahen. Der am Auto sagte, ohne den Kopf zu bewegen: »Hey, Cholos, linst mal die drei Gruftis an. Der Große geht, wie wenn er einen Stock im Arsch hätte.«

Die beiden anderen wieherten los, der Dürre am Bordstein zog ein Butterfly-Messer aus der Tasche und ließ es ziemlich schnell auf- und zuschnappen ohne hinzusehen.

»Opa, du parkst auf unserem Platz. Das geht nicht.«

»Ach ja?« Max schaute sich um. »Wo ist denn euer Auto, Kinder?«

»Kinder. Habt ihr den Alten gehört? Kinder?« Er stieß sich vom Mercedes ab, auf dessen Lack man jetzt deutlich den Abdruck seines Schuhes sehen konnte. »Wir haben im Moment kein Auto, Opa. Aber bald. Sobald einer von uns den Lappen macht. Und deswegen ist das jetzt schon unser Parkplatz. Und weil du ohne unsere Erlaubnis hier stehst, kostet dich das einen Zwanni.«

Er grinste und schaute seine beiden Kumpane an. Der Kleinere pfiff durch seine Zahnlücken und meinte: »Yo, Bolo, warum keinen Fuffi?«

Der Dürre griff sich in den Schritt und nuschelte: »Yo, Digga, ich mein, er muss einen Hunni rüberwachsen lassen, was, Bolo?«

Danny fingerte in seiner Brusttasche und Arnold bückte sich zu seinem Holzbein. Langsam krempelte er links die Hose hoch. Max hob eine Hand, schüttelte, zu Danny schauend, den Kopf und sagte: »Alle mal ganz ruhig. Ihr drei Männer seid also Cholo und seine Bolos, hab ich das recht kapiert?«

Die drei nickten unisono. Bolo zeigte mit seinen beiden Zeigefingern auf Max und sagte mit schiefgelegtem Kopf: »Yo, Mann, du hast es, Mann. Und weißt du was? Mit einem Hunni kommst du gut weg. Dann lass mal rüberwachsen, Opi.«

»Sonst?« Max schaute ihn fragend an.

»Sonst? Schau mal, was sonst …« Der Kerl griff hinter sich, hatte plötzlich ein Messer in der Hand und hielt es Max vor das Gesicht. »Sonst rasier ich dich jetzt und hier mit diesem Messer, Grufti!«

Arnold kam wieder hoch und machte eine schnelle Bewegung, das konnte Max aus den Augenwinkeln sehen. Aber er drehte den Kopf nicht, weil er den Typen mit dem Messer im Auge behalten wollte. Arnold grunzte, die anderen beiden Kids erschraken, der eine schrie: »Scheiße, Mann, Scheiße!« Und Danny sagte mit fröhlicher Stimme: »Jungs, nicht erschrecken, aber das, was mein Kumpel da hat, das ist ein richtiges Messer. Zum Bärenhäuten, genaugenommen. Aber für eure kleinen Pimmel ist es eigentlich zu schade, meint mein Kumpel.«

Der Kerl vor Max zog zischend Luft zwischen die Zähne und stieß das Messer nach vorne. Der Auer drehte sich halb, fasste mit der rechten Hand nach der Messerfaust und drehte sie hart nach rechts. Mit dem linken Arm packte er blitzschnell den Ellenbogen des Messerarms und drückte den Kerl mit dem Oberkörper auf die Motorhaube des Benz', wo der Kopf des Jungen mit einem dumpfen Knall aufschlug. Bewegungslos blieb er so, das Gesicht flach auf das Blech gedrückt. Blut lief ihm aus der Nase, er schniefte.

Danny tänzelte an Max und dem Bewegungslosen vorbei, schnappte sich den Kerl mit dem Butterfly-Messer und warf ihn an die Seite des Mercedes'. Dann griff er ihm mit der rechten Hand hart in den Schritt und drückte zu. Mit der Linken hielt er die Kehle des Kerls, indem er mit Daumen und Zeigefinger den Adamsapfel wie mit einer Zange festhielt. »Mann, Kleiner, wenn man einem richtigen Kerl zwischen die Beine packt, dann fühlt sich das an wie fünf Kilo Kartoffeln. Sieglinde, festkochend. Aber bei dir? Da ist ja nix. Bist du sicher, dass du kein Mädel bist?«

Danny drückte fester zu und hatte plötzlich eine nasse Rechte. Er zog die Hand zurück und rief: »Shit, der kleine Pisser hat sich eingemacht. Guck mal, Arnie, der hat mich vollgepinkelt!« Dann zog er die Nase kraus: »Jetzt kackt er auch noch, also nein. Die Gangsterrapper von heute sind auch nicht mehr das, was sie mal waren.«

Arnold starrte den Dritten im Bunde an und wackelte ein bisschen mit seinem Messer. Der Knabe schluckte trocken, hob die Hände und rannte weg. Danny gab dem

Pisser einen Schubs: »Geh zu Mama, lass dir neue Pampers umlegen.«

Und zu Max sagte er: »Darf ich deinem kleinen Wichser wenigstens ein Ohr abschneiden? Ich brauch ein neues Lesezeichen.«

Max grinste: »Von mir aus gerne. Pass auf, Bolo, ich lasse dich jetzt los. Du rennst los, und der kleine nette Mann im Glitzeranzug auch. Wenn er dich erwischt, na ja, dann ist es ein echter Scheißtag für dich, Digga, oder?«

Dann trat er einen Schritt zurück und der Kerl raste los, dass man gar nicht mehr sehen konnte, ob seine Beine den Boden berührten oder nicht.

Arnold gab Geräusche von sich, die Max an einen LKW-Motor erinnerten, der absäuft. »Was hat er?«

»Er lacht. So was gefällt ihm. Kannst du jetzt die Karre aufsperren? Wir sitzen wieder beide hinten, wenn's genehm ist.«

Kurz nachdem sie wieder auf der A8 in Richtung Rosenheim waren, rief Max den Chili an. Der nahm nach dem zweiten Läuten an und sagte: »Ja? Ist es dringend? Passt grade nicht so.«

Im Hintergrund waren Geräusche zu hören. Gerede, ein Gebläse, eine tuntige Stimme sagte: »Nicht den Kopf bewegen, Schätzchen, jetzt nicht, du machst sonst alles kaputt. Hach, du Schlingel, jetzt ist er rausgerutscht.«

Max grinste: »Hey, lässt du dir einen blasen oder was?«

Chili grunzte: »Trottel. Ich bin beim Friseur. Extensions, verstehst du?«

Jetzt muss ich sagen, dass der Chili das wie »Extänschens« ausgesprochen hat und der Max kurz überlegen musste, was zum Teufel das wohl sein könnte.

»Was?«

»Verlängerung. Ich lass mir einen neuen Pferdeschwanz hintackern oder wie das funktioniert. Ohne komme ich mir so nackig vor. Red schon, was gibt's?«

»Wir haben deinen Freund in Miesbach besucht. Alles okay. Wir haben DVDs, ein bisschen Geld und deine kleine Spatzenkanone. Alles wieder da. Vermisst du sonst noch was?«

»Geh doch mal mit dem Ding weg. Sonst schieb ich es dir in den Hintern. Trink einen Prosecco und gackere ein bisschen herum. Der Onkel hier muss telefonieren.«

»Was?« Max schaute in den Rückspiegel.

»Nicht du. Er, der Alonso, also, der Friseur. Sprich weiter, Mann, was hast du noch?«

»Äh, nichts. DVDs, Geld, die Kanone, alles in einem Beutel, den ich dem Danny gegeben habe. Sagte ich doch grade.«

»Wann seid ihr da?«

»Viertelstunde, warum?«

»Danny hat den Schlüssel vom ›Wild Wild West‹. Wartet in der Kneipe auf mich, ich komme, sobald der Schwanz fest an der Birne sitzt. Nein, warte, eine Frage noch. Wer hat dem Arsch gesagt, dass er den Bruch bei mir machen soll? Hast du das aus ihm rausgekriegt?«

Max nickte: »Halt dich fest. Dein Geschäftsfreund, der Alois Brunner, hat den Job in Auftrag gegeben. Ich hab das Handy von dem Torreck konfisziert und ihm gesagt, er soll in den nächsten Tagen auf Tauchstation gehen und für den Brunner nicht erreichbar sein.«

»Macht er das?«

Max lachte: »Da kannst du deinen neuen Schwanz drauf verwetten. Wir haben also einen guten Vorsprung. Bis gleich.«

DAS IST JA DER BRUNNER, ODER?

Die Eingangstür des »Wild Wild West« stand offen, und sie gingen durch ins Büro. Chili saß hinter seinem Schreibtisch, die Beine auf der Tischplatte, und er bewunderte seine Cowboystiefel: »Die hab ich mir in Las Vegas gekauft. Im ›Cesar's-Palace‹. Das ist Leguan-Leder. Geil, was? Danny, hol uns mal Bier.«

»Wo ist der Kater?« Max legte den Beutel auf den Tisch, und Chili beugte sich vor. »Zu Hause, er mag mein Bett. Heute Abend kommt ja Frauchen wieder. Bin ich froh, dass so ein Kater nicht reden kann. Was ist in dem Beutel?«

Er wühlte, warf die Geldscheine auf den Tisch und holte die DVDs einzeln raus. »Gut, sehr gut. Ah ja, die neuen sind auch hier. Die hier, die hab ich ganz vergessen. Was ist das denn?« Er hob eine silberne DVD ohne Beschriftung hoch. »Die ist nicht von mir. Wollen doch gleich mal schauen, was da wohl drauf ist.«

Chili drehte seinen mächtigen Chefsessel zum Regal, wo ein DVD-Player stand. Im Regal drüber, zwischen Büchern und Flaschen, sah man einen 30-Zoll-Monitor. Beiläufig sagte er über die Schulter: »War sonst nichts da? Ein Umschlag vielleicht?«

»Ein Umschlag mit was?«, fragte Max, und Chili grinste über seine Schulter, während er die DVD einschob und auf ein paar Knöpfe drückte. »Nix Besonderes, vergiss es. So, mal schauen, was der Junge da drauf hat.«

Der Bildschirm zeigte erst mal nichts, dann wurde es grau-grieselig, kurz darauf sah man zwei Frauen und einen älteren Mann auf einem Bett. Danny, der mit den Bierflaschen reinkam, stellte sie auf die Schreibtischplatte und meinte: »Das ist das Schlafzimmer von dem Kerl in Miesbach. Ich war da drin. Und von der Perspektive her würde ich sagen, das ist die Kamera, die in der Kuckucksuhr ist.«

Chili zeigte auf den nackten, dicklichen Mann: »Mein Gott, hat der einen kleinen Buntstift. Dass der damit schon alleine zum Pieseln gehen darf, das wundert mich.«

»Die beiden Frauen waren da, als wir den Torreck besucht haben«, sagte Max und nahm sich ein Bier. »Sehr vielseitig, was die so alles machen. Lass mal vorlaufen.«

Chili spielte die Aufnahmen im Schnelldurchlauf ab. Ab und zu hielt er sie an und betrachtete die jeweiligen Kerle. Der Ablauf war immer gleich: Der Mann geht ins Schlafzimmer, zieht sich aus, legt sich nackt auf das Bett. Dann kommen die beiden Mädels rein, befummeln sich selber und grinsen manchmal sogar frech in die Kamera oder blinzeln mit einem Auge.

Sie tänzeln zum Bett, machen an dem Kerl rum, eine von vorne, eine von hinten, dann eine schnelle Nummer mit beiden. Fertig. Blondie und Braunlocke gehen raus, der Mann liegt noch ein paar Sekunden, steht dann auf und zieht sich an.

»Igitt, von den Saubären wäscht sich keiner ab«, meinte Danny.

»Mindestens zwei davon kenne ich, die sind auch Kunden bei mir und meinen Mädels«, sagte Chili. »Einer ist ein Chefarzt und der andere ist Bürgermeister irgendwo am Tegernsee. Der Dicke sieht verdammt noch mal wie ein Pfarrer aus, den ich schon mal gesehen habe. Passt auch zu den schwarzen Klamotten, die er jetzt anzieht, seht ihr? Wisst ihr was? Der Cineast Eddy und seine beiden Mädels sind im Erpressergeschäft. Immer gut, so was zu wissen. Damit kann ich ihm jetzt entweder ein bisschen Konkurrenz machen oder ich behalte das hier für mich, sag es ihm aber, was ich habe. Dann hab ich ihn für die nächste Zeit im Griff, wenn was sein sollte.«

Max überlegte kurz, dann meinte er: »Dir geht's überhaupt nicht um die DVDs, stimmts? Das waren ja nicht die wichtigen Masterscheiben, die zum Kopieren. Die hast du doch alle versteckt, hast du mir selber erzählt. Nein, sag jetzt nichts und grins nicht so saublöd.«

Max hob ihm den Zeigefinger vor das Gesicht: »Dir ging's darum, allen klarzumachen, dass man einen wie dich nicht so einfach überfällt. Und wenn es doch mal passiert, dann rappelt es in der Kiste. Ist doch so? Und die neuen Fickdramen, die sind nur Beifang. Damit machst du den Kerl fertig. Hab ich recht oder ja?«

Chili hob unschuldig die Schultern: »Ehrlich jetzt? Das traust du mir zu?« Er kratzte sich am Ohr und verzog das Gesicht: »Aber jetzt, wo du das sagst und wenn ich mir das überlege. Mann, bist du ein schlaues Kerlchen. Und übrigens: danke, gut gemacht. Lass mich jetzt alleine. Ich schau mir das alles noch mal in Ruhe an. Man muss die Freier betrachten, wenn sie angezogen ins Zimmer kommen. Dann kannst du dir einen Eindruck von ihrer finanziellen Situation machen. Nackert schauen die alle gleich aus. Faustregel ist: Die Fettesten und Hässlichsten haben am meisten Geld.«

Max stellte seine Flasche ab: »Merci für den Schnellkurs. Auf was du noch schauen musst, das sind Vertiefungen an den Fingern, wo Ringe gewesen sein könnten. Kleiner Tipp von einem Exbullen. Ich bin dann mal weg, die Friedl wartet bestimmt mit einem guten Mittagessen.«

Er ging zur Tür, drehte sich dann um und sagte zu Chili: »Hätt ich fast vergessen. Wer ist denn das auf dem Foto hier?«

Damit hielt er ihm die Aufnahme hin, die er aus dem Rahmen hatte.

Chili nahm das Bild und nickte: »Das ist die Sissi, das da der Dave, der außen ist ein Einheimischer. Und ich, der Schöne hier. Warum?«

»Wer hat das Foto gemacht?«

»Wie? Keine Ahnung, das hab ich wohl vergessen. Warum? Ist das wichtig?«

»Nein. Wo war das denn? Weißt du das wenigstens noch?«

»Warte mal … In der Schweiz, in den Bergen, wenn man von Chur aus den Pass hochfährt. Ich hab jetzt vergessen, wie das Dorf hieß. War aber wunderschön dort. Noch was? Ich hab zu tun.«

»Alles klar, bis dann mal, ich melde mich, wenn ich was Neues habe. Übrigens, was ist denn mit deinem Extensions-Schwänzchen? Ist das nix geworden?«

Chili presste die Lippen zusammen: »Blödmann. Frisurbanause. Das wird eine Maßanfertigung. So was muss passen, das ist gelebter Lifestyle. Aber davon hast du ja keinen Schimmer.«

Mit dem Bild in der Hand ging der Auer zu seinem Benz und fuhr noch schnell zum Aicherpark, um Blumen zu kaufen. Einen großen, bunten Sommerblumenstrauß für die Friedl und 18 rote, langstielige Rosen für die Rosi. Die Verkäuferin packte die Blumen ein und meinte: »Sie wissen wohl noch nicht, wie Ihr Rendezvous ausgeht, oder? Aber mit den beiden Sträußen sind Sie für alle Fälle gewappnet.«

ISS WAS, BUB,
DU BIST JA VIEL ZU DÜNN!

Und natürlich hatte die Friedl aufgekocht. Manni wuselte um den Tisch herum, legte Bestecke auf und rückte die Gläser zurecht. »In fünf Minuten hätten wir angefangen«, rief die Friedl spitz aus der Küche. »Mir alten Frau sagt ja keiner, wo der Herr Neffe rumfährt und wann er vielleicht wieder heimkommt. Oder auch nicht. Aber der Manfred hat gemeint, wir müssen unbedingt auf dich warten, da hast du aber echt Glück gehabt. Außerdem haben wir eine Überraschung für dich.«

»Was? Hat der Manni noch einen geklauten Ring angeschleppt? Oder jetzt schon um deine Hand angehalten? Ihr beide geht aber ran, mein lieber Scholli.«

Sie kam in Schürze und zornroten Backen aus der Küche und zischte: »Willst du dein Essen mitten im Gesicht haben? Ist das der Dank, dass sich deine alte, arme Tante für dich aufopfert, du undankbarer Balg?«

Dann sah sie die Blumen:»Ja mei. Das wäre aber doch nicht nötig gewesen, Bub.«

»Aber Tante Friedl …«

»Nenne mich ab heute bitte nicht mehr Tante. Ansonsten müsstest du ja zu dem Manfred ›Onkel‹ sagen. Und das mit dem Ring hast du bestimmt auch nicht so gemeint, bist ja mein guterzogener Schatz. Über Blumen freut sich eine Dame immer, also, über kleine Aufmerksamkeiten. Aber wenn ich ehrlich bin, wäre mir eine edle Flasche Wodka oder Gin genauso lieb. So, und jetzt setzt euch hin, es geht los. Und du, Bub, nimmst kräftig was, du hast ja nix mehr auf den Rippen. Du, nach dem Essen kommt die Überraschung.«

Sie verteilte die Platten auf dem Tisch: »Manfred, wenn ich mir die unflätige Bemerkung meines Lieblingsneffen so auf meiner alten Zunge zergehen lasse, hat er gar nicht so unrecht mit dem, was er sagt. Mahlzeit. Wo ist der Weißwein? Greift zu, Männer. Es gibt einen Hähnchenstrudel im Blätterteigmantel, den hab ich gemacht. Und dazu gibt es Kartoffeln Manfredo. Sind von Manni. Sein Spezialrezept, sagt er.«

HÄHNCHENSTRUDEL À LA FRIEDL

Das ist jetzt was relativ Einfaches, aber sehr schmackhaft, das kann ich dir schon mal verraten. Weil du nicht viel dazu brauchst und es flott geht. Und es macht was her, pass auf, du brauchst Folgendes:

1 Zwiebel, 3 Knoblauchzehen, 300 g Hähnchenbrust, 1 EL Tomatenmark, 150 g Blätterteig (aus dem Kühlregal, am besten von der Rolle), 1 EL Basilikum, Salz, Pfeffer, 1 EL Kräuterbutter, eine Prise Chili, das war's auch schon.

So, jetzt schneidest du die Zwiebel und den Knoblauch in kleine Würfel, dann das Hähnchenfleisch (auch würfeln). Alles zusammen mit Salz, Pfeffer in der Kräuterbutter glasig anbraten. Tomatenmark und Chili unterrühren.

Den Blätterteig ausrollen, auf ein mit Backpapier belegtes Blech damit, und alles Angebratene aus der Pfanne auf der vorderen Hälfte verteilen. Und nun alles wie einen Apfelstrudel bedecken.

Ab in den Ofen, auf 220 Grad, ca. 20 Minuten / Ober- und Unterhitze. So lange, bis der Blätterteig schön braun ist. Dazu grünen Salat, Pflücksalat oder so was in der Art.

KARTOFFELN LORRAINE À LA MANNI

Auch das macht sich fast von selber. Du nimmst 500 g große Kartoffeln, 100 g Schwarzgeräuchertes, 2 Schalotten, 200 g Gouda, Gruyère oder Emmentaler, Schnittlauch, Öl, italienische Kräutermischung, Salz und Pfeffer und 2 EL Crème fraîche. Ach ja, und einen Schluck von dem Weißwein, der sowieso am Tisch steht.

Die Kartoffeln schälen, gar- aber nicht kaputtkochen. Schalotten hacken, Schnittlauch schneiden und die Schalotten mit dem kleingeschnittenen Geräucherten in Öl anbraten und pfeffern.

Im Ofen, in dem ja schon das Hähnchen im Blätterteig ist, hast du ja ein bisschen Platz gelassen, oder?

Jetzt alles aus der Pfanne in einen Suppenteller geben, die Crème fraîche und die Hälfte des geriebenen Käses dazugeben und unterrühren. Italienische Kräuter, Salz und Pfeffer dazu.

Die fertigen Kartoffeln längs teilen, auf ein Backblech geben (Folie oder Backpapier drunterlegen!), mit einem Löffel Kuhlen ausheben und die Füllung aus dem Teller auf den so vorbereiteten Kartoffeln verteilen. Die Füllung darf natürlich, oder besser, soll über die Kuhlen hinauslaufen. Schau bloß, dass die Kartoffeln beim Füllen nicht umfallen. Den restlichen Käse drüber verteilen, einen Schluck Wein über die Folie, das macht Geschmack, und dann ab in die Hitze. Die Sache braucht ca. 15 Minuten, bis alles schön goldbraun ist, also, schau auf das Timing. Wenn du die fertigen Manni-Kartoffeln aus dem Rohr holst, streust du den Schnittlauch drüber.

Ab auf den Tisch und einen guten Weißwein dazu. Passt.

AB IN DEN KELLER

Natürlich versucht der Max mit allen Tricks herauszubekommen, was denn nun die Überraschung für ihn sein soll, das kannst du dir lebhaft vorstellen, oder? Aber die Friedl lächelt vor sich hin, wechselt immer wieder das Thema, und auch der Manni arbeitet mit allen Tricks, um die Spannung hochzuhalten.

Er trank einen Schluck von dem Wein und wischte sich den Mund ab: »Friedl, mein Schatz, das Hühnchen war gar köstlich, wenn ich so sagen darf.«

Sie strahlte: »Die Kartoffeln aber auch, mein Lieber. Wo macht man denn so was?«

Manni lehnte sich zurück und schaute zum Kronleuchter: »Das war vor vielen Jahren, ich hab da eine Zeit lang mit einem genialen Betrüger gearbeitet, der hat mit normalem Trinkwasser ein Vermögen gemacht. Das hat der als Engelswasser verkauft. Für 150 Mark die kleine Flasche. Ging nach der Show weg wie warme Brötchen. Bis auf dieses eine Mal. Seitdem hab ich nie mehr was von ihm gehört.«

Jetzt wurde auch der Max neugierig: »Ich kenne ja viele Maschen. Aber die nicht. Wie habt ihr das durchgezogen? Und warum ist es schiefgegangen?«

»Na ja, das war in den 60ern, da sind wir mit einem alten MAN-7,5-Tonner, den wir auf Wohnmobil umgebaut haben, über die Dörfer gefahren. Wir haben Halbliterflaschen mit Wasser abgefüllt, Korken rein, fertig. Im Frankenland, bei den Bauern, da sind wir dann immer in ein kleines Dorf, wo es nur eine Wirtschaft gab. Internet und Handy waren noch weit in der Zukunft, und Telefon haben da vielleicht ein oder zwei Bauernhöfe und die Wirtschaft gehabt. Dort haben wir uns am Freitag oder Samstagabend reingesetzt und sind mit ein paar von den Bauern ins Gespräch gekommen. Schnell hast du gesehen, wer nicht so ganz gesund war, rotes Gesicht war meist Bluthochdruck, und bei einem Dicken konntest du sowieso alles diagnostizieren. Der Bruno, so hieß mein Partner, der hat dann erzählt, dass er bei einem Wunderheiler in Lourdes gelernt hat und zufällig noch ein paar Flaschen Engelswasser dabeihat. Die er aber eigentlich nach Würzburg in die Universität bringen muss, weil die gelehrten Herren das als Medikament zulassen wollen. Hilft gegen alles, hat er gesagt. Mann, die Bauern haben uns angebettelt und uns die Scheine nur so reingeschoben. Und am nächsten Morgen waren wir immer schon weg, bevor der erste Hahn gekräht hat.«

»Klingt doch gut, was kann da schiefgehen?«

»Tja«, seufzte Manfred, »ich weiß es noch genau. Wir waren in einer Dorfkneipe bei Rothenburg, da war einer mit einer Krücke. Ein einbeiniger Kriegsveteran. Und am selben Tisch einer, der gelispelt hat wie der Leibhaftige. Mein Bruno hat sich seit Stunden zugesoffen und ist übermütig geworden. Ich muss sagen, er hat fast nie Alkohol getrunken, weil er nichts vertragen hat. Aber wenn der Bruno besoffen war, dann dachte er, er ist Jesus oder Superman. Er ist dann immer völlig abgedreht. Jedenfalls, er ist hackedicht in der vollen Kneipe auf den Tisch gestiegen, hat um Ruhe gebeten und seinen Vortrag über das Wunderwasser gehalten. Dann schaut er, besoffen, wie er ist, den Einbeinigen und den Lispler an und sagt: ›Ihr beiden, kommet her und trinket jeweils eine Flasche von dem Engelswasser auf ex aus. Dann geht ihr in die Küche. Ich rufe euch was zu, und ihr antwortet wahrheitsgemäß. Und so der heilige Geist des Wassers auch heute mit uns ist, werdet ihr geheilt. Du, mein einbeiniger Freund, wirst gehen können. Und du armer Sprachgestörter, du wirst singen wie Caruso, glockenklar und völlig ohne Lispeln. Nun, trinket und gehet in die Küche.‹«

»Nee, oder?« Max schenkte grinsend allen Wein nach.

»Doch. Dann sagt er noch: ›Mein treuer Gehilfe Manfredo hier, der konnte nicht mehr gerade gehen, weil er einen schlimmen Schwindel hatte. Ich habe ihn geheilt, und seitdem ist er bei mir. Jetzt wird er eine Kiste vom heiligen Wasser holen, das ihr dann kaufen könnt. Aber erst, wenn ihr die Wirkung selber gesehen habt. Geh nun, mein treuer Manfredo, und hole hurtig das Wunderwasser. Ich gebe den beiden hier inzwischen die Flaschen, die ich rein zufällig in meiner Jacke habe.‹«

»Und dann?« Friedl beugte sich mit gefalteten Händen nach vorne.

»Und dann bin ich raus und hab beim Fenster reingeschaut. Weil ich gewusst habe, das hier gibt eine Katastrophe. Den Super-GAU. Der Bruno gibt den beiden je eine Flasche. Die trinken die aus. Er, immer noch auf dem Tisch, schickt sie in die Küche. Hinter der Theke war so eine Luke, weißt schon, wo man die Speisen rausgibt. Deswegen konnten die beiden in der Küche den Bruno hören, und er sie. Bruno hält also die Arme hoch, murmelt mit geschlossenen Augen was Lateinisches und schreit dann: ›Du mit der Krücke, ich nenne dich Nummer eins. Höre mich, Nummer eins, wirf die Krücke weg. Auf mein Zeichen. Jetzt!‹

Wir hörten ein Krachen, als der Einbeinige seine Krücke auf den Küchenboden warf. Dann schreit Bruno: ›Und jetzt du, Nummer zwei. Berichte uns mit klarer und singender Stimme, was du soeben in der Küche siehst.‹ Und der andere lispelt: ›Die Nummer einf ift foeben ganpf befiffen auf die Fnaupfe geflogen!‹

Dann sind alle brüllend vor Wut von den Tischen aufgesprungen, haben den armen Bruno heruntergezerrt, und ich glaube nicht, dass er den Abend überlebt hat. Ich konnte mit dem alten Karren flüchten. Vom Bruno hab ich nie wieder was gehört. Auch aus anderen Branchen nicht.«

Manfred hob sein Weinglas: »Auf Bruno, der Herr hab ihn selig. Aber kochen konnte er, das muss man ihm lassen.«

Friedl klatschte lachend in die Hände: »Was für eine traurig-schöne Geschichte. Aber jetzt kommt die Überraschung. Manfred, gehst du mit dem Buben in den Keller, ich mache hier inzwischen klar Schiff, und dann fahren wir beide mit dem Benz hinauf auf das Sudelfeld.«

Max fragte erstaunt: »Okay, aber mit was fahre ich denn später?«

Und die Friedl meinte spitzbübisch grinsend: »Das wirst du gleich sehen.«

Du weißt eh schon, was jetzt passiert, oder? Genau. Der Porsche, der im Keller abgedeckt rumstand, der glänzt im

Licht der Neonröhren. Pass auf: ein 912er Targa, Baujahr 68. Rot, schwarzes Leder, verchromte Radabdeckungen. Ein Traum in fast neuwertigem Zustand.«

»Schau«, sagte der Manfred, »ich hab ihn waschen lassen und vollgetankt. Achtung, man beachte das Nummernschild. Es ist kein Saisonkennzeichen, sondern die Friedl hat gemeint, sie will ihn regulär zulassen und du sollst ihn ab jetzt haben. Den Mercedes kann ich haben, sagt sie. Hast du da noch was drin?«

Während Max zu dem Benz ging, warf er einen Blick auf das Nummernschild der roten Schönheit: »RO-SI-4«. Wow, supercool. Da wird sie Augen machen, die Rosi. Und merken, wie sehr er nach wie vor auf sie steht.

Manni konnte scheinbar Gedanken lesen, denn er rief ihm zu: »Die Friedl hat das Kennzeichen ausgesucht, gemeint, damit kommst du bei deiner Rosi super an. Frauen mögen solche kleinen Gags, meinte sie.«

Max hob lachend den Arm und beugte sich in den Mercedes. Im Handschuhfach hatte er das Kuvert, das er bei den DVDs in Miesbach gefunden und eingesteckt hatte, und den Brief, der aus dem Bilderrahmen in Sissis Zimmer fiel.

Den hatte er irgendwie vergessen, einfach nicht mehr dran gedacht. Er steckte beides in die Brusttasche seines Hemdes, ging zurück zum Porsche und gab dem Manni die Mercedesschlüssel: »Der Schein ist in der Sonnenblende. Die Kaugummis sind ein Geschenk des Hauses.«

Bevor er in den Porsche stieg, ging er einmal langsam und bewundernd um das Auto herum. Hinten, auf dem roten Blech über dem Nummernschild, war in schwarzen Aufklebebuchstaben das Wort »MädMäx« zu sehen.

Manni grinste: »Das war meine Idee. Gut, was? Wenn es dir nicht gefällt, einfach runterziehen.«

»Passt schon. Wie geht denn das Verdeck runter?«

Zusammen hoben sie das Targadach zur Seite. Manni klopfte dem Max auf die Schulter und ließ im Weggehen das Rolltor an der Ausfahrt mit der Fernbedienung hochgleiten.

Max drehte den Zündschlüssel, und in der Tiefgarage brüllte der Vierzylinder mit allen 90 PS los wie eine Herde Löwen in der afrikanischen Savanne.

EY, KRASS, VOLL PORNO, ALTER!

Der Asphalt auf der Münchener Straße war auf Höhe des Salinparks immer noch mit Blättern gesprenkelt, die der nächtliche Sturm aus dem Baldachin der alten Bäume gerissen hatte.

Die Luft hatte sich ein bisschen abgekühlt, und durch das offene Dach konnte Max den typischen Geruch der Straße wahrnehmen. Der Motor des Porsche schnurrte wie eine zufriedene Katze, und der Auer Max fühlte sich wohl wie ein Lachs in einem norwegischen Fjord.

Er fuhr über die Prinzregentenstraße und die Innsbrucker, vorbei am Eisstadion, über die Bahnbrücke und dann weiter in die Kastenau. Im Erlenweg sah er einen Jungen, 12 oder 13 Jahre alt, auf einem Crossrad.

Max winkte dem Buben im Vorbeifahren zu, lenkte den Porsche rechts ran und stieg aus. Der Junge kam angefahren, bremste hart und starrte auf den roten Porsche: »Wie geil ist das denn? Ey, Alter, die Kiste ist der volle Porno. Krass.«

»Nett, wie du das sagst. Pass mal auf, mein Freund, kennst du diesen Mann? Der wohnt hier irgendwo.« Max holte das Bild von den drei Skifahrern heraus und gab es dem Jungen. Der kniff die Augen zusammen und legte die Stirn in Falten. Dann blies er die Backen auf und pfiff: »Geile Titten hat die Schnitte, das sieht man trotz der dicken Jacke.«

»Bist du nicht zu jung für solche Sprüche?«

»Kühl dich runter, Mann, und sieh es einfach andersrum: Du bist zu alt dafür. Hey, von den Kerlen kenn ich keinen. Aber die Torte, die war ein paarmal hier.«

Max nahm ihm das Bild ab und schaute drauf, wobei er mit dem Finger auf die Sissi tippte: »Die? Sicher? Wann?«

Der blonde Junge stützte sich auf den Lenker und meinte: »Wenn du was für meine Sammlung einzahlst, fällt mir das vielleicht möglicherweise wieder ein.«

»Für wen sammelst du denn?«

»Für mich. Wie schaut's aus? Einer, der so ein Auto fährt wie du, der kann doch einen Zwanni für einen wie mich rüberwirbeln lassen, was?«

»Zehn!«

»Mann, ey, entspann dich. Na gut. Gib zehn. Jetzt gleich, cash auf Kralle!«

Der Junge hielt dem Auer eine ziemlich schmutzige Hand hin, Max seufzte, holte einen Zehner raus und legte ihn hinein. Der Bub sagte: »Die Tussi fährt einen Cayenne, blau, kommt drei- oder viermal in der Woche und parkt vor dem Haus im Fichtenweg. Ich mein diese alte Villa, die findest du gleich.«

»Wann war sie zum letzten Mal hier?«

Der Junge hielt sich die Hand an die Stirn, schloss die Augen und sagte: »Wenn es mir nur einfallen würde, ey. Ich kann mir nichts mehr merken. Echt jetzt. Ich werde schnell alt. Mein Kopf bringt es einfach nicht mehr.«

Max holte schmunzelnd noch einen Zehner aus der Tasche und wedelte damit: »Da steht dein Name drauf. Aber nur, wenn dein Gehirn wieder zu arbeiten anfängt.«

Der Knabe griff blitzschnell nach dem Zehner, steckte ihn weg und grinste: »Guter Mann, der Mann. Jetzt fällt's mir auch wieder ein. Die Blonde war vor drei oder vier Tagen hier, ist voll verheult angekommen. Das hab ich gesehen, weil sie da vorne an der Kreuzung abbremsen musste. Ich stand zu der Zeit mit der scharfen Lilli da und hab abgehangen. Coole Braut, die Lilli. Für einen Zwickel kann man ihr an die Möpse fassen. Dann ist der Porsche zur Villa gefahren, wie immer. Ich ihm nach, und da hab ich gesehen, wie die Blonde in den Garten geht, um das Haus herum und hinten verschwunden ist. Da ist eine Kellerwohnung. Ob da der Kerl wohnt, den du suchst, das weiß ich nicht. Könnte aber sein. Soll ich drüber nachdenken? Kostet extra.«

Max schüttelte lachend den Kopf: »Passt schon, Partner. Du bist clever. Solltest später mal zur Polizei gehen.«

Der Kleine meinte feixend: »Lass mal, die verdienen doch nichts bei dem Verein. Ich werde lieber so einer wie du. Wenn du mal einen Partner brauchst, ich hänge immer hier ab, well?«

Der Knabe hielt dem Auer die Faust hin, und der klopfte mit seiner dagegen.

Dann winkte er und stieg in den Porsche. Nach kurzer Suche stand er vor der alten Villa. Im Erdgeschoss bewegte sich eine Gardine, links neben der Tür. Die Fenster im ersten Stock hatten keine Vorhänge, man sah auf leere Decken ohne Lampen. Das Haus wirkte vernachlässigt, heruntergekommen. Der Putz war an vielen

Stellen abgebröckelt, Risse zogen sich durch das Mauerwerk, und aus den alten Holzrahmen der Fenster bröckelte der Kitt.

Im Vorgarten standen sechs oder sieben mächtige, aber vertrocknet wirkende Fichten, und das schon lange nicht mehr gemähte Gras war hoch wie auf einer Almwiese.

Er ging zur Haustür und klopfte. Nach ein oder zwei Minuten und weiterem Klopfen öffnete eine grauhaarige, dünne kleine Frau: »Ja?«

»Entschuldigen Sie, ich suche einen Freund, den Dave Dauensteiner. Er hat mir erzählt, dass er hier wohnt. Stimmt das?«

Die Frau blinzelte ihn misstrauisch aus stumpfen, grauen Augen an: »Der David? Ja, der wohnt hier. Ich meine, der hat hier gewohnt, bis vor ein paar Tagen. Er ist weggezogen, ins Ausland, hat er zu mir gesagt. Schade, er ist so ein netter junger Mann. Er hat für mich eingekauft, wissen Sie, und hat sich sehr um mich gekümmert. Manchmal hat er mir vorgelesen, ich sehe ja nicht mehr so richtig. Wenn Sie ein Freund sind, dann müssen Sie doch wissen, dass er weg ist, oder?«

Max kratzte sich am Kopf: »Ja, schon, aber ich bin heute früh erst wieder nach Rosenheim gekommen. Wegen meiner Arbeit bin ich viel unterwegs. Der David wollte mir ein Teil für mein altes Auto besorgen.« Max deutete über die Schulter zu dem Porsche, und die Alte schaute an ihm vorbei zur Straße hin. »Ach so. Ja, aber er hat mir nichts von Ihnen oder einem Teil für ein Auto erzählt. Er hat gesagt, alles, was noch in seiner Wohnung ist, kann ich behalten oder weggeben.«

»Das ist ja gut«, sagte Max und lächelte, »darf ich mal in

die Zimmer schauen, vielleicht hat er das Teil organisiert und für mich dagelassen. Bezahlt habe ich es ja schon.«

Die Frau kratzte sich am Kinn: »Also, ich weiß auch nicht …« In dem Moment schob sich eine dunkle, große Katze an der Frau vorbei und rieb sich am rechten Bein von Max.

Die Frau schaute zur Katze: »Mira, das ist aber selten, dass du zu jemandem gehst.« Und zu Max: »Sie mag Sie, das ist ein gutes Zeichen. Wissen Sie was? Ich gebe Ihnen den Schlüssel, schauen Sie sich ruhig mal um, und wenn Sie wieder gehen, werfen Sie den Schlüssel dort in den Briefkasten. Ich bin nicht mehr so gut zu Fuß, sonst würde ich gerne mitkommen.«

Max bückte sich und streichelte die schnurrende Katze, während die Frau einen Schlüsselbund von einem Haken links hinter der Tür nahm: »Hier, der Große ist es. Gehen Sie um das Haus herum, da ist die Tür. Mira, komm, wir legen uns ein bisschen hin.«

»Auf Wiedersehen, ich wünsche Ihnen beiden alles Gute.« Max ging um das alte Haus herum zu der Betontreppe und zur Tür, die einen halben Meter unter der Grasnarbe lag. In der Wohnung roch es muffig. Überall standen Kartons herum, auf dem Boden lagen Zeitungen. Eine zerschlissene Couch, ein alter Röhrenfernseher, ein Tisch, eine Kommode, ein schmaler Kleiderschrank und eine Tür, die in ein Schlafzimmer mit Duschecke und Toilette führte. Ein raumhoher Plastikvorhang diente als Sichtschutz für Klo und Dusche. Keine Fenster, nur im Wohnzimmer waren zwei klappbare Lichtluken.

Max nahm sich das Bett vor: Matratze hoch, unter das Bett schauen, dann dahinter. Nichts. Neben der Dusche, am Waschbecken, stand ein schmutziges Glas mit zwei Zahnbürsten drin, sonst nichts.

Zurück ins Wohnzimmer. Die Zeitungen waren alt. In den Kartons befanden sich Wäsche, Klamotten, ein paar Bücher. Ein Reiseführer von Graubünden.

In der Kommode: T-Shirts, Unterwäsche, ein paar Jeans, zwei Gürtel. Max rückte die Kommode zur Seite und hob ein buntes Stück Papier hoch. Es war eine Seite aus einer Illustrierten. Auf den Bildern sah man ein Dorf in den Schweizer Alpen, unter einem stand: Lenzerheide in Graubünden. Auf einem der Fotos war eine Almhütte abgebildet. Menschen saßen davor in der Sonne und aßen und tranken. Über der Hütte war mit einem Filzstift ein kleines Herz gemalt, und ein Pfeil zeigte auf die Hütte.

Max faltete die Seite zusammen und steckte sie ein. Er drehte sich langsam im Zimmer und dachte, da muss was sein. Was habe ich nicht gesehen? Wo ist der hin? Warum so schnell? Er hat fast nichts mitgenommen. Warum? Er ging zum Kleiderschrank und öffnete ihn. Auf Kleiderbügeln hingen vier Jacken, eine Lederjacke, schwarz, ein leichter Regenmantel, blau. Schnell durchsuchte er die Taschen und legte alles, was er fand, auf den kleinen Tisch neben der Couch.

Langsam setzte er sich und breitete seine Beute vor sich auf dem Boden aus. Eine Eintrittskarte für ein Eishockeyspiel, abgerissene Kinokarten, Papiertaschentücher und ein Busbillett mit einem roten Kreuz drauf. Max hielt sich im Dämmerlicht das Ticket vor die Augen und sah, dass es sich um eine Karte für eine Busfahrt von Chur nach Lenzerheide und zurück handelte. Ungefähr vier Wochen alt.

Er legte das Ticket auf den Reiseführer von Graubünden, packte beides ein, schaute sich noch einmal um und verließ die Wohnung. Als er den Schlüsselbund in den Briefkasten warf, sah er hinter einem der Fenster die alte Frau. Sie hatte die Katze auf dem Arm und winkte ihm lächelnd zu.

WAS WEG IS, IS WEG

Es ist dir schon klar, dass der Max vor lauter Aufregung natürlich etwas zu früh in der Färberstraße ankam.

Kennst du die Färberstraße? Da stehen lange Reihen alter Häuser, zum Teil noch mit einem Rundbogentoreingang und uralten doppelflügeligen, schweren Holztüren. In einem der Häuser hat der Max in seiner Kindheit ein paar Jahre lang gewohnt. Im Hinterhof war vor vielen Jahren der Metzger Forcheder. Und der hat dem Max mal einen frischen Saukopf nachgeworfen, weil der ihm, als er noch ein Bub war, eine Wiener Wurst geklaut hat. Und das schönste Mädel im Viertel war die Mausi, die viel später einen der reichsten Männer Rosenheims geheiratet hat.

Aber was erzähle ich? Zurück zum Max. Der saß in seinem Porsche, genau vor Rosis Nagelstudio. Frische blaue Hose, ein neues Jeanshemd, locker über der Hose.

Aus dem Handschuhfach holte er das Kuvert mit den Fotos und schaute sich die genauer an. Es waren sogenannte »Scener« für einen Pornofilm. Man sieht die Statisten beim Posen in verschiedenen Stellungen, und aus denen fügt der Regisseur später beim Filmen so was wie eine Handlung zusammen. Und die Statisten, du ahnst es schon, waren die Sissi und der Dave. Von vorne, von hinten, über eine Sofalehne und noch ein paar ziemlich artistische Sachen. Mit Fesseln und so. Der Dave, das musste der Max jetzt neidlos zugeben, war schon ein schmucker Kerl: 35 oder an die 40, gut in Form. Flacher Bauch, schmale Hüften, gut Muskeln und auch sonst … mein lieber Scholli. Und die Sissi: Die würde sogar einen Stein zum Seufzen bringen.

Max suchte in seiner Hemdtasche nach dem Brief, faltete ihn vorsichtig auseinander und las:

Sissi, meine große Liebe,

das ist der letzte Brief, den Du heimlich aus dem Postfach holen musst. Überhaupt ist es mit der Heimlichtuerei bald vorbei. Wenn ich aus der Lenzerheide zurück bin, ist alles geklärt.

Vor meiner Abfahrt habe ich noch mal mit dem Chili gesprochen, der deckt uns und schickt die Filme los, sobald wir in Sicherheit sind.

Zieh Du Deinen Teil durch, wie wir das ausgemacht haben, mein Schatz.

Der alte Mann wird Dich nie mehr anfassen. Er nicht, und auch kein anderer Mann. Es wird nur noch Dich und mich geben, die Berge, unser kleines Paradies, und keiner wird uns dort je finden.

Ich liebe Dich unendlich. Auf bald. Wenn wir uns das nächste Mal sehen, dann, um Dich aus dieser Hölle rauszuholen. Halt durch.

Dein Dave

Max überlegte und rieb sich dabei das Kinn. Langsam stieg er aus dem Porsche, nahm den Rosenstrauß und betrat Rosis Laden. Es roch nach Lack und Parfum. Er ging an die Theke und betätigte die Klingel: »Kundschaft!«

Die Rosi kam aus dem hinteren Raum geschwebt und dem Max verschlug es den Atem. Was für ein Weib. In Jeans, rotem Sommerpulli mit V-Ausschnitt, die langen Haare im Feuchtlook glatt nach hinten gekämmt, so glitt sie auf ihn zu und schaute lächelnd auf die Blumen: »Wow, die sind ja super!«

Max reichte ihr den Strauß: »Bitte nicht wieder mich damit schlagen, die hier haben nämlich Dornen.«

Sie gab ihm einen Kuss, stellte die Rosen in eine große, runde Glasvase und sagte: »Auf geht's, ich hab einen richtigen Fleischhunger.«

Max hielt ihr die Tür auf und ging draußen einen Schritt zur Seite, weil sie den Laden absperrte. Dann drehte sie sich um und sah die Straße rauf und runter: »Wo ist dein Auto?«

Max nickte zum Porsche hin, und die Rosi explodierte: »Was? Der? Hast du deinen Primatenarsch offen oder was? Musst du mir das jetzt aufs Brot schmieren, dass ich mit dem Porschefritzen damals … Ich glaub, ich spinne. Und dann noch das Nummernschild. ROSI 4. Bin ich die Nummer vier? Wie waren denn die anderen drei, du Schimpanse?« Sie ging schnaubend zum Heck und sah die Buchstaben »MädMäx«. »Das sollte mal besser ›BlädMäx‹ heißen, wie? Weißt du was? Du kannst mich mal!«

Max ging ihr nach und breitete die Arme aus: »Deswegen bin ich unter anderem hier. Wollen wir nicht vorher was essen? Pass auf, ich hab den Wagen von der Friedl bekommen, meiner Tante Friedl, ja? Das mit dem Nummernschild, das soll ›Rosi for ever‹ heißen, verstehst du?«

»Ach, leck mich doch.«

»Auch das, mein Schatz, aber jetzt beruhige dich erst wieder, bitte.«

Max nahm sie in den Arm, küsste sie auf die Nase, und im Nu war ihr Zorn verflogen. Mit dem Kopf an seinem Kinn sagte sie: »Im ersten Moment hab ich ehrlich gedacht, du willst mich wegen der Sache von damals … du weißt schon.«

Max küsste sie noch mal: »Woher denn. Wieder gut?«

»Ja. Aber bild dir bloß nichts ein. Und: Wir gehen zu Fuß. In den Nobelhamburgerladen gleich da vorne am Grünen Markt. Nachspeise gibt's daheim. Alles klar?«

Max nickte und sie hakte sich unter.

Die Hamburger waren gut, die Stimmung auch, und nach etwa zwei Stunden, in denen viel geredet und gelacht wurde, waren sie wieder am Nagelstudio. Gleich dahinter war Rosis kleine, aber gemütliche Wohnung.

Sie schubste ihn ins Schlafzimmer, küsste ihn und hauchte: »Geh in das Bad da drüben und mach dich frisch. Ich hab noch ein kleines Duschbad vorne, beim Laden. Da geh ich jetzt hin, und wenn ich wiederkomme, dann liegst du splitternackig auf dem Bett. Ist das klar? Aber fang nicht alleine an, ich bin gleich da.«

Es dürfte dir klar sein, dass sich der Max in Rekordzeit ausgezogen, ein paar prekäre Stellen gewaschen und sich mit einem Sprung auf das Bett geworfen hat. Er schaute sich prüfend um, stand noch mal auf, löschte das Licht und zündete ein paar Kerzen an, die er im Zimmer verteilte. Super. Mögen die Spiele jetzt beginnen.

Bei einer Dame dauert alles naturgemäß etwas länger, und so war die freudige Erektion vom Max schon fast auf Halbmast, als die Rosi den Raum betrat.

Splitterfasernackt stand sie da, mit einem offenen Glas Nutella in der linken Hand. Sie lehnte sich an den Türrahmen und tauchte Zeige- und Mittelfinger der Rechten in das Glas. Dann schmierte sie sich Nutellastreifen in die Halsbeuge, über die Brustwarzen, in den Nabel, und, besonders üppig, an die Stelle unter dem sauber rasierten Landingstrip. Mit heiserer Stimme raunte sie: »Na, was meinst du? Willst du nicht ein bissel Schokocreme schlabbern?«

Max verschränkte die Hände hinter dem Kopf und sagte grinsend: »Mit einem Zuckerkranken kannst du diese Nummer aber nicht machen.«

Sie ging auf ihn zu, und in dem Moment summte sein Handy, das sich in seiner Hosentasche befand. Die wiederum lag auf einem Hocker neben dem Bett.

Max schaute zur Hose, und die Rosi fauchte: »Da gehst du jetzt aber nicht ran, oder?«

Aber Max hatte sich schon gedreht und das Handy rausgefischt. Er schaute auf das Display und meinte: »Da muss ich jetzt ran. Hilft nix.«

Rosi knurrte: »Du musst bei mir ran, Meister. Sonst nirgends.«

Max hob den Finger und hielt das Handy ans Ohr: »Alois, was ist passiert?«

Rosi schlug nach ihm, und er versuchte, sie mit dem linken Arm abzuwehren, während er lauschte. Dann sagte er: »Bin gleich da. Mach nichts. Bis gleich.«

Dann griff er zu Hose und Hemd. Die Rosi, von oben bis unten voller Nutella, schüttelte ungläubig den Kopf und sagte: »Das ist jetzt aber nicht wahr, oder? Du ziehst dich an? Kein Scheiß?«

»Ich komm sofort wieder. Das ist ein Notfall. Bleib so, wie du bist. Ehrlich. Bevor die Schokolade fest wird, bin ich wieder da.«

Bei der Rosi flogen sämtliche Sicherungen raus. Sie warf ihm das Nutellaglas an die Brust, dann eine Bürste mit silbernem Knauf, die auf dem Nachttisch lag, und während Max eine überstürzte Flucht antrat, flogen ihm (in exakt dieser Reihenfolge) nach: Ein Buch mit dem Titel »Der perfekte Liebhaber«, ein grüner Elektrowecker nebst Kabel. Ein dunkelblauer Bilderrahmen 16 x 24 cm und eine LED-Leselampe, ebenfalls mit Kabel. Und die Rosi schrie ihm noch nach: »Lass dich bloß nie mehr blicken, du blöder Scheißkerl, hast du mich verstanden? Nie mehr!!!«

Max legte einen Kavalierstart hin und kurbelte sein Fenster runter. Der kühle Abendwind strich ihm durch die Haare, während er zügig durch die Stadt fuhr.

Die Brunner-Villa war hell erleuchtet, aus dem gesamten Erdgeschoss drang Licht aus den Fenstern. In der offenen Eingangstür stand der Brunner in einem lächerlich grünen Hausanzug und winkte dem Max zu: »Komm rein, schnell!«

Sie gingen ins Wohnzimmer, der Alois schenkte sich einen großen Cognac ein, setzte sich schwerfällig in einen der wuchtigen Ledersessel und trank. »Was soll's. Es ist eh schon vorbei. Hoffentlich lässt er sie jetzt frei.«

Max ging vor ihm auf die Knie und nahm ihm das Glas

weg: »Was ist vorbei? Was ist passiert? Erzähl der Reihe nach.«

Der Brunner schnaufte wie ein Nashorn, dann fischte er sein Handy aus einer Seitentasche, drückte auf das Display und Max sah die Sissi. Besser gesagt, den Oberkörper, und der war nackt. Mit einem breiten, silbernen Klebeband um die Arme und den Hals. Sie verdrehte die verweinten Augen, eine Hand mit einem Küchenmesser tauchte auf. Die lange Klinge berührte ihre rechte Brust, fuhr daran auf und ab und kam unter ihrer Brust zur Ruhe.

Eine dumpfe Männerstimme sagte undeutlich: »Du hast Geld auf einem Auslandskonto, das hat mir die Schlampe verraten. Du bist Bänker, also kannst du das tun, was ich jetzt von dir will. Überweise jetzt, auf der Stelle, 500.000 Euro auf die Handynummer, die ich dir jetzt zeige. Du überweist mit Western-Union, mit deinem Handy auf mein Handy. Das dauert höchstens eine Minute. Und jetzt sieh zu, dass du die Nummer richtig abschreibst. Wenn das Geld überwiesen wurde, bekomme ich eine SMS, und du auch. Sie wird dann bald bei dir sein. Wenn ich in, sagen wir mal, maximal fünf Minuten keine SMS habe, schneide ich ihr die rechte Brust ab. Dann die linke. Und du kriegst sie mit der Post. Ende. Hier ist die Nummer. Mach schnell. Wär doch schade um diese Titten, oder?«

Das Messer verschwand, und ein Pappschild mit einer Telefonnummer wurde sichtbar. Sissis Kopf kippte seitlich weg. Scheinbar war sie ohnmächtig geworden. Das Display wurde schwarz.

»Und dann, was hast du dann gemacht, Alois?«

»Der Kerl muss sie schlimm gefoltert haben, dass sie das mit dem Konto verraten hat.« Alois wischte sich über die Augen und trank.

»Warum glaubst du das?«

»Weil ich ihr mal gesagt habe, dass das Geld, diese 500.000, für sie ist. Wenn mir beruflich was passiert, wenn ich mal aus irgendeinem Grund alles verliere, verzocke oder was weiß ich. Dann hat sie Geld, dass sie neu anfangen kann. Sie hat gewusst, dass ich spiele und oft verliere und so. Deswegen hab ich ihr den Notgroschen eingerichtet. Für den Fall, der wahrscheinlich nie eintritt.«

»Hast du was überwiesen?«

Alois nickte: »Ja. Alles, was auf dem Konto war. An die Nummer auf dem Schild.«

»Geht das so einfach?«

»Logisch. Speziell mit Western-Union geht das sehr gut. Rund um die Uhr, in fast jedes Land der Erde. Die ›Mobile Geldbörse‹ nennen wir das, ein elektronisches Konto, über das der Empfänger wie über Bargeld in der jeweiligen Landeswährung verfügen kann.«

Max dachte kurz nach, dann fragte er: »Geht das auch, wenn der Kerl, an den du bezahlt hast, ein Prepaidhandy von der Tanke oder so hat?«

Alois nickte traurig: »Mit jedem Handy, egal, woher. Der braucht das Geld nur anonym auf ein anderes Handy zu senden, und dann macht er die Summe zu Cash. Meinst du, sie lebt noch?«

»Ja. Ganz bestimmt. Und so langsam glaube ich, dass ich das alles kapiert habe. Alois, trink die Flasche aus und geh ins Bett. Ich fahre morgen früh weg und komme in ein oder zwei Tagen wieder. Wenn ich vorher was weiß, rufe ich dich an. Wenn du in zwei Tagen nichts von mir hörst, geh zur Bullerei und erzähl denen alles, haarklein. Oder auch nicht. Ganz wie du willst. Bis dann, halt die Ohren steif. Und bleib ruhig. Ich glaube nämlich, dass ich weiß, wo sie jetzt ist.«

Max fuhr in Richtung Innenstadt, an der Tanke in der Ebersberger Straße hielt er kurz an und ging rein: »Haben Sie Nutella?«

Der Mann an der Kasse sah ihn an: »Klar, da hinten im Regal, bei den Keksen, sehen Sie?«

»Und einen Karton?«

Der Kerl bückte sich und kam mit einer großen blauen Plastikmülltüte wieder hoch: »Ist die okay? Zieh dir jetzt bloß keine Mütze über und sag, dass das ein Überfall ist, Mann.«

Max ging zu dem Regal und legte alle Nutellagläser in den Beutel. Dann überlegte er kurz und packte auch sämtliche Marmeladengläser ein, die in dem Regal darunter waren.

Als er sein Wechselgeld bekam, meinte der Kassierer: »Ist das nicht schon ein bisschen spät für eine Kinderparty?«

Max klopfte an die Glastür vom Nagelstudio. Nichts. Dann nahm er sein Handy raus und tippte ihre Nummer ein. Nach dem zweiten Wählton kam Rosis Stimme aus dem Telefon: »Verpiss dich.«

»Okay, aber erst kommst du bitte an die Tür.«

»Träum weiter, Arschloch. Hau ab.«

Max grinste: »Ich hab hier 14 Gläser Nutella, und zwar

die großen. Dann viermal Erdbeermarmelade mit Rum, dreimal Brombeere und siebenmal, warte, ich schau nach … ja, genau, Rhabarbergelee. Das will ich jetzt alles abschlecken. Von dir.«

Stille. Schnaufen. Wieder Stille. Dann: »Okay, ich komme. Aber kotz mir bloß nicht aufs Bett, wenn dir von dem Zeug schlecht wird.«

HABT IHR HIER KEINEN LEBERKÄS? ECHT NICHT?

Du kannst dir ja gar nicht vorstellen, wie schwer das nicht konsumierte Schokoladen- und Marmeladenzeug nach einer Orgie von diversen Körperstellen zu entfernen ist. Von der Bettwäsche wollen wir hier überhaupt nicht reden.

Der Auer Max wusch sich zum dritten Mal die Haare, als ihm unter der Dusche eine grandiose Idee kam. Schnell trocknete er sich ab, ging mit feuchten Haaren ins Schlafzimmer und weckte die Rosi, die immer noch wie eines von diesen Puffreisschokostücken aussah, wenn die zu lange in der Sonne liegen. Jedenfalls teilweise.

»Schatz, ich will mit dir wegfahren. Jetzt. Nur du und ich. Irgendwohin, wo uns keiner kennt und anruft und so. Kannst du den Laden heute und morgen zusperren?«

Sie öffnete die Augen, gähnte und sah dann auf sich herab: »Heilige Scheiße, schau dir das an. Ich könnte mich so, wie ich bin, auf ein Stück Weißbrot legen.«

Max grinste und zog sich den Gürtel zu: »Keine Zeit für Frühstück. Ich muss schnell weg, ein paar Sachen holen, und du packst für eine Übernachtung oder zwei. Denk dran, wir fahren mit dem roten Knallfrosch, da passt nicht viel rein.«

Er beugte sich über sie, küsste etwas Schokolade von ihrer Stirn, leckte an ihrem Ohr und sagte: »In einer Dreiviertelstunde hole ich dich ab.«

»Spinnst du? Ich muss komplett durch eine Autowaschstraße, so wie ich zugepappt bin. Mit Unterbodenwäsche.«

Im Rausgehen warf er eine Kusshand nach hinten: »Du schaffst das schon. Bis gleich.«

Der Friedl erzählte er, dass er was für den Brunner zu erledigen hat und morgen Abend oder so wieder zurück ist.

Dem Manni bläute er ein, den Brunner zu überwachen: »Ich will wissen, was er macht. Den ganzen Tag und heute Nacht. Wenn er sich mit dem Chili trifft oder zur Polizei geht oder auch nur auf der Straße laut furzt. Alles, okay?«

Und eine Stunde später war er bei Rosi. Du glaubst es nicht, aber wenn eine Frau will, dann ist sie in kürzester Zeit bereit für die Welt. Die Rosi trug eine cremefarbene Caprihose, hellbraunes Top, und die Haare zu einem Pferdeschwanz gebändigt. Hinter der Ladentür standen zwei kleine Louis-Vuitton-Reisetaschen, das war's.

Sie fuhren über München nach Memmingen, und am Bodensee machten sie einen kleinen Stopp. In Lindau, direkt am See, aßen die beiden gegrillte Bodensee-Felchen und Mandelkartoffeln. Superlecker.

Der Max erzählte, dass er einfach das Bedürfnis habe, mit ihr ein bisschen alleine zu sein. Einfach mal raus, ohne Plan. »Vielleicht in die Schweiz? Genau, in die Schweiz. Weißt du was? Ich zeige dir ein paar paradiesische Flecken, die ich von früher her kenne, und da, wo es dir am besten gefällt, nehmen wir ein Hotelzimmer und morgen fahren wir wieder heim. Ob es in der Schweiz Nutella gibt, habe ich vergessen.«

Die Rosi schaute ihn bewundernd an, fragte aber: »Keine Geschäfte. Keine Besuche. Keine Treffen. Kein Handy. Klar?«

Und Max rollte mit den Augen: »Wo denkst du hin, Schatz. Nur du und ich.«

Über Bregenz und Hohenems schnurrte der Porsche nach Vaduz, über Bad Ragaz nach Chur, und dann die Serpentinenstraße über Malix und Churwalden, Pampan und Valbella, bis nach Lenzerheide.

Links ragten mächtige Berge in den Himmel, und der Max deutete auf einen der Gipfel: »Das da drüben ist das Parpaner Rothorn. 2.899 Meter über dem Meer. Schwere Abfahrt. Ich war mit einer Schulklasse mal hier, da haben wir am letzten Tag ein Skirennen veranstaltet. Ich war damals 15 oder so. Von ganz oben sind wir runtergerast. Ich hab damals eine Medaille gewonnen, die hab ich heute noch.«

Rosi schaute beeindruckt auf die Bergkette: »Wow, da bist du runter? Und, was für eine Medaille hast du? Gold?«

»Äh, nein. Mehr so … irgendwie Kupfer. Aber schön. Mit einem roten Band dran.«

»Den wievielten Platz hast du gemacht?«

Max schaute aus dem Seitenfenster: »Platz 27.«

Sie drehte ihm das Gesicht zu: »Aua. Und wie viele Teilnehmer wart ihr beim Rennen?«

Max grinste: »27.«

»Du bist so was von blöd, Kerl.«

Lenzerheide selber ist ja ein Dorf, wenn man die ungefähr 2.000 Ferienhäuser nicht mitzählt, die an den Hängen stehen. Und mitten in der Dorfstraße stand ein gelber VW-Golf-Kombi der Schweizer Post.

»Den Postler frag ich schnell nach dem Weg. Bin gleich wieder da.«

Max fuhr rechts ran und stieg aus. Die Rosi stieg ebenfalls aus: »Ich geh nur schnell in den Supermarkt da drüben, während du mit dem Mann redest.«

Der Postbote blieb stehen, als der Max ihm zuwinkte. Dann holte der Auer das Skifahrerbild aus der Brusttasche und zeigte es dem Mann: »Grüezi, schauen Sie bitte mal auf das Bild. Kennen Sie die beiden hier? Neben dem Skilehrer? Das sind Freunde, die will ich hier treffen, nein, überraschen, wenn sie schon da sind.«

Der Postler, ein knorriger Bergfex um die 50, kratzte sich an seinem grauen Schnurrbart und meinte: »Lueg, der Skilehrer, des is dä Reto. Und di zwü andere, das sin' doch die nüen Pächter von der Chübli-Hütte am See. Kennscht die?«

»Nein, wo ist der See?«

»Da farsch da hinne, oderr, dann rachts, god'und dann kummscht zum Sää. Da is die Hütt', oderr. Die hän' aber noch nüt offen, erscht in zwä Woche. Aber das, diä auf dem Bildle da, das sän de Wirtsleut, oderr?«

»Genau. Danke und Servus.«

Die Rosi kam mit einer kleinen Tüte zum Porsche und legte sie in das Handschuhfach: »Und? Hat er dir ein Hotel empfohlen?«

»Was? Äh, ja, genau. Er hat mir aber auch gesagt, dass es eine kleine Brotzeithütte, in der ich während meines Schulausfluges mal ein Mädel geküsst habe, auch noch gibt. Die schau ich mir schnell an. Alte Erinnerungen, weißt?«

Rosi gab dem Max einen lauten Schmatz auf die Backe: »Ich entdecke immer neue Seiten an dir. Du kannst dich ja wie ein richtiger Mensch benehmen, wenn du willst.«

Die Hütte am See fanden sie nach fünf Minuten. Ein großer, breitschultriger Mann hämmerte an einem der Fensterläden herum. Sein nackter Oberkörper glänzte in der Sonne.

Max blieb 20 Meter vor der Hütte stehen und stellte den Motor ab: »Ich geh nur schnell rein und schau mich um. Das erlaubt mir der Mann da vorne bestimmt, wenn ich ihm sage, warum ich hier bin.«

Rosi öffnete die Beifahrertür und setzte einen Fuß raus: »Ich komme mit, das wird sicher interessant.«

»Ah, warte, ich …« Max fuhr sich mit der Hand über den Mund: »Schatz, wenn es dir nicht allzu viel ausmacht, möchte ich da alleine reingehen. Lass mich einfach fünf Minuten in meinen alten Erinnerungen sein, und dann bin ich für immer bei dir, und alles, was vorher war, ist gelöscht, ja?«

»Max Auer, ich glaube, in den Mann, der du jetzt bist, könnte ich mich ganz heftig verlieben. Geh schon rein, ich warte hier.« Sie schaute durch die Frontscheibe: »Aber wenn mich der Kerl da vorne anmacht, brenne ich mit ihm durch. Der ist nämlich ein richtiges Leckerli, was ich so von ihm sehe.«

Max ging auf dem knirschenden Kies auf Dave zu. Der drehte sich um: »Wir haben noch zu. Nächste Woche ist Eröffnung.«

Max winkte ab: »Ich will nur was fragen. Können Sie schnell mit reinkommen?«

Dave kniff die Augen zusammen und steckte den Hammer in eine Schlaufe an seinem Zimmermannsgürtel. Max ließ ihm den Vortritt und schlug die Tür mit dem Fuß hinter sich zu.

»Was soll das?« Dave fuhr herum und starrte den Max an.

Der sagte: »Wo ist sie?«

Eine helle Frauenstimme klang aus der Küche: »Was ist denn? Soll ich rauskommen?«

Und schon stand die Sissi in der Gaststube. Sägespäne in den Haaren, in verschmutzten Jeans und einem fleckigen Jeanshemd, das ihr viel zu groß war. Aber die Frau war trotz allem immer noch schön wie die Sünde, was glaubst du.

»Was gibt's denn zum Essen, wenn ihr eröffnet habt?« Max schaute sich um.

Sissi sagte: »Ja mei, wir machen Bayerisch-Schweizerisch. Schnitzel mit Rösti, Bündnerfleisch mit einem Obatztn, so was eben. Warum?«

»Gibt es keinen Leberkäs?« Max starrte die beiden an: »Weil, ich meine, so ein lauwarmer Leberkäs, der ist doch voll der Porno, oder?«

Dave hatte plötzlich seinen Hammer in der Hand, aber Max sagte: »Vergiss es, Dave. Ein Mucks und ich mach dich weg. Hier, ich hab was für euch.«

Max warf die Pornofotos auf den Tisch: »Geile Ware, oder? Die Italiener nennen so was ›con Buco‹, mit Sahne. Ach, ich hab ja noch was. Hier!«

Er legte den Brief vom Dave an die Sissi daneben: »Setzt euch hin. Jetzt. Und haltet die Schnauze, bis ich fertig bin, klar?«

Die beiden nickten und setzten sich an den braunen Holztisch.

Der Max blieb stehen, stützte die Arme auf die Tischplatte und schaute von einem zum anderen. Fast eine Minute lang. Dann sagte er: »So, Leute, jetzt kommt mein Angebot. Das einzige, das ihr kriegt. Passt auf: Ihr habt die Kohle vom Brunner abgezogen, ihr habt den alten Mann verarscht und reingelegt.«

»Aber das Geld …«, meinte die Sissi, und der Max hob ihr seinen Zeigefinger vor die Nase: »Kusch. Die Brösel halten die Schnauze, wenn der Kuchen spricht. Weiter: Ihr seid hier und macht einen auf Turteltauben. Von mir aus gerne. Der Brunner hat mich auf euch angesetzt, aber ich will mal ausnahmsweise Mensch sein. Hier ist der Deal: Ihr bleibt hier und lasst euch in Rosenheim nie mehr blicken. Kein Anruf, keine Zeile, nichts. Ich sag dem Brunner, dass ich euch nicht gefunden habe. Als Gegenleistung vergesst ihr ihn. Keine Abzocke mehr, nichts. Ist das klar?«

Die beiden nickten. Max hielt sich Zeige- und Mittelfinger der Linken vor die Augen und deutete damit dann auf die beiden: »Ich habe euch im Blick. Und wenn ich sage, ich, dann heißt das, alle, die mit uns arbeiten, klar? Was ist, haben wir einen Deal? Oder soll ich euch Plan B erklären? Aber das ist mit Schmerz und Tod verbunden, und von so was wollt ihr nichts wissen, oder?«

Sissi meinte kleinlaut: »Ja, wir haben einen Deal. Aber wie haben wir eine Sicherheit, dass ihr uns in Ruhe lasst?«

Max zeigte sein Wolfsgrinsen: »Gar nicht. Seid einfach guter Hoffnung. Noch was: Auch kein Kontakt zu Chili oder jemandem aus dieser Gruppe. Ich kenne die alle und würde das sofort erfahren. Kann ich jetzt gehen oder muss ich euch doch umlegen?«

Beide wurden käsebleich und starrten auf ihre Hände.

»Gut, dann gehe ich jetzt. Grüezi miteinand.«

An der Tür drehte sich der Max noch mal um: »Übrigens, das mit dem Leberkäs würde ich mir überlegen. So was essen die hier oben auch sehr gerne.«

Dann ging er zum Porsche, wo die Rosi an der Beifahrerseite lehnte und über den kleinen Bergsee schaute: »Ist das schön hier. Und, hast du deiner Vergangenheit Adieu gesagt?«

»Ja. Es war ein merkwürdiges Erlebnis. Komm, wir fahren weiter. In der nächsten Ortschaft gibt es ein Grand Hotel, da checken wir ein. Ich muss nur vorher ein einziges Mal telefonieren.«

Die Rosi zog die Stirn in Falten und Max breitete die Hände aus: »Drei Minuten, und dann siehst du dieses Handy nie wieder, okay?«

Sie nickte wortlos, er ging ein paar Meter zur Seite und wählte Brunners Nummer. Der Alois war sofort am Telefon: »Ja?«

»Max hier. Ich hab mich getäuscht. Falscher Tipp. Aber ich suche weiter und melde mich morgen bei dir. Wenn was ist, rufst du mich an, okay?«

Dann nahm er sein Handy, zog die SIM-Karte raus und gab sie der Rosi.

Als sie aus dem Ort rausfuhren, fragte er sie, was sie denn in dem Supermarkt vorhin gekauft hätte. Die Rosi grinste, öffnete das Handschuhfach und nahm ein großes Glas Nutella heraus. Damit wackelte sie vor seinem Gesicht herum: »Für heute Abend.«

NACHWORT

Vielleicht willst du jetzt wissen, wie es weitergeht. Mit dem Max, der Rosi, der Friedl, dem Manni und all den anderen. Was wird aus den Immobiliengaunereien? Wer hat jetzt eigentlich die Schuld an Ottis Tod? Nun, ich kenne die Geschichte und werde sie dir bestimmt bald erzählen. Aber jetzt muss ich weg.

DIE SPEISEN

Weitere Titel finden Sie auf den folgenden Seiten und im Internet:

WWW.GMEINER-VERLAG.DE

Gruseln,
schauern, fürchten
© Tales of Can / fotolia.com
KREUTZER/GARDEIN (Hrsg.)
Die gruseligsten Orte in München
Schauergeschichten
Mit Geschichten von Iny Lorentz, Oliver Pötzsch und anderen
GMEINER SPANNUNG
Kreutzer/Gardein (Hrsg.)
Die gruseligsten Orte in München
Kriminalroman
246 Seiten, 12 x 20 cm
Paperback
ISBN 978-3-8392-2433-5
€ 12,00 [D] / € 12,40 [A]
Zwölf gruselige Kriminalgeschichten von zwölf Autoren über zwölf reale Orte in München, angelehnt an Ereignisse und Legenden von der Eisenzeit bis in die Gegenwart: Warum die Kelten ihre Heimat verloren und wie grausam sie ihre Feinde behandelten. Auf welche Weise eine Hebamme und der Scharfrichter die Faust Gottes entlarvten. Wie eine Frau trotz ihrer Unschuld in die erbarmungslosen Fänge der Inquisition geriet. Oder weshalb der Türmer von Sankt Peter vor Angst fast wahnsinnig wurde.
GMEINER SPANNUNG
WWW.GMEINER-VERLAG.DE
Wir machen's spannend